JÜRGEN SEIBOLD

Lindner und der klare Fall

Jürgen Seibold, 1960 in Stuttgart geboren, war Redakteur der Esslinger Zeitung, arbeitete als freier Journalist für Tageszeitungen, Zeitschriften und Radiostationen und veröffentlichte 1989 seine erste Musikerbiografie. 2007 erschien bei Silberburg sein erster Regionalkrimi, 2010 die erste Komödie. Außerdem schrieb er schon Thriller und Historisches. Jürgen Seibold lebt mit Frau und Kindern im Rems-Murr-Kreis und ist inzwischen auch wieder als Musiker aktiv.
www.juergen.seibold.de

JÜRGEN SEIBOLD

Lindner und der klare Fall

Filstal-Krimi

SILBERBURG

Sollte dieses Werk Links auf Webseiten
Dritter enthalten, so machen wir uns
die Inhalte nicht zu eigen und übernehmen
für die Inhalte keine Haftung.

1. Auflage 2018

© 2018 by Silberburg-Verlag GmbH,
Schweickhardtstraße 5a, D-72072 Tübingen.
Alle Rechte vorbehalten.
Umschlaggestaltung:
Christoph Wöhler, Tübingen.
Coverfoto: © gacolerichards – iStockphoto.
Lektorat: Michael Raffel, Tübingen.
Druck: CPI books, Leck.
Printed in Germany.

ISBN 978-3-8425-2112-4

Besuchen Sie uns im Internet
und entdecken Sie die Vielfalt
unseres Verlagsprogramms:
www.silberburg.de

Freitag, 7. September

Es war erst halb zehn, aber die Sonne wärmte schon, und die Wiesen und Wälder lagen bereits jetzt schläfrig im grellen Licht. Die erste Septemberwoche war bisher ein Spätsommer wie aus dem Bilderbuch, und auch heute stand keine einzige Wolke am Himmel.

Das geräumige Wohnzimmer der Villa war an zwei Seiten von Fensterfronten begrenzt. Nach Westen ging der Blick über die großzügige Terrasse auf die dicht nebeneinanderstehenden Bäume, hinter denen die Wohnhäuser der nächsten Nachbarn zu sehen waren. In Richtung Süden lagen der ausgedehnte Garten, der Pool und die Laube mit dem gemauerten Grill und der zweiten Terrasse, und dahinter Obstbäume, Wiesen und Felder bis hin zum Waldrand.

Im Wohnzimmer war die Temperatur angenehm, noch musste die Klimaanlage nicht eingreifen. Nur die Luft im Raum war schon mal frischer gewesen. Wo sich sonst die Aromen von zitrushaltigem Reinigungsmittel, sorgsam gepflegtem Leder und frischen Schnittblumen auf angenehme Weise mischten, störten nun ein scharfer und ein süßlicher Geruch die gewohnte Harmonie.

Niemand saß auf den bequemen Polstermöbeln, niemand stand am Fenster, und nirgendwo war ein Laut zu hören.

Doch – ein Röcheln, ganz kraftlos und langsam, und ein leises Atmen, etwas beschleunigt, kamen vom Boden her.

Dort lag ein Mann auf dem Bauch, den halben Oberkörper eingerahmt von einer tiefroten Pfütze, der immer noch weiteres Blut zufloss. Das Oberteil seines Pyjamas war von zahlreichen, über den ganzen Rücken verteilten Einstichen zerfetzt, nun versiegten die Rinnsale allmählich, und die Ränder der Pfütze begannen zu trocknen.

Das Röcheln war inzwischen verstummt, das Atmen ging weiter. Die Frau, die im Schneidersitz neben der noch warmen

Leiche hockte, die nackten Füße und die Waden im Blut ihres Mannes, saß reglos da und betrachtete den Toten mit eigentümlicher Miene.

War da Schmerz zu sehen, Angst – oder Hass, der endlich sein Ventil gefunden hatte?

Das fragte sich Kriminalhauptkommissar Wolfgang Roeder, als er bald darauf mit seinen Kollegen von der Kripo Göppingen das Wohnzimmer betrat und Sonja Ramlinger neben ihrem toten Mann Ernst auf dem Boden hocken sah. Sie hatte die Polizei selbst gerufen, dazu passten die Blutspuren am Telefon und auf dem Boden zwischen Telefon und Leiche. Noch während Roeder die Einmalhandschuhe überstreifte, sprach er Sonja Ramlinger in ruhigem Ton an, und sie hob nach seinem dritten Anlauf auch wirklich den Kopf. Aber sie sah Roeder an, als müsste sie sich erst besinnen, wo sie sich befand, und als hätte sie keine Ahnung, wen sie da vor sich hatte.

Roeder beugte sich zu ihr hinunter, legte seine linke Hand auf ihren Unterarm und zog mit der rechten ganz behutsam das Messer zwischen ihren Fingern hervor. Die Hand, der Messergriff und natürlich die lange Klinge waren blutverschmiert, und Roeder ließ die Frau am Boden auch dann nicht aus den Augen, als er die Waffe in eine Plastiktüte gleiten ließ und sie an einen Kriminaltechniker übergab. Einige Beamte machten Fotos, und als die Szenerie aus allen Perspektiven dokumentiert war, kommandierte Roeder zwei Kollegen herbei, um zusammen mit ihnen Sonja Ramlinger aufzuhelfen.

Sie tat sich etwas schwer, und so wacklig, wie sie im ersten Moment dastand, musste sie recht lange im Schneidersitz auf dem Boden gesessen haben. Doch sie leistete keinen Widerstand, auch nicht, als Roeder und eine junge Kollegin sie aus dem Wohnzimmer, durch den Flur und aus der Villa führten. Sie ließ sich ohne Gegenwehr zu dem Rettungswagen bringen, der mit offenen Hecktüren in der Auffahrt stand, und sie hatte auch keine Einwände, als die beiden Sanitäter ihr den Puls fühlten, als sie ihr ins Fahrzeug halfen und sie auf die Liege betteten.

Die junge Beamtin kletterte zu ihr in den Rettungswagen, die Hecktüren wurden geschlossen, und wenig später begann die kurze Fahrt ins Göppinger Krankenhaus.

Roeder sah dem Rettungswagen nach, bis er aus seinem Blickfeld verschwunden war. Dann wandte er sich um und ging zurück in die Villa.

Selten hatten er und seine Kollegen es mit einem so klaren Fall zu tun gehabt.

Mittwoch, 10. Oktober

»Und?«, fragte Ruth Lindner und blinzelte knitz über den Tisch, »was hoschd heit?«

Eigentlich hatte sich die verwitwete Bauersfrau in den vergangenen Monaten den früher breiten Älbler-Dialekt abgewöhnt, und das auf ihre alten Tage. Denn die Städter, die ihr über die Wiesen am Albtrauf hinterhermarschierten, während sie mit dem alten Traktor vorneweg knatterte und das zügige Tempo vorgab, verstanden sie nun mal besser, wenn sie sich zu dem bequemte, was sie für reines Hochdeutsch hielt. Und auf das schöne Zugeld zur Rente, das sie sich mit Albtrauf-Touren rund um Bad Boll verdiente, mochte sie nicht mehr verzichten.

Das war auch vielen anderen nur recht: Sie war inzwischen eine der Attraktionen der Gegend, kein Ferienprogramm, nicht einmal der überaus beliebte »Sommer der Verführungen«, kam ohne eine, zwei oder gar drei Veranstaltungen mit der rührigen Ruth aus – und manchmal blieben Boller Kurgäste oder andere Spaziergänger stehen, fotografierten sogar, wenn Ruth Lindners Traktor vor ihnen auftauchte und über Wiesen und Wanderwege rumpelte, dicht gefolgt von einer Traube stramm ausschreitender Gäste mit geröteten Gesichtern und fabrikneuer Wanderausrüstung.

Alle Stunde hatte Ruth ein Einsehen mit ihren Begleitern. Dann lenkte sie ihren Schlepper zu einer Stelle mit besonders schönem Blick auf Boll und die Drei Kaiserberge, schlug die Plane auf der Ladefläche zurück und bewirtete die Ausflügler mit Most, Hartwurst und selbst gebackenem Bauernbrot. Manchmal endeten die Touren ein Stück oberhalb des Lindner-Hofs an der Gruibinger Straße, wo es dann im Badhotel Stauferland ein zünftiges Büffett gab und die Wanderer aus der Stadt bei Bier und Wein wieder zu Atem kommen konnten. Manchmal teilte Ruth zum Abschluss frisch gebackene, aber während der Tour natürlich leider kalt gewordene Bätscher im Tempele aus, dem überdachten Aussichtspunkt beim Schützenhaus. Und manchmal führte sie ihre Gäste in den Hirschen in der Boller Ortsmitte, wo Wirtin Chiara ihren berühmten Wurstsalat Speciale servierte – in dem luftgetrocknete Salami die sonst übliche Schwarzwurst ersetzte.

Seit ihrem Erfolg mit diesen Touren sprach sie nur noch in drei Fällen den ursprünglichen Dialekt so ausgeprägt wie früher: Wenn sie mit ihren »Boller Mädle«, allesamt schon etwas reifere Jahrgänge, im Bürgertreff zusammensaß und mit reichlich Likör anstieß, wenn sie mit ihrem Freund Eugen turtelte – und wenn sie ihren Sohn Stefan auf die Schippe nahm. Entsprechend mürrisch antwortete der nun auch auf die Frage.

»Nix hab ich, was soll ich auch haben?«

»Koine Schmerza?«

»Nein.«

»Koin Schnupfa?«

»Nein, auch keinen Schnupfen, Mutter – und jetzt lass gut sein, bitte! Was willst du eigentlich? Hab ich mich heut wegen irgendetwas beschwert?«

Ruth Lindner zwinkerte ihm zu und kicherte. Sie nahm den Apfel von ihrem Teller und schnitt ihn in schmale Spalten.

»Noi, du hosch di net beschwert«, sagte sie schließlich. »Aber i will halt net, dass du schlapp machsch, wenn du nochher mit dr Maria ausgohsch …«

Sie kicherte erneut, und als Lindner die Augen verdrehte, lachte sie schallend.

»Was gibt's denn hier so Lustiges?«, fragte Maria, die in diesem Moment in die geräumige Küche kam. Lindner winkte nur ab, stand auf und ging ins Bad.

***

Als er zwanzig Minuten später frisch geduscht und umgezogen in die Küche zurückkehrte, lachten die beiden Frauen so herzlich miteinander, dass Lindner fast ein bisschen eifersüchtig wurde. Doch Maria stand auch schon auf, schnappte sich ihre

Handtasche und gab ihrem Freund einen Kuss. Dann hakte sie sich unter, nickte Ruth noch einmal zu und bugsierte Lindner in Richtung Haustür.

»So, Stefan«, sagte sie fröhlich, »und jetzt gehn wir schick essen. Darauf freu ich mich schon den ganzen Tag.«

Lindner ging gern mit Maria essen, aber das romantische Dinner heute Abend bereitete ihm durchaus auch Sorgen. Sie hatten einen Tisch in einem Feinschmeckerrestaurant reserviert, das vor einigen Monaten im übernächsten Dorf, in Gammelshausen, eröffnet hatte. Der Ort war bis dahin prächtig mit einem schwäbischen und einem italienischen Lokal ausgekommen, aber einen Sternekoch aus Baden-Baden hatte es der Liebe wegen ausgerechnet hierhin verschlagen – und nun galt sein »Entenmanns Canard im Erbisweg« als der letzte Schrei unter den Gourmets zwischen Stuttgart und Ulm. Das Restaurant war natürlich Marias Vorschlag gewesen.

»Schöner«, hatte sie gesagt, »können wir deinen Geburtstag nirgendwo feiern.«

Teurer auch nicht. Lindner hatte schon nach einem flüchtigen Blick auf die im Internet veröffentlichten Menüpreise Schnappatmung bekommen. Immerhin musste er für die Fahrt zu Superkoch Entenmann nicht das ungeliebte Navigationsgerät bemühen: Der Erbisweg, eine winzige Seitengasse der Hauptstraße, war so kurz, dass man das Lokal unmöglich verfehlen konnte.

Maria war schon in ihre dünne Jacke geschlüpft, als Lindner noch umständlich sein besseres Jackett vom Kleiderhaken zerrte. Sie sah ihm schmunzelnd dabei zu und zog die Tür auf. Kurz darauf war ihr Lächeln wie weggewischt, und auch Lindner verharrte mitten in der Bewegung.

Vor der Tür stand Wolfgang Roeder, mit dem Lindner zu ihren gemeinsamen Zeiten bei der Göppinger Kriminalpolizei befreundet gewesen war. Doch das lag lange zurück, und inzwischen hatte Roeder seiner Eifersucht auf Lindners Wechsel erst zur Stuttgarter Kripo und dann zum Landeskriminalamt gern dadurch freien Lauf gelassen, dass er ihm Ermittlungen in seinem Zuständigkeitsbereich erschwerte, wo er nur konnte. Das hatte ihn einige Sympathien unter den Göppinger Kollegen gekostet, auch weil Lindners Freundin Maria dort als fähige Kommissarin beliebt und respektiert war.

Jetzt aber wirkte Roeder nervös, und seine Miene war nicht feindselig, sondern eher unsicher. Maria nickte ihm knapp zu, und der Blick, den sie Lindner danach zuwarf, warnte ihn überdeutlich davor, an seinem Geburtstag einen Streit vom Zaun zu brechen. Dann trat sie einen Schritt zur Seite. Lindner seufzte und ging dem Besucher entgegen.

»Hallo, Wolfgang«, sagte er. »Viel Zeit hab ich im Moment nicht. Maria und ich wollten gerade los. Danke, dass du mir zum Geburtstag gratulieren willst – ich kann dich aber leider nicht hereinbitten.«

Roeder stutzte, dann nickte er zerknirscht.

»Ach, stimmt ja … heute …«, brummte er lahm und streckte die Hand aus. »Dann alles Gute, Stefan.«

Lindner gab ihm die Hand, sah ihn aber fragend an. Wenn Roeder nicht seinen Geburtstag im Sinn hatte, aus welchem Grund kam er dann zu ihm?

»Ich … äh …«

Roeder warf Maria einen kurzen Seitenblick zu und zuckte entschuldigend mit den Schultern. Der fiel daraufhin fasst die Kinnlade herunter, und sie schüttelte verärgert den Kopf.

»Echt jetzt?«, herrschte sie Roeder an. »Nein, oder?«

»Sorry, Maria, aber das lässt mir halt keine Ruhe …«

»Und damit musst du ausgerechnet zu Stefan kommen? Und ausgerechnet heute?«

»Ich wusste ja nicht … ich meine: Ich hab's vergessen, tut mir leid. Aber …«

Lindner sah unschlüssig zwischen den beiden hin und her, dann unterbrach er Roeders Gestammel.

»Jetzt red schon, Wolfgang: Was lässt dir keine Ruhe? Wir müssen wirklich los.«

»Wollt ihr essen gehen?«

»Ja«, versetzte Maria gereizt. »In das neue Restaurant in Gammelshausen.«

Roeder riss die Augen auf und sah Lindner erstaunt an.

»Dorthin führst du Maria aus? Respekt, Stefan, das hätte ich dir nicht zugetraut!«

»Na, vielen Dank auch! Meinst du, ich weiß ein feines Menü nicht zu schätzen?«

»Ich weiß nicht recht ... So teuer, wie das dort ist ...«

Lindner schluckte. Roeder kannte ihn offenbar auch nach all den Jahren noch recht gut. Er räusperte sich und spürte, wie Maria ihn prüfend ansah.

»Ein gutes Essen darf auch mal ...«, presste er deshalb eilig hervor. »Ich meine ... etwas mehr ... verstehst du, Wolfgang?«

Marias Blick blieb ernst auf ihn gerichtet, daraufhin riss sich Lindner zusammen und schob schnell nach: »Zu meinem Geburtstag hat Maria dort einen schönen Tisch bestellt, und wir beide freuen uns schon sehr darauf, uns von diesem Sternekoch verwöhnen zu lassen. Deshalb müssen wir jetzt wirklich ...«

Er machte einen Schritt auf Roeder zu, doch der gab den Weg nicht frei.

»Jetzt sag schnell, was los ist«, drängte Lindner, »und dann lass Maria und mich essen gehen, okay?«

Roeder wollte antworten, aber er brauchte für Marias Geschmack zu lange, bis er sich die richtigen Worte zurechtgelegt hatte.

»Vermutlich kann ich dir auch sagen, was deinen ... deinen alten ›Freund‹ so umtreibt«, sagte sie deshalb. »Ich hab dir doch von dem Mord in Schlat erzählt.«

»Wo die Frau mit dem Messer in der Hand neben dem Leichnam ihres Mannes saß?«

Sie nickte.

»Was ist damit? Du hast mir doch erzählt, dass der Fall abgeschlossen ist – hat die Frau nicht gestanden und sitzt seither in U-Haft?«

Maria schnaubte und deutete auf Roeder, der immer mehr in sich zusammensank.

»Ja, die Soko Schlat der Kripo Göppingen – zu der ich nicht gehörte, weil ich noch einen anderen Fall zu bearbeiten hatte – hat alle Unterlagen an die Staatsanwaltschaft übergeben, und die geständige Tatverdächtige wartet auf ihre Verhandlung. Der Fall ist abgeschlossen. Nur nicht für ihn hier, wie mir scheint.«

»Was soll das heißen?«, wandte sich Lindner direkt an den Besucher.

Roeder zuckte mit den Schultern, senkte den Blick für eine kleine Weile, dann hob er den Kopf wieder und sah Lindner traurig an.

»Sie war's nicht«, sagte er dann nur, und Lindner erschrak fast, so brüchig klang Roeders Stimme in diesem Moment.

Maria ließ sich mit einem tiefen Seufzen gegen die Wand sinken und rollte mit den Augen. Als Lindner sie fragend ansah, winkte sie ab und deutete auf Roeder.

»Das soll er dir lieber selbst erzählen. Er war Teil der Soko, nicht ich.«

»Aber wir müssen jetzt langsam los, wenn wir pünktlich sein wollen.«

»Ich glaube, das wird jetzt eh nichts mehr, Stefan«, sagte sie deprimiert. »Wenn Roeder erst mal mit dieser Geschichte anfängt, dann findet er so schnell kein Ende mehr.«

»Dann geht das jetzt nicht«, protestierte Lindner. »Wolfgang, ruf morgen an oder komm morgen Abend noch mal wieder – aber wir müssen jetzt los!«

»Ich ...«

Roeder stand wie ein Häuflein Elend in der Tür.

»Ich versteh ja ...«, setzte er erneut an, dann atmete er so tief aus, dass es beinahe klang, als hätte ihm jemand die Luft rausgelassen.

»Okay, Stefan, tut mir leid«, murmelte er schließlich. »Ich wollte dir nicht den Abend versauen, wirklich nicht. Und ich versteh's ja auch, wenn du dir ausgerechnet von mir eine solche Geschichte gar nicht anhören willst. Ich … ich geh dann jetzt mal. Und nichts für ungut, lasst es euch schmecken beim Sternekoch und genießt euren Abend.«

Er ließ Kopf und Schultern hängen und wandte sich ab. Zwei Schritte machte er, dann noch zwei, und dann rief ihm Lindner hinterher: »Und warum glaubst du, dass sie es nicht war?«

Roeder blieb stehen, drehte sich aber noch nicht um.

Maria hatte sich von der Wand abgestoßen und schaute Lindner prüfend an. Dann schlich sich erst Ärger auf ihr Gesicht, schließlich wurde der von einem wehmütigen Lächeln verweht. Sie strich Lindner über die Wange, nickte ihm kurz zu und ging zurück in die Küche.

Wenig später drückte sie sich an Lindner vorbei aus dem Haus, flüsterte ihm im Vorübergehen ein »Du schuldest mir einen Abend im Canard!« zu und war kurz darauf mit ihrem Auto vom Hof geflitzt. Im Flur griff Lindners Mutter Ruth unterdessen beschwingt zum Hörer und tippte eine Kurzwahlnummer. Aus dem kurzen Telefonat ging hervor, dass Maria ihren Tisch in Entenmanns Canard an Ruth und ihren Freund Eugen abgetreten hatte – und dass Eugen, nachdem Ruth versprochen hatte, die Rechnung zu übernehmen, gern bereit war, mit ihr nach Gammelshausen zu fahren.

***

»Sieht ganz so aus, als hätte ich nun doch Zeit, mir deine Geschichte anzuhören«, sagte Lindner, als Roeder wieder zu ihm trat. »Gehen wir auf ein Bier in den Hirschen?«

»Nein, ich mag das lieber dort besprechen, wo uns keiner zuhören kann. Kann ich nicht doch kurz reinkommen?«

Lindner drehte sich um. Seine Mutter flitzte gerade ins Bad, grottenfalsch einen alten Schlager pfeifend, und über den linken Arm hatte sie ein ziemlich schickes Kleid geworfen, das ihr Sohn noch nie an ihr gesehen hatte.

»Ich glaube, die Wohnung sollten wir erst mal meiner Mutter allein überlassen«, sagte Lindner. »Aber wir können in die Werkstatt rüber. Kommst du?«

Roeder folgte ihm durch eine geräumige Waschküche in einen Raum, in dem sich eine ausladende Werkbank befand. Überall hingen Werkzeuge und andere Gerätschaften an den Wänden, es gab Krimskrams aller Art, verstaut in Stahlschränken und Regalen, und mehrere Sortierkästchen quollen schier über vor Schrauben, Dübeln und Unterlegscheiben in verschiedenen Größen. Zwei kleine Fenster gingen auf den Innenhof des Lindner'schen Bauernhofs hinaus, links daneben lehnte ein altersschwach wirkender Schrank an der Wand, rechts neben den Fenstern standen in einem stabilen Metallregal diverse volle Marmeladengläser, außerdem Wasser-, Bier- und Schnapsgläser sowie einige Flaschen mit handgeschriebenen Etiketten, bis zum Rand gefüllt mit klarer Flüssigkeit. Auf dem Boden vor dem Regal stand ein Kasten Weizenbier.

Lindner zog zwei Stühle mit wüst zerkratzten Beinen und ramponierter Sitzfläche neben die Werkbank, stellte zwei Weizengläser auf das schrundige Holz der Arbeitsplatte und öffnete zwei Bierflaschen. Roeder wartete geduldig, bis ihm Lindner eine der Flaschen gereicht hatte und beide Gläser vollgeschenkt waren. Und auch danach prostete er seinem Gastgeber erst noch zu und trank einen großen Schluck Hefeweizen, bevor er zu reden begann.

»Danke, Stefan«, sagte er schließlich, »dass du dir Zeit für mich nimmst.«

»Lass stecken, Wolfgang, und erzähl endlich. Maria meinte ja, dass du zu diesem Fall sehr viel zu sagen hast. Dann fang lieber mal an, sonst werden wir heute gar nicht mehr fertig.«

»Maria hat dir von dem Mord in Schlat erzählt. Was weißt du noch davon?«

»Na, so vergesslich bin ich nicht, auch wenn ich heute schon siebenundvierzig geworden bin – aber wolltest nicht du erzählen? Meinetwegen, sei's drum: In Schlat wurde in einer Villa am östlichen Ortsrand der Fabrikant Ernst Ramlinger am ersten Freitag im September ...«

»Am 7. September«, warf Roeder ein, hob aber gleich beschwichtigend die linke Hand. »Sorry, ich wollte dich nicht unterbrechen.«

»Gut, dann also am Freitag, 7. September – am Vormittag wurde Ramlinger von der Kripo Göppingen tot im Wohnzimmer gefunden. Er lag bäuchlings in seinem Blut, sein Rücken war mit Messerstichen übersät, und neben ihm hockte seine Frau und hielt ein blutiges Messer in der Hand.«

»Ja, genau so habe ich Sonja und ihren toten Mann vorgefunden.«

»Sonja?«, fragte Lindner und hob eine Augenbraue. Roeder zuckte mit den Schultern.

»Sie ging mit mir zur Schule, und ich war damals ein bisschen in sie verliebt – wie vermutlich alle. Sie war ein hübsches Ding damals, schon als Teenager recht kess, und sie hätte an jeder Hand fünf Jungs haben können – aber sie stand mehr auf die etwas erwachseneren Männer, auf die mit Auto und mit Geld. Und einen solchen hat sie schließlich auch geheiratet: Ernst Ramlinger.«

»Du bist immer noch in sie verliebt, was?«

»Blödsinn«, wehrte Roeder ab, doch Lindner war aufgefallen, dass er zuvor ein wenig gezögert hatte.

»Du weißt schon, dass es ziemlich unprofessionell ist, jemanden allein deshalb für unschuldig zu halten, weil man die Person gut leiden kann, oder?«

Roeder presste die Lippen zusammen, als könnte er sich lautstarken Protest nur mit einiger Mühe verkneifen. Aber er hatte sich recht schnell wieder unter Kontrolle. Schließlich nickte er bedächtig, und dabei spielte sogar ein trauriges Lächeln um seine Mundwinkel.

»Sehr unprofessionell, das stimmt«, murmelte er. »Aber das ist nicht der Grund, warum ich an Sonjas Schuld zweifle.«

»Okay, dann gehen wir die Sache doch mal Punkt für Punkt durch. Diese Sonja saß also neben ihrem toten Mann und hatte ein Messer in der Hand. War das die Tatwaffe?«

»Ja, daran gibt es keinen Zweifel.«

»Wurde noch eine andere Waffe benutzt?«

»Darauf deutet nichts hin.«

»Und an dem Messer gibt es auch keine Spuren von einem anderen möglichen Täter?«

»Nein, keine. Das Messer war bis zu Ramlingers Todestag offenbar als normales Küchenmesser im Gebrauch. Der Griff wies passend dazu einige ältere, unterschiedlich stark verwischte Fingerabdrücke auf, allem Anschein nach von Sonja und Ernst Ramlinger. Sie waren überlagert von deutlich erkennbaren Fingerabdrücken von Sonja. Auch die Blutspuren am Messergriff passen zu der Art, wie sie das Messer gehalten hatte, als ich am Tatort eintraf.«

Lindner nickte und dachte nach, bevor er die nächsten Fragen stellte.

»Wurden Heinz Ramlinger alle Stichwunden vor seinem Tod zugefügt?«

Ein flüchtiges Grinsen huschte über Roeders Gesicht.

»Nicht schlecht, Stefan, aber daran habe ich natürlich auch schon gedacht – Ramlinger wird von jemandem erstochen, der zum Beispiel Einweghandschuhe trägt, und nach seinem Tod sticht auch Sonja noch ein paar Mal zu – warum auch immer. Aber nein: Alle Stichwunden wurden ihm vor seinem Tod beigebracht.«

»Deuten die Stichkanäle auf einen oder auf mehrere Täter hin?«

»Schwer zu sagen. Es gibt aber keine klare Unterscheidung in der Art, dass ein Teil der Stiche von einem und der Rest von einem anderen Täter stammen würde. Die Stiche wurden ziemlich schnell hintereinander gesetzt, abwechselnd mit der linken und der rechten Hand und vermutlich einige Male auch mit beiden Händen am Messergriff.«

»Waren die Stiche gezielt gesetzt oder eher willkürlich?«

»Es sieht nach Stichen aus, die recht hastig, mit unterschiedlicher Wucht und in unterschiedlicher Tiefe ausgeführt wurden.

Einige Male ist die Klinge an Knochen abgeglitten, und keiner der ersten fünf, sechs Stiche war tödlich.«

Lindner nahm einen tiefen Schluck und wischte sich mit dem Handrücken den Schaum von den Lippen.

»Also eher kein Täter, der viel Ahnung von Anatomie hat. Wie viele Stiche waren es denn insgesamt?«

»Siebenundzwanzig.«

Lindner blies die Backen auf und ließ die Luft zischend entweichen.

»Klingt nach einem ziemlich heftigen Wutanfall.«

Roeder nickte und sah seinen früheren Freund gespannt an. Lindner schien eine Frage auf der Zunge zu liegen, aber er überlegte offenbar noch, ob er sie auch wirklich stellen sollte.

»Falls du fragen willst, ob Sonja zu Wutausbrüchen neigte«, nahm ihm Roeder die Entscheidung ab: »Ja, sie war sehr impulsiv.«

»Klingt ganz danach, als hättest du noch immer Kontakt mit ihr gehabt.«

»Hatte ich, wenn auch nicht bis ganz zuletzt – und keine Sorge: Das hätte ich dir schon noch erzählt.«

»Und was genau hättest du mir erzählt?«

Roeder kaute auf der Unterlippe, dann trank er einen großen Schluck Bier, leckte die Lippen sauber und räusperte sich.

»Wie ich ja schon gesagt habe: Wir gingen zusammen zur Schule, und ich war einer von vielen, die sich in dieser Zeit ein bisschen in sie verguckt hatten. Sie hatte damals kein Interesse an mir, und irgendwann habe ich das auch eingesehen. Nach der Schule haben wir uns aus den Augen verloren, obwohl sie nie weit von Göppingen entfernt wohnte. Zum ersten Mal habe ich sie … habe ich ihr Foto wiedergesehen, als in der Zeitung etwas über irgendeine Benefizgeschichte stand, die ihr Mann organisiert hatte. Das Bild zeigte sie an seiner Seite. Sie lächelte, ihre Miene wirkte auf mich aber unendlich traurig. Einige Zeit später ging ich zu einem Klassentreffen, sie war auch da, und nach ein paar Viertele habe ich sie auf das Foto angesprochen und auf den Eindruck, den die Aufnahme auf mich gemacht hatte.«

Roeder unterbrach sich, trank einen Schluck Bier und sah versonnen durchs Fenster.

»Wir haben uns sehr lange unterhalten an diesem Abend, es war ein tolles Gespräch.«

Er sah Lindner an, der seinen Blick gespannt erwiderte, und schüttelte den Kopf.

»Nein, nicht, was du jetzt denkst. Es war einfach ein Gespräch unter alten Freunden, gewissermaßen. Ich war damals noch mit meiner Frau zusammen, und auch wenn ich Sonja nach wie vor attraktiv fand, hätte ich nie im Leben ...«

Erneut verstummte Roeder. Diesmal schluckte er und starrte einen Moment lang vor sich auf die Werkbank. Lindner wartete, bis er weiterredete. Maria hatte ihm erzählt, wie hässlich die Trennung von Roeder und seiner Frau gewesen war, nachdem sie sich eines Tages verplappert und damit die Affäre mit einem Außendienstler ans Licht gebracht hatte. Es stellte sich schnell heraus, dass der Vertreter nicht der Einzige war, der sich in Roeders Abwesenheit um dessen Frau kümmerte. Und in den unappetitlichen Streitigkeiten bis zur Scheidung brüstete sie sich auch noch mit ihren Liebhabern und verhöhnte Roeder als Schlappschwanz. Das machte ihm offenbar noch immer zu schaffen. Verständlicherweise, wie Lindner fand, und in diesem Moment tat ihm der ehemalige Freund und Kollege sehr leid. Er dachte dankbar an seine Beziehung zu Maria, und als Roeder nach längerer Pause ansatzlos weitersprach, erschrak er beinahe.

»Damals schlug ich jedenfalls vor«, erzählte Roeder, »dass Sonja und ihr Mann doch mal mit meiner Frau und mir essen gehen könnten – aber das lehnte sie ab. Sie erzählte mir noch, dass sie nicht allzu glücklich sei in ihrer Ehe, und ich hatte schon das Gefühl, dass sie an diesem Abend zu mehr bereit gewesen wäre als zu einem Gespräch – aber schließlich gingen wir beide unserer Wege, und bis zum nächsten Klassentreffen hatte ich keinen weiteren Kontakt mit ihr.«

Roeder leerte sein Weizenglas und hielt es Lindner hin.

»Kann ich noch eins haben?«

Lindner stand auf und holte Nachschub. Roeder schenkte ein, gab die leere Flasche zurück und blickte kurz auf die Schaumkrone in seinem Glas, bevor er weitererzählte.

»Fünf Jahre später fand das nächste Klassentreffen statt, und dort traf ich Sonja wieder. Inzwischen lief meine Scheidung, ich muss ihr im Verlauf des Abends ganz schön auf die Nerven gegangen sein mit meinem Gejammere, denn sie verließ das Treffen recht früh und ging mit einigen anderen aus der Runde in eine Bar in der Innenstadt. Ich war da schon etwas angeschickert. Kein Wunder, dass sie mich nicht mitnahmen – aber Sonja steckte mir noch ihre Handynummer zu und gab mir einen Kuss auf die Wange. ›Ruf mich an, wenn du wieder nüchtern bist‹, sagte sie zu mir. Und das habe ich dann auch getan.«

»Und was ist daraus geworden?«

»Ziemlich genau das, was ich mir damals erhofft hatte. Wir haben uns in unregelmäßigen Abständen getroffen. Mal abends bei mir, mal tagsüber bei ihr in Schlat, manchmal in einem Hotel. Nach ein paar Monaten wurde mir klar, was ich von Anfang an hätte wissen müssen: Dass sie zwar mit mir ins Bett ging, aber ganz sicher nicht für einen armen Schlucker wie mich ihren Mann verlassen würde.«

»Na ja, armer Schlucker ... Du bist Kriminalhauptkommissar, für eine warme Suppe am Tag reicht das schon.«

Lindner grinste und prostete Roeder zu. Der hob ebenfalls sein Glas, war aber nicht zum Scherzen aufgelegt.

»Im Vergleich mit Sonjas Mann schneide ich jedenfalls nicht gut ab. Du musst dir nur mal die Villa ansehen, die er am Ortsrand von Schlat gebaut hat.«

»Gut, dann war er also reicher als du. Aber du lebst noch.«

Roeder schnaubte und nahm einen großen Schluck.

»Jetzt sag mir endlich«, drängte Lindner nach einer kurzen Pause, »warum du diese Sonja für unschuldig hältst. Etwas mehr als dein Bauchgefühl und die Sympathie für eine Frau, mit der du eine Affäre hast –«

»Hatte«, fiel ihm Roeder ins Wort. »Das mit Sonja ist seit gut zwei Jahren vorbei.«

»Gut, dann also: mit der du eine Affäre hattest ... Was außer deinen Gefühlen spricht dagegen, dass sie ihren Mann erstochen hat?«

»Leider nicht viel«, gab Roeder zu.

Lindner seufzte.

»Und du bist vermutlich der Einzige aus eurer Ermittlungsgruppe, der von Sonja Ramlingers Unschuld überzeugt ist.«

»Ja.«

»Dann wird es wohl das Beste sein, wir trinken unser Bier aus, du gehst nach Hause und überlässt es dem Gericht, über ihre Schuld zu befinden.«

»Jetzt klingst du wie meine Göppinger Kollegen.«

»Überrascht dich das?«

»Ja, ich hatte eigentlich ...« Roeder unterbrach sich, trank sein Glas aus und erhob sich. Dann sah er auf Lindner hinunter und schüttelte langsam den Kopf. »Nein, um ehrlich zu sein: Das überrascht mich nicht. Ich hatte zwar gehofft, dass du ... aber, nein, lassen wir das. Und du hast ja auch recht.«

Er wandte sich zum Gehen, ging aber nicht zu der Tür hin, die in die benachbarte Waschküche führte, sondern blieb vor dem etwas wackelig wirkenden alten Schrank an der Mauer zum Innenhof hin stehen, von dem an einigen Stellen die Farbe abblätterte. Roeder deutete auf das Möbelstück und sah Lindner fragend an.

»Gab's da nicht früher mal eine Tür direkt zum Hof hinaus?«

Es gab Lindner einen Stich, dass sein früherer Freund so elend vor ihm stand. Wie er auf den Schrank blickte, der tatsächlich die Tür verbarg, durch die Lindner während ihrer gemeinsamen Ausbildung wirklich ab und zu spätabends aus dem Haus und frühmorgens wieder zurück geschlichen war. Zu einer Zeit, als Lindner und Roeder zusammen durch dick und dünn gegangen waren. Eine Zeit, die er auch heute noch als eine der schönsten, vor allem aber als die unbeschwerteste Zeit seines Lebens empfand. Und nicht zum ersten Mal bedauerte er es, dass Roeder auf seine berufliche Entwicklung eifersüchtig war und sich darüber mit ihm zerstritten hatte.

»Du hast vorhin gesagt, dass außer deinem Bauchgefühl nicht viel dagegenspricht, dass deine Bekannte ihren Mann erstochen hat.«

Roeder sah mit trübem Blick zu ihm hin, sagte aber nichts.

»Und was ist das Wenige, auf das du damit angespielt hast?«, fasste Lindner nach.

»Nichts Habhaftes, fanden zumindest meine Kollegen. Weißt du, seit wir Göppinger dem Ulmer Präsidium zugeschlagen wurden und einige andere dadurch versetzt wurden, ich aber immer noch in Göppingen hocke wie eh und je …«

»Jetzt hör aber mal auf, Wolfgang! Du solltest dir mal zuhören! Glaubst du denn, einer ist nur was wert, wenn er auch mal die Dienststelle wechselt? Ich hab noch nie verstanden, warum du mir den Wechsel zur Stuttgarter Kripo geneidet hast. Und im LKA, ganz ehrlich: Da ist auch nicht alles Gold, was glänzt. Vor allem auf die versteinerten Mienen der Kripokollegen vor Ort könnte ich gut verzichten, die es natürlich jedesmal wunderbar finden, wenn sich einer vom Landeskriminalamt in ihre Fälle einmischt.«

»Ach, du Armer«, entfuhr es Roeder, aber er setzte sofort einen zerknirschten Gesichtsausdruck auf. »Sorry, ich wollte dich nicht …«

»Lass gut sein, Wolfgang, so empfindlich bin ich nicht. Aber hör endlich auf mit dieser Jammerei. Maria gehört gern zur Göppinger Kripo, und wenn du dich mal am Riemen reißen und nicht ständig damit hadern würdest, dass du – und natürlich nur du allein! – keine Karriere machst, wär dir dein Posten dort vielleicht auch nicht mehr so zuwider. Ich denke manchmal ganz gern an unsere gemeinsame Zeit dort zurück, und was mir Maria so erzählt, scheint ihr ein prima Team zu haben. Also reiß dich zusammen und begreif endlich, dass es dir nicht halb so schlecht geht, wie du immer tust!«

Lindner war laut geworden, und in Roeder brach sich nun doch die Wut wegen der scharfen Zurechtweisung Bahn.

»Es reicht, Stefan! Ich bin nicht zu dir nach Boll gekommen, um mir vorwerfen zu lassen, dass ich ein Jammerlappen wäre!«

»Nein«, versetzte Lindner, schon wieder ruhiger, nachdem er seinem Ärger Luft gemacht hatte. »Du bist zu mir gekommen, weil du meine Hilfe wolltest. Oder vielleicht noch immer willst. Und ich hab dich angehört, obwohl ich eigentlich keine Zeit hatte.«

Roeder räusperte sich und schaute betreten zu Boden.

»Und jetzt sag mir – was genau außer deinem Bauchgefühl deutet darauf hin, dass Sonja Ramlinger doch nicht die Mörderin ihres Mannes ist?«

***

An diesem Abend ließ Wolfgang Roeder einen sehr nachdenklichen Lindner zurück. Gut eine Stunde lang dachte er über das nach, was ihm der frühere Kollege erzählt hatte. Dann ging er in sein Zimmer und kam dort einer alten Gewohnheit nach: Er setzte sich an den kleinen Schreibtisch, an dem er schon zu Schulzeiten gearbeitet hatte, und schrieb alles, was ihn umtrieb, in einen Collegeblock. Als er fertig war, las er es noch einmal sorgfältig durch, und das brachte ihn noch mehr ins Grübeln.

Roeder hatte ihm erzählt, dass die Spurensicherung zwar in ausreichender Zahl klar definierte, gar nicht oder nur wenig verwischte Fingerabdrücke von Sonja Ramlinger auf dem Messergriff sichern konnte. Aber die Kriminaltechniker konnten solche Abdrücke nur an blutigen Stellen des Griffes nachweisen, und dort auch nur auf dem Blut – unter den blutbedeckten Stellen fanden sie direkt am Griff ausschließlich stark verwischte Fingerabdrücke, die sich niemandem mehr zuordnen ließen. Hatte sich also schon Blut am Messergriff befunden, als sie es zum ersten Mal in die Hand nahm?

Natürlich konnte Sonja Ramlinger mehrmals umgegriffen und – nachdem sich bereits Blut auf dem Messergriff befunden hatte – ihre eigenen, frischen Spuren mit blutigen Fingern bereits wieder verwischt haben. Die Stiche in Ernst Ramlingers Rücken waren offenbar mal mit der linken, mal mit der rechten und mal mit beiden Händen ausgeführt worden. Aber außerdem waren ihre Fingerabdrücke auch an vergleichsweise sauberen Stellen des Griffs mit Blutspuren vermischt. Dafür konnte es verschiedene Gründe geben – aber eben durchaus auch den, dass die Frau den Messergriff erstmals in die Hand genommen hatte, als sich dort bereits Blut befand.

Die anderen Punkte, die Roeder ins Feld geführt hatte, waren nicht direkt am Tatort vorgefunden worden. Aber ähnlich wie sein früherer Kollege – und anders als die Staatsanwaltschaft – fand Lindner nicht, dass sie alle stimmig wirkten und einer Täterschaft von Sonja Ramlinger nicht widersprachen.

Als die Kripo Göppingen den Toten und seine neben ihm hockende Frau um kurz vor halb elf am Freitagvormittag im Wohnzimmer vorgefunden hatte, lief im Keller die Waschmaschine sowie in der Küche im Erdgeschoss die Geschirrspülmaschine. Die Geräte waren noch recht neu, sehr modern und mit allen möglichen Extras ausgestattet. Anhand der ausgelesenen Gerätedaten konnte die Kriminaltechnik nachvollziehen, wann welches Gerät eingeschaltet und wann welche Funktion gestartet worden war. Zuerst war um 8.38 Uhr die Spülmaschine eingeschaltet und direkt im Anschluss das Standard-Spülprogramm gestartet worden. Um 8.55 Uhr wurde die Waschmaschine eingeschaltet, doch das Waschprogramm – Baumwolle, dreißig Grad, Energiesparmodus – wurde erst gut zwanzig Minuten später gestartet, um 9.17 Uhr.

Die Obduktion hatte ergeben, dass Ramlinger alle Stichwunden zwischen 9.00 und 9.20 Uhr in einem Zeitraum von etwa fünf Minuten beigebracht worden waren – und dass er zwischen 9.15 und 9.30 Uhr seinen Verletzungen erlag.

Wenn also Sonja Ramlinger tatsächlich ihren Mann erstochen hatte, hatte sie erst die Spülmaschine und dann die Waschmaschine eingeschaltet – doch bevor sie das Waschprogramm startete, ging sie ins Wohnzimmer hinauf, stach siebenundzwanzig Mal auf ihren Mann ein und kehrte dann in den Keller zurück, um das Waschprogramm zu starten? Kein sehr wahrscheinlicher Ablauf, wie Lindner fand.

Natürlich konnten sich die Eheleute in der Waschküche gestritten haben, der Streit konnte sich ins Erdgeschoss verlagert haben, und dort konnte es zu dem Mord gekommen sein – in diesem Fall wäre Sonja Ramlinger mit blutigen Händen zur Waschmaschine zurückgekehrt, doch es waren an der Waschmaschine keine Blutspuren gefunden worden.

Möglicherweise hatte sie anfangs Einmalhandschuhe benutzt, diese dann abgestreift und war erst danach in den Keller zurückgekehrt. Doch wohin hatte sie die Handschuhe entsorgt? Im Müll waren keine gefunden worden, auch nicht in der Waschmaschine oder in der Schmutzwäsche.

Und warum hatte sie anschließend im Wohnzimmer erneut das Messer in die Hand genommen, diesmal ohne Handschuhe? Außerdem hatte sie, als sie um 9.45 Uhr die Polizei rief, blutige Finger und hinterließ entsprechende Spuren auf dem Telefon – doch wieso hätte sie erst Einmalhandschuhe tragen, diese dann verschwinden lassen, danach das blutige Messer erneut in die Hand nehmen und danach die Polizei anrufen sollen?

Die Staatsanwaltschaft nahm an, dass Sonja Ramlinger und ihr Mann in Streit gerieten, bevor sie das Waschprogramm hatte starten können. Nachdem ihr Mann verletzt, aber noch nicht tot am Boden lag – und durch die ersten Stiche noch kein Blut an ihre Finger, Kleider und Schuhe gelangt war –, wäre sie demnach in den Keller gegangen und hätte das Waschprogramm gestartet, möglicherweise in der Annahme, sich so ein Alibi zu verschaffen. Dass man aus modernen Geräten alle möglichen Daten auslesen und so den genauen zeitlichen Ablauf jeder Schaltung und Funktion rekonstruieren kann, war ihr vielleicht nicht bewusst. Aber warum versuchte sie sich erst ein Alibi zu verschaffen – und saß dann, als die von ihr gerufene Polizei eintraf, neben ihrem toten

Mann und gestand die Tat hinterher aus freien Stücken und ohne irgendwelche Ausflüchte oder Entschuldigungen?

Sonja Ramlinger hatte zum exakten Ablauf der Tat bisher kaum etwas ausgesagt. Sie schilderte wieder und wieder, wie sie rasend vor Wut, fast in einem Blutrausch, hinterrücks erst auf ihren stehenden und später auf den nun schwer verletzt am Boden liegenden Mann eingestochen habe. Sie könne sich, sagte sie aus, an die Minuten direkt vor dem Tod ihres Mannes nicht mehr erinnern. Das Letzte, woran sie sich konkret erinnern könne, sei das Einschalten der Spülmaschine, und sie könne weder sagen, was genau zu dem Streit mit ihrem Mann geführt noch wie lange sie neben ihm auf dem Boden gesessen hatte. Sie habe nur eine vage Erinnerung an einen sehr heftigen, sehr hässlichen Streit, in dessen Verlauf ihr Mann ihr üble Beleidigungen an den Kopf geworfen und sie dann einfach habe stehen lassen. Wieso sie plötzlich ein Messer in der Hand hatte und damit hinter ihrem Mann stand, wusste sie nicht mehr.

Die Staatsanwaltschaft nahm das Geständnis trotzdem für bare Münze, zumal die Befragung einiger Nachbarn ergeben hatte, dass es im Haus der Ramlingers durchaus ab und zu laut wurde. In den Stunden vor Ramlingers Tod hatte zwar niemand etwas Derartiges mitbekommen, da die nächsten Nachbarn alle einkaufen oder arbeiten waren. Doch dass es mit dieser Ehe nicht zum Besten stand, hatte ja auch schon Roeder berichtet.

Sonja Ramlingers Anwalt schien die Strategie zu verfolgen, auf Totschlag in einem minder schweren Fall nach § 213 Strafgesetzbuch zu plädieren, wofür seine Mandantin mit einer Gefängnisstrafe zwischen einem und zehn Jahren belegt würde – und zwar mit einer milden Strafe, wenn dem Anwalt der Nachweis gelänge, dass der Mord im Affekt erfolgte und Sonja Ramlinger etwa durch die erwähnten Beleidigungen und Schmähungen durch ihren Mann in diesem Moment nur bedingt schuldfähig war.

Das war offenbar auch die Einschätzung der Staatsanwaltschaft. Und wirklich – auch dafür fanden sich Zeugen – war Ernst Ramlinger mit seiner Frau nicht allzu respektvoll umgegangen.

Da konnte sich also einiges an Abneigung oder gar Hass in ihr aufgestaut haben. Ob er von ihren Affären wusste oder sie einfach nicht besonders wertschätzte: Seinen Stammtischfreunden gegenüber machte er sich immer wieder lustig über sie, machte sie schlecht oder riss Witze auf ihre Kosten, und während gemeinsamer Auftritte in der Öffentlichkeit behandelte er sie herablassend, fiel ihr ständig ins Wort und kümmerte sich um alle anderen mehr als um die Frau, die neben und hinter ihm stand oder ging und von ihm meistens nicht weiter beachtet wurde.

Gegen aufgestauten Hass schien in den Augen von Wolfgang Roeder allerdings ein Detail zu sprechen, das im Schlafzimmer des Ehepaars versteckt zwischen Oberteilen von Sonja Ramlinger gefunden wurde. Es handelte sich um einen Briefumschlag, in dem ein liebevoll gestalteter Gutschein für ein Wellnesswochenende steckte, ausgestellt für zwei Personen. Beigefügt war die Buchungsbestätigung eines Hotels in der Nähe von Freudenstadt für ein Wochenende Mitte November, inbegriffen waren allerlei Anwendungen im Spabereich des Hotels sowie ein Candlelightdinner. Das Gesamtpaket hatte einen stolzen Preis, wie Lindner fand, aber zumindest das Dinner war deutlich günstiger als das Menü, das er heute Abend mit Maria in Entenmanns Canard im Erbisweg zu sich genommen hätte. Die Buchung lautete auf Sonja und Ernst Ramlinger, und angesichts der Tatsache, dass Ernst Ramlinger Ende September Geburtstag gehabt hätte, sah es ganz so aus, als wäre das Wellnesswochenende ihr Geschenk für ihn gewesen – ein Wochenende, das sie offenbar gemeinsam mit ihm verbringen wollte.

Die Staatsanwaltschaft, so hatte ihm Roeder berichtet, wertete das Geschenk als einen Versuch, die Ehe mit einem romantischen Wochenende doch noch zu retten – doch aus irgendeinem noch nicht geklärten Grund habe sich die Abneigung zwischen den Eheleuten am ersten Freitag im September in einem so heftigen Streit entladen, dass es zu Mord oder Totschlag in Schlat kam anstatt zwei Monate später zur erhofften Versöhnung im Schwarzwald.

Roeder sah auch das anders, und Lindner konnte – vor allem mit Blick auf den stattlichen Preis des Wochenendes – die Theorie nicht ganz von der Hand weisen, dass eine Frau doch nicht den Mann auf brutalste Weise ersticht, für den sie schon ein solches Geschenk besorgt hat.

»Da würde es doch auch dich wegen des Geldes reuen, oder?«, hatte Roeder gesagt.

Auf Sonja Ramlinger gemünzt, gab ihm Lindner insgeheim recht. Obwohl er sich nur bedingt in diese Frau hineinversetzen konnte. Denn er selbst war erstens nicht in der Gefahr, zum Mörder oder Totschläger zu werden – und zweitens würde er lieber etwas länger über etwas Geeignetes nachdenken, als Maria ein so sauteures Geschenk zu machen.

***

Drunten im Erdgeschoss hörte Lindner die Haustür ins Schloss fallen. Langsam erhob er sich, streckte die Glieder, die durch das lange Sitzen etwas steif geworden waren. Er horchte in sich hinein, aber wenn das Ziehen im Rücken und in den Oberschenkeln nicht ärger wurde, musste er am nächsten Morgen doch nicht zu Dr. Thomas Bruch, seinem Hausarzt und Schulfreund. Draußen im Hausflur war er schon wieder einigermaßen in Gang gekommen, und als er nur noch wenige Stufen vor sich hatte, huschte seine Mutter gerade aus dem Bad.

»Ah, Stefan – noch wach?«

Sie war wieder in ein leidliches Hochdeutsch verfallen, wollte ihn also im Moment offenbar nicht necken.

»Ich kann dir sagen!«, schwärmte sie und verdrehte genussvoll die Augen. »Dieser Entenmann kann kochen! Eugen und ich haben es uns richtig gut gehen lassen. Da musst du mit der Maria unbedingt auch noch hin, lass dir das nicht entgehen, Bub!«

»Schon recht. Willst du noch mal weg?«

Er deutete auf den Kulturbeutel, den sich seine Mutter unter den linken Arm geklemmt hatte.

»Ja, freilich. Der Eugen sitzt noch draußen im Wagen, wir gehen heute Nacht zu ihm.«

Lindner schluckte. Seine Mutter war ja rüstig, aber damit, dass sie in ihrem fortgeschrittenen Alter offenbar ein aktiveres Liebesleben führte als er, kam er nach wie vor nicht zurecht. Außerdem musste er nicht allzu intensiv schnuppern, um an seiner Mutter eine leichte Weinfahne zu bemerken. Sie quittierte seine gerümpfte Nase mit einem breiten Grinsen.

»Der Eugen fährt, keine Sorge!«

Und damit war sie auch schon wieder aus dem Haus. Die Tür hatte sie offen stehen lassen, und Lindner sah seine Mutter etwas neidisch zur Beifahrerseite seines alten Kombis tänzeln. Natürlich konnte sie in ihrem schönen Kleid schlecht den Traktor nehmen, und sein Wagen war ohnehin in einem so schlechten Zustand, dass es darauf, ob nun seine Mutter oder ihr reifer Liebhaber am Steuer saßen, auch nicht mehr ankam. Allerdings hatte er Eugen Rösler bisher nicht als einen Mann kennengelernt, der nur Wasser trank, wenn er fahren musste. Und wirklich kam der Wagen auffällig ruckelnd in Gang, als Ruth Lindner die Tür hinter sich zugezogen hatte. Dann heulte der Motor auf, der nächste Gang wurde krachend eingelegt, und der Wagen bog mit so viel Schwung auf die Gruibinger Straße ein, dass er locker die halbe Gegenfahrbahn dafür mitbenutzte.

Lindner stand eine Minute unschlüssig im Hausflur, dann entschied er sich, noch auf ein Bier in den Hirschen zu gehen. Hunger hatte er auch, und gegen den würde Chiaras legendärer Wurstsalat Speciale besser (und günstiger) helfen als alle Entenmanns dieser Welt.

Den Hirschen konnte Lindner bequem zu Fuß erreichen, obwohl er während der ersten Schritte doch noch ein unangenehmes Ziehen in den Oberschenkeln verspürte. Doch es ging bald besser, und die wenigen Stufen hinauf zum Eingang nahm er für seine Verhältnisse schon recht sportlich.

Mittwochs war – seit der Mordfall um das Apfelmännle ihre Binokelrunde gesprengt hatte – der feste Abend für den Malefiz-Stammtisch. Das hatte Lindner über all den Gedanken an die Ereignisse in Schlat ganz vergessen. Natürlich hatte er heute Abend gefehlt, und natürlich hatte ihm das an seinem Geburtstag niemand übel genommen – Fritz Aichele, einer seiner besten Freunde und der Leiter des Polizeipostens Bad Boll, hatte ihn sogar bedauert, weil er mit Maria in diesen Gourmettempel musste, anstatt sich bei Wirtin Chiara etwas Bodenständiges schmecken zu lassen.

»Und«, begrüßte ihn denn auch Aichele als Erster, »wie haben die Froschschenkel und die Milligramm-Portionen in Gammelshausen geschmeckt?«

Lindner setzte sich an den Stammtisch, bedeutete Chiara mit einem Wink, dass er gern ein kühles Hefeweizen hätte, und klopfte zur Begrüßung auf die Tischplatte. Das Spielbrett war mit allen Figuren schon wieder fein säuberlich in der Schachtel verpackt, und der Gesichtsfarbe nach zu urteilen hatten sich Aichele und die anderen am Tisch heute nicht lange mit Malefiz aufgehalten und sich seit einiger Zeit ausschließlich um ihren Durst gekümmert.

»Ich war gar nicht in Gammelshausen. Als wir grad loswollten, stand Roeder vor der Tür …«

»Roeder?«, fragte Aichele erstaunt, der natürlich von dem angespannten Verhältnis der beiden früheren Freunde wusste.

»Ja, er hat mich um Hilfe gebeten.«

»Er hat … dich? Ach was! Wobei denn?«

»Lassen wir das doch bitte für heute mal. Mir geht die Geschichte, die er mir erzählt hat, ohnehin schon dauernd im Kopf herum – und jetzt würde ich gern mit euch was trinken und auf andere Gedanken kommen.«

Chiara stellte das volle Bierglas vor ihm ab, Lindner nahm es zur Hand und prostete den anderen zu. Die hoben ebenfalls ihre Gläser und erwiderten. Lindner nahm einen großen Schluck, lehnte sich zurück und schaute in die Runde. Die vertraute Gesellschaft, der heimelige Gastraum, Chiaras ruhiges Werkeln hinter der Theke – das löste seine Anspannung so verlässlich wie immer, und nachdem er sich den Schaum vom Mund gewischt hatte, rief er »Bitte einmal Speciale« zur Wirtin hinüber. Dann ließ er seine Blicke über seine Tischnachbarn schweifen. Fritz Aichele war zwar sein engster Freund hier am Stammtisch, aber auch die anderen waren alte und gute Bekannte, Männer, die wie er in Bad Boll aufgewachsen oder zumindest in jungen Jahren hierhergezogen waren.

Nur einer in der Runde war vergleichsweise neu in Boll: Volker Rummele, ein ruhiger, angenehmer Mensch Mitte vierzig, der vor zwei Jahren ein älteres Haus an der Dürnauer Straße gekauft hatte und dort allein lebte. Volker sprach nicht viel von sich. Er war ein Cousin des Vaters von Lisa Rummele, die als Arzthelferin in der Praxis von Thomas Bruch arbeitete. Er trank selten mehr als zwei, oft auch nur ein Bier, obwohl er stets zu Fuß in den Hirschen kam. Und über seinen Beruf hatte er bisher noch nie mehr als die immer gleichen drei Worte verloren: »Was mit Medien.« Heute wirkte Rummele ein wenig bedrückt, was Lindner auch deshalb so schnell auffiel, weil alle anderen am Tisch so ausgelassen waren wie selten.

»Was ist mit dir, Volker?«, fragte er ihn, als Aichele mit seinem Sitznachbarn zur Linken die Köpfe zusammensteckte und ihm mit gesenkter Stimme einen derben Witz erzählte, den Chiara nicht hören sollte.

»Nichts, wieso fragst du?«

»Na ja, wenn ich so trübe dreinblicke wie du grad, dann ist mit mir nicht nichts …«

Ein Lächeln huschte über Rummeles Gesicht. Er war auf eine gekonnt nachlässige Art rasiert, wie sie Lindner nie hinbekam. Seine Haare waren kurz geschnitten und dunkelblond, und oberhalb der Schläfen gab der Haaransatz in weit geschwungenen Bögen die Kopfhaut frei. Mit der hübschen Lisa hatte er die klaren blauen Augen gemeinsam und die Fähigkeit, sie zu einem spöttischen Lächeln geradezu leuchten zu lassen. Doch jetzt hatte Rummeles Lächeln nichts Spöttisches, es wirkte eher wehmütig.

»Ich kann dir gern erzählen, was mir heute ein wenig die Laune verhagelt hat«, setzte er schließlich an, »aber ich fürchte, du wirst mich dafür auslachen.«

Rummeles Erklärung musste einen Moment lang warten, denn nun war Aicheles Witz fertig erzählt, und der Sitznachbar des Boller Postenleiters schüttete sich vor Lachen aus. Chiara warf Aichele einen tadelnden Blick zu, während sie einen übervollen Teller vor Lindner abstellte.

»Oh«, rief Aichele aus und schaute zerknirscht drein. »Sorry, Chiara ... diesen Witz solltest du eigentlich nicht hören ...«

»Das ist meine Wirtschaft, Fritz, hier höre ich alles.«

Aichele räusperte sich verlegen, der Mann neben ihm schnappte nach Luft und brach, als er wieder zu Atem gekommen war, erneut in schallendes Lachen aus. Er wiegte sich mit dem Oberkörper vor und zurück, und einen Augenblick lang sah es aus, als würde er gleich vom Stuhl kippen.

»Noch ein Bier?«, fragte Chiara unterdessen Aichele ungerührt.

»Auf jeden Fall!«

»Gut, wenn das so ist: Entschuldigung angenommen.«

Damit drehte sie sich grinsend um und zapfte Nachschub für ihren Gast. Und während sich der lachende Stammtischler allmählich wieder einkriegte, hakte Lindner wegen der gedämpften Laune seines Gesprächspartners nach.

»Wie gesagt, nichts Wichtiges«, antwortete Rummele. »Wir haben vorhin Malefiz gespielt, aber so, wie sich die anderen gegen mich zusammengetan haben ... da hatte ich schnell keine Lust mehr.«

»Ach was, Volker«, schaltete sich Fritz Aichele in das Gespräch ein. »Jetzt hab dich nicht so. Ist doch nur ein Spiel!«

»Natürlich ist das nur ein Spiel – aber wenn ihr euch zu viert zusammentut und meine Spielfiguren bei jeder Gelegenheit blockiert und ich deswegen nicht mehr vor und nicht mehr zurück kann, weil ich Sechser und Fünfer und alles andere bekomme ... nur eben nicht die Eins, mit der ich den Stein direkt vor oder hinter mir wegnehmen könnte ...«

Rummele war etwas lauter geworden, und es schien ihn noch immer zu ärgern, wie das Spiel vorhin für ihn gelaufen war. Aichele war darüber regelrecht erschrocken, und man sah ihm an, dass er ganz gewiss nicht im Sinn gehabt hatte, seinem Mitspieler so zuzusetzen.

»Und das war ja nicht das erste Mal, dass ihr das mit mir gemacht habt!«, fügte Rummele noch hinzu. »Was meinst du denn, Fritz, was das mit mir macht? Ich meine: Ihr alle seid alteingesessene Boller, ich bin der Reingeschmeckte – und dann verbündet ihr euch und zeigt dem blöden Zugezogenen mal, wer hier das Sagen hat, was?«

»Jetzt hör aber auf, Volker! Ich weiß ja nicht, welche Laus dir heute über die Leber gelaufen ist – aber lass das doch bitte nicht an uns aus! Wir haben uns dabei nichts Böses gedacht, ehrlich.«

Aichele legte ein versöhnliches Grinsen auf und zwinkerte dem anderen zu.

»Und ganz sicher wollten wir dich armen Neubürger nicht mobben ...«

»Mach du dich nur lustig über mich«, knurrte Rummele und stand auf. »Ich kann das halt nicht leiden, wenn sich alle gegen einen zusammentun. Deshalb spiele ich schon seit Jahren nicht mehr Risiko. Ihr kennt das Brettspiel, so mit Ländern erobern und Kontinente verteidigen und so?«

Lindner und Aichele nickten.

»Und wenn du dann nur noch ganz wenige Armeen hast, gegen keinen mehr gewinnen kannst und eigentlich nur noch willst, dass endlich einer deine letzten paar Länder erobert – dann lachen sich die anderen eins, greifen dich zwar ein bisschen an, hören aber auf, bevor du vollends besiegt bist, und halten dich so elend lange in einem Spiel, an dem du eigentlich gar nicht mehr teilnimmst ...«

»Ja, das ist blöd, aber hey ...«

»Nur ein Spiel, ich weiß! Aber mich macht das irre, das könnt ihr mir glauben! Und heute war's für mich ganz ähnlich. Wenn du mal einen blöden Tag erwischt hast, privat oder beruflich, und dann magst du ein bisschen mit Kumpels würfeln und trinken – da muss so eine Aktion wie eure vorhin echt nicht sein.«

»Was war denn heute?«, fragte Lindner. »Wenn du darüber reden magst – gern. Bestell dir noch ein Bier, oder Fritz gibt dir eins aus ...«

Aichele zuckte mit den Schultern und machte schon Anstalten, bei Chiara ein Glas zu ordern. Doch Rummele winkte nur müde ab, ging ohne Abschied zur Theke hinüber, zahlte seine Zeche und trottete aus dem Gastraum.

»Was war das denn?«, fragte Aichele, als die Tür hinter Rummele ins Schloss gefallen war. »Wieso regt der sich denn wegen dieses albernen Spiels so auf?«

»Er hatte wohl wirklich einen schlechten Tag heute. Da braucht es manchmal nicht mehr viel, bis einem der Hut hochgeht.«

Er stieß mit Aichele an und widmete sich dann endlich seinem Wurstsalat. Doch ab und zu kam ihm Volker Rummele wieder in den Sinn, der sich wegen einer Kleinigkeit so sehr aufgeregt hatte. Und dann wurde er eine Frage nicht mehr los: Welcher Tropfen hatte wohl für Sonja Ramlinger das Fass zum Überlaufen gebracht?

***

Der Raum war klein, aber ausreichend. Das Bett war natürlich nicht so gut wie zu Hause, aber gut genug, um nachts für ein paar wenige Stunden in den Schlaf zu finden. Manchmal wurde sie von Rufen der anderen geweckt oder von metallischen Geräuschen aufgeschreckt, die vor allem in der Stille der Nacht unnatürlich laut in dem Gebäude widerhallten.

Nachdem ihr in den ersten Tagen fast die Decke auf den Kopf gefallen war, hatte sie sich freiwillig für Hilfsdienste in der Küche gemeldet. Sie war recht geschickt als Köchin, und der Umstand, dass sie die anderen Frauen schnell als nützliche Helferin akzeptierten, tat ihr gut. Das hieß aber nicht, dass in der Küche eine besonders gute Stimmung geherrscht und sie dort eine wirklich friedliche Zeit verbracht hätte – vor allem zwei Frauen waren sehr unbeherrscht und ließen, wenn sich einige Insassen bei der Essensausgabe über das Aussehen der Speisen beschwerten, ihre Wut auch an ihr aus.

Sie nahm das hin, ließ die eintönigen Tage, die sie seit ihrer Verhaftung hier verbrachte, teilnahmslos an sich vorüberziehen und ignorierte auch gezischte Beschimpfungen der anderen, so gut es ging. Sie hatte es auch klaglos ertragen, wenn sie während des Hofgangs angerempelt oder in der Schlange vor der Essensausgabe wieder und wieder nach hinten durchgereicht wurde. Trotzdem hatte es damit inzwischen ein Ende.

Grund dafür war ein Zwischenfall vor ein paar Tagen. Sie war in den Kühlraum geschickt worden, um einige Zutaten zu holen, und die beiden launischen Frauen waren ihr gefolgt. Kaum hatte sie das Regal erreicht, zu dem sie musste, als die beiden sie auch schon in eine Ecke drängten und sie knufften und boxten. Dann waren die beiden plötzlich herumgewirbelt und mit voller Wucht gegen die gegenüberliegende Wand geschleudert worden. Sie hatte erst gar nicht richtig mitbekommen, was geschah, weil sie mit zusammengepressten Lippen und fest geschlossenen Augen einfach abgewartet hatte, was die anderen ihr nun antun würden. Als ihr nichts widerfuhr, sondern nur seltsam dumpfe Aufprallgeräusche und Schmerzensschreie zu hören waren, öffnete sie vorsichtig die Augen. Vor ihr stand eine andere Frau, die in der Küche arbeitete und der sie die meiste Zeit hindurch lieber aus dem Weg gegangen war, weil sie so einschüchternd auf sie wirkte: ein weiblicher Hüne von knapp einsachtzig, mit dem breiten Kreuz einer Schwimmerin und mit Oberarmmuskeln, wie sie sie kaum je an einem Mann gesehen hatte. Sie hatte die Fäuste in die Hüften gestemmt und musterte sie mit einer Miene, die nicht zu deuten war. Dann pustete sie sich eine einzelne Strähne aus dem Gesicht, die sich aus ihrem Pferdeschwanz gelöst hatte, und hielt ihr die rechte Hand hin.

»Karin«, sagte sie knapp und schüttelte Sonja Ramlinger die Hand. »Ich hab gehört, dass du deinen Mann umgebracht hast. Das war dieser Fabrikant aus Schlat, richtig?«

Sonja Ramlinger nickte langsam und versuchte immer noch, in der Miene der anderen zu lesen. Dort zeichnete sich jetzt erst ein flüchtiges Lächeln und schließlich ein allmählich breiter werdendes Grinsen ab.

»Gut so, Mädchen! Dann muss ich das nicht mehr machen.«

Sie deutete mit dem linken Daumen lässig über ihre Schulter auf die beiden Frauen, die sich mühsam aufrappelten, ihre Hüften, Knie und Schenkel rieben und sich zum Ausgang drängten.

»Ab jetzt musst du keine Angst mehr haben«, sagte Karin. »Hier drin legt sich keine mit mir an. Und falls dir doch mal wieder eine blöd kommt: Sag Bescheid, ich kümmere mich, okay?«

»Ja, natürlich ist das okay. Vielen Dank auch, aber warum …«

Karin war wieder ernst geworden und winkte nun ab.

»Erzähl ich dir vielleicht ein andermal«, antwortete sie mit grimmiger Miene und schnupperte theatralisch in Sonja Ramlingers Richtung. »Aber jetzt bring lieber die Zutaten rüber in die Küche, und geh unbedingt gleich nach Dienstschluss duschen – du stinkst!«

Donnerstag, 11. Oktober

Maria war am Morgen recht müde. Nachdem sich der Plan mit dem romantischen Dinner in Gammelshausen zerschlagen hatte, war sie mit zwei Freundinnen in eine Göppinger Szenekneipe gegangen und dort ziemlich lange geblieben. Nun hockte sie einsilbig am Esstisch in der Küche, kaute an ihrem Gsälzbrot und rührte gedankenverloren in ihrem Kaffee. Ruth Lindner war schon vor gut einer Stunde mit dem Kombi ihres Sohnes nach Hause gekommen, hatte sich geschwind umgezogen und war dann mit dem Traktor vom Hof geknattert.

Als Letzter stand an diesem Morgen Stefan Lindner auf. Er drehte sich auf seiner Matratze zur Seite, sah Marias Decke zurückgeschlagen und rollte sich daraufhin ebenfalls aus dem Bett. Erst im Sitzen und dann im Stehen horchte er in seinen Körper hinein, aber nirgendwo war ein ernsthaftes Ziehen oder Stechen zu spüren. Also schlurfte er ins Bad, begnügte sich mit einer Katzenwäsche und trottete dann in die Küche hinunter. Maria sah auf, als er den Raum betrat, und ein spöttisches Lächeln legte sich auf ihr müdes Gesicht.

»Hallo, Donald!«, sagte sie.

Lindner nickte ihr zu, tapste in seinem Disney-Schlafanzug an ihr vorüber und trank ein Glas Sprudel, bevor er Maria den ersten Kuss des Tages gab. Chiaras Wurstsalat Speciale ersetzte zwar die Schwarzwurst durch luftgetrocknete Salami, aber an Zwiebeln sparte sie so wenig wie die Macher des schwäbischen Originals. Auch das eine oder andere Bier glaubte Lindner noch zu schmecken, und das alles, vermischt mit dem Obstler, den Aichele den Stammtischlern zum Abschied spendiert hatte, war nicht unbedingt das Aroma, das er Maria morgens zumuten wollte.

Es wurde ein ruhiges Frühstück. Maria huschte ins Bad, küsste ihn noch einmal zum Abschied und flitzte dann in den

Hof hinaus, um mit ihrem postgelben Zweisitzer rechtzeitig zu einer Besprechung zu kommen, die für halb neun in einem Konferenzraum des Kriminalkommissariats Göppingen angesetzt war.

Lindner hatte es weniger eilig. Für den Fall, dass er mit Maria nach der Rückkehr aus dem Gourmettempel noch ein Fläschchen Wein geöffnet hätte, hatte er seinen Terminkalender für den ganzen Vormittag frei gehalten. Und alles, was auf seinem Schreibtisch lag, vertrug problemlos zwei, drei weitere Stunden Wartezeit. Also schlug er sich zwei Eier in die Pfanne, konnte die meisten Schalenstückchen herauspulen, bevor die Masse stockte, und ließ sich alles mit einem dick belegten Wurstbrot schmecken. Dann duschte er ausgiebig, und noch bevor er mit dem Wagen Boll hinter sich gelassen hatte, rief er über die Freispracheinrichtung Wolfgang Roeder an. Als sich dort nur der Anrufbeantworter meldete, fiel ihm wieder ein, dass Roeder vermutlich in derselben Besprechung saß wie Maria. Er hinterließ eine kurze Nachricht, dass er sich gern noch ein wenig über den Fall Ramlinger unterhalten würde, sobald Roeder Feierabend hatte. Der Rückruf erreichte ihn, als er in Stuttgart-Bad Cannstatt gerade in die Taubenheimstraße einbog, in der das Gebäude des Landeskriminalamts stand.

»Was willst du denn wissen?«, fragte Roeder sofort, ohne sich lange mit einer Begrüßung aufzuhalten.

»Alles«, antwortete Lindner genauso knapp.

Am anderen Ende der Leitung entstand eine Pause. Lindner erreichte das LKA-Gebäude, parkte seinen Wagen und stoppte den Motor.

»Okay ...«, ließ sich Roeder nun wieder hören. »Ich kann hier heute so gegen halb fünf weg. Wo sollen wir uns treffen?«

»Ich hol dich bei der Kripo ab, dann lotst du mich zur Ramlinger-Villa, und unterwegs gibst du mir Tipps, wo ich zu diesem Fall deiner Meinung nach ein bisschen nachfassen sollte.«

»Gut. Dann bis halb fünf.«

Lindner wollte schon auflegen und den Wagen verlassen, da fiel ihm auf, dass er über die Lautsprecher in seinem Auto Roeders Atmen noch hören konnte. Dann ein Räuspern.

»Danke«, murmelte Roeder schließlich und legte auf.

***

Die Abteilung des Landeskriminalamts, der Stefan Lindner angehörte, wurde von Theodor Kollack geleitet, der als junger Mann in den Siebzigern offenbar zu viele Folgen einer bestimmten amerikanischen Fernsehserie angeschaut hatte. Er hatte seine Resthaare zur Glatze rasieren lassen, wurde auch im Amt am liebsten mit »Theo« Kollack angesprochen, und häufig lugte der Stiel eines Lollis aus seinem Mundwinkel, damit auch der Letzte darauf gestoßen wurden, wem sich Kollack verbunden fühlte. Ab und zu erwischte ihn einer seiner Untergebenen, wie er vor dem Spiegel in der Herrentoilette grimassierte und sich an dem coolen Gesichtsausdruck versuchte, den Telly Savalas als Hauptdarsteller von »Einsatz in Manhattan« so gut draufhatte.

Lindner und alle Kollegen taten dem Chef manchmal den Gefallen, sein Spiel mitzuspielen. Doch insgeheim fanden sie, dass ihr Abteilungsleiter eher dem Vice Questore aus Donna Leons Venedig-Krimis ähnelte – weil beiden ihr Image wichtiger war als ihre Leistung und sie ihre Mühen vor allem darauf verwandten, vor Höhergestellten gut dazustehen, und auf die eigentliche Arbeit weniger Anstrengung verschwendeten.

Dass Kollack dementsprechend nicht besonders ausgelastet war mit seinen täglichen Aufgaben, wusste jeder in der Abteilung. Trotzdem hatte Lindner höflich angefragt, ob der Chef denn heute noch Zeit für ein kurzes Gespräch mit ihm habe, und er hatte durchblicken lassen, dass er, Lindner, ihn um einen Gefallen bitten wolle. Zwar machte sich Kollack gelegentlich wichtig, indem er vorgab, erst in einigen Stunden oder am nächsten Tag Zeit für eine Besprechung zu haben, obwohl er vermutlich gar nicht recht wusste, womit er die Zeit bis zum Feierabend verbringen sollte. Doch Lindner musste nur knapp eine Stunde auf seinen Termin warten, weil er bei Kollack mehr als einen Stein im Brett hatte.

Da war zum einen die Sache mit den drei Krimiautoren, die er während der Ermittlungen zu dem Toten im Trinkwasserhochbehälter in Nürtingen zu einigen seiner Ermittlungen mitgenommen hatte. Kollack hatte das im Voraus den dreien großspurig versprochen, bevor er überhaupt bei Lindner nachgefragt hatte – und entsprechend dankbar war er, als Lindner seinen Chef nicht mit einem Verweis auf die Vorschriften abtropfen ließ. Das ungewöhnliche Arrangement hatte sogar einen bescheidenen Nutzen gezeitigt – die gemeinsam verfassten Krimis der drei Autoren hatten an Realismus gewonnen. Die Abläufe innerhalb der Kriminalpolizei waren nun zumindest in einigen Punkten korrekt wiedergegeben, und zwei der Bücher hatte Lindner daraufhin auch tatsächlich bis zum Ende gelesen. Seine Mutter war schon zuvor ein glühender Fan gewesen von Kommissar Jäckle, wie das Trio seinen zentralen Ermittler benannt hatte. Sie ließen ihren Jäckle in Altenriet wohnen, einem Ort ein paar Kilometer westlich von Nürtingen, und bis zum Zusammentreffen mit Lindner hatte es jeder Jäckle-Fall in den Verkaufscharts in die Top Ten geschafft. Dass sich die drei Autoren in ihren Büchern inzwischen mehr an die Realität hielten, hatte dem Verkauf ihrer Krimis keineswegs gut getan: Zwar waren sie immer noch gefragt, doch auf der Spiegel-Bestsellerliste konnten sie sich nicht mehr so weit oben platzieren wie zuvor.

Das schmälerte Kollacks Dankbarkeit Lindner gegenüber aber nicht, und einige Zeit nach der Geschichte mit den Schriftstellern konnte der Kommissar erneut bei seinem Chef punkten. Da war auf dem Kornberg bei Gruibingen ein toter Schäfer aufgefunden worden, dem ersten Anschein nach ein Opfer streunender Wölfe. Kollack war mit einem Beamten des baden-württembergischen Umweltministeriums befreundet, in dessen Zuständigkeitsbereich Wolfsschäden fielen, und der hatte befürchtet, dass der Rummel um den Toten ihm ungebührlich viel Arbeit einbrocken würde. Also hatte sich Lindner darauf eingelassen, sich an den Ermittlungen zu beteiligen – und er hatte Kollacks Bekanntem wohl wirklich manchen zusätzlichen Aufwand erspart.

Als Lindner seinem Vorgesetzten in dessen Besprechungsecke gegenübersaß und der ihm Kaffee und Kekse anbot, machte Kollack einen so aufgeräumten Eindruck, dass er beschloss, sofort zum Thema zu kommen.

»Herr Kollack, ich wollte Sie um einen Gefallen bitten.«

»Ja, das sagten Sie vorhin schon am Telefon. Worum geht es denn? Sie wissen ja, Lindner: Wenn ich kann, helfe ich Ihnen gern.«

»Es geht um einen Mordfall, der anfangs so klar wirkte wie selten einer, an dem mich aber das eine oder andere stutzig macht.«

Kollack hob die Augenbrauen.

»Woher dieser Sinneswandel? Haben Sie sich nicht immer sehr zurückgehalten in solchen Dingen, um nur ja nicht der zuständigen Kripo auf die Zehen zu treten?«

Lindner zuckte mit den Schultern und lächelte verlegen.

»Was hat es denn mit diesem Mordfall auf sich?«, hakte Kollack nach.

»Ein Fabrikant wurde erstochen, seine Frau wurde neben ihm vorgefunden, die blutige Tatwaffe in der Hand …«

»Ach, diese Geschichte«, unterbrach ihn Kollack und wiegte betrübt den Kopf. »Schlimme Sache, das. Nie im Leben hätten meine Frau oder ich gedacht, dass Sonja eines Tages so was …«

»Sie kennen Frau Ramlinger?«

»Wir sind … nein, ich muss wohl sagen: Wir waren befreundet. Na ja, eigentlich waren wir eher mit Ernst befreundet, ihrem Mann, aber man trifft sich ja doch meistens paarweise, und deshalb habe ich auch Sonja gekannt. Aber nicht gut genug, wie mir scheint.«

Er ließ seinen Blick sinken, schwieg einen Moment lang und trank dann von seinem Kaffee, bevor er weitersprach.

»Wie auch immer, Lindner, ich weiß natürlich von dem Fall, aber wenn ich mich nicht irre, sitzt Sonja Ramlinger in Untersuchungshaft. Sie hat den Mord gestanden, und sie wartet auf ihre Verhandlung. Hat es damit zu tun, dass die Kripo Göppingen die Mordermittlungen durchführte?«

»Wie meinen Sie das?«

»Na ... wollen Sie Ihrem früheren Freund, diesem ... wie heißt er? Roeder?«

Lindner nickte, um den Namen zu bestätigen.

»Wollen Sie diesem Roeder eins auswischen, weil er Sie in den vergangenen Jahren immer wieder getriezt hat? Für so rachsüchtig hätte ich Sie nicht gehalten, Lindner.«

»Nein, ich will Roeder keins auswischen – im Gegenteil, er ist zu mir gekommen und hat mich darum gebeten, dass ich mir die Akten noch einmal ansehe und mich mit dem Fall beschäftige, falls mir Ungereimtheiten auffallen sollten.«

Kollack stutzte.

»Tut mir leid, aber das versteh ich nicht: Warum will er denn, dass Sie ihm auf die Finger sehen und ihm womöglich Ermittlungsfehler nachweisen? Er war doch Mitglied der Soko, oder?«

»Er hält Sonja Ramlinger für unschuldig, aber in der Soko war er mit seiner Meinung allein. Deshalb hat er mich um Hilfe gebeten.«

»Und das treibt ihn so um?«, fragte Kollack. »Es wird doch nicht der erste Fall sein, in dem er anderer Meinung war als seine Kollegen, nehme ich an. Warum also lässt er es diesmal nicht auf sich beruhen?«

Lindner überlegte, was er seinem Vorgesetzten offenbaren sollte – und was eher nicht.

»Roeder kennt Sonja Ramlinger«, sagte er schließlich. »Von früher. Die beiden waren zusammen in der Schule.«

»Ja«, murmelte Kollack und nickte, »das verstehe ich. Alte Bekannte ... da schüttelt man so was natürlich nicht leicht aus den

Kleidern. Aber was an dieser Geschichte macht ihn denn stutzig – und Sie jetzt auch?«

Lindner erzählte von den Details, die in seinen Augen nicht so ganz in den Ablauf des Tathergangs passten. Kollack hörte geduldig zu, nickte ab und zu oder signalisierte mit einem Brummen, dass er ähnliche Schlüsse gezogen hätte.

»Und deshalb«, schloss Lindner seinen Monolog, »wollte ich Sie bitten, ob Sie es für mich nicht vielleicht erreichen können, dass ich in diesem Fall ermitteln kann.«

Kollack seufzte und sagte nichts.

»Natürlich muss das die Staatsanwaltschaft anordnen, und am Ende muss mich die Kripo Göppingen oder das Ulmer Präsidium anfordern«, schob Lindner nach. »Aber das ... wie soll ich sagen? ... das klappte ja nach dem Fund des übel zugerichteten Schäfers droben auf dem Kornberg ebenfalls, Chef.«

»Ich weiß«, knurrte Kollack und warf Lindner einen kurzen, tadelnden Blick zu. »Daran hätten Sie mich nicht erinnern müssen. Ich hab Ihnen das nicht vergessen, keine Sorge.«

Dann versank Kollack wieder in brütendes Schweigen. Er trank seinen Kaffee aus, stellte die Tasse ab und schob sie ein wenig von sich weg. Er räusperte sich mehrmals, faltete seine Hände zusammen und wieder auseinander, atmete tief ein und aus. Lindner wusste, wie es sich anhörte und wie es aussah, wenn sein Chef versuchte, zu einer Entscheidung zu gelangen. Er mochte das Treffen von Entscheidungen nicht, und wann immer es ging, wich er solchen Situationen aus, delegierte lieber und beschränkte sich später darauf, denjenigen für eine falsche Entscheidung zu kritisieren, dem er sie aufgehalst hatte. Aber diesmal gab es keinen Ausweg, und deshalb musste Lindner warten.

Es dauerte halb so lang wie ihr bisheriges Gespräch. Immer wieder seufzte Kollack, strich mit seinen Händen über die Tischplatte, griff sich einen Keks und legte ihn wieder zurück, trommelte mit seinen Fingerspitzen auf dem Tisch. Schließlich klopfte er zweimal mit den flachen Händen auf die Tischplatte und sah Lindner an.

»Zufällig kenne ich jemanden, der im Polizeipräsidium Ulm etwas zu sagen hat, und ebenso zufällig habe ich einen guten Draht zur zuständigen Staatsanwaltschaft. Ich werde also jetzt gleich mal ein paar Telefonate führen und schauen, was sich da machen lässt.«

»Danke, Herr Kollack!«

»Versprechen kann ich nichts, Lindner. Aber Sie hören von mir.«

Das Okay kam nach eineinhalb Stunden. Die Staatsanwaltschaft hielt zwar noch immer nichts von der Theorie, dass Sonja Ramlinger ein falsches Geständnis abgelegt haben könnte – aber es wollte sich auch niemand nachsagen lassen, nicht alles versucht zu haben, um ihre etwaige Unschuld zu beweisen. Und aus dem Ulmer Präsidium ging die Order in Göppingen ein, dass der LKA-Beamte Stefan Lindner ab sofort für seine Ermittlungen im Fall Ramlinger zu unterstützen sei und dass ihm alle Unterlagen zugänglich gemacht werden sollten.

***

Lindner hatte Maria vorab per SMS Bescheid gegeben, damit sie sich nicht wunderte, falls sie ihn vor dem Gebäude der Kripo Göppingen warten oder mit Roeder wegfahren sah – doch der Schuss ging nach hinten los: Als Lindner seinen ehemaligen Kollegen aus dem Eingang treten sah, drängten sich neben Maria einige andere Kripobeamten feixend an einem der Fenster im ersten Stock, um die beiden Männer beieinander zu sehen, die sich seit Jahren aus dem Weg gegangen waren, wann immer es ging. Lindner ließ sich nichts anmerken, und deshalb fiel Roeder nicht auf, dass sie aus dem Gebäude beobachtet wurden.

»Zuerst fahren wir nach Gammelshausen«, sagte Roeder, während er sich anschnallte. »Dort wohnt Sonjas Mutter, die ist sehr froh, dass du dich in den Fall einschalten willst.«

Lindner sah seinen Beifahrer erstaunt an.

»Das hast du ihr erzählt?«

»Sie ruft mich beinahe täglich an. Als wir sie wegen des Mordes befragt haben, hat sie wohl mitbekommen, dass ich ihre Tochter eher nicht für die Täterin halte.«

»Weiß sie, dass ihr beide …?«

Roeder zuckte mit den Schultern.

»Sie kennt mich natürlich als alten Schulkameraden von Sonja, aber ob sie mehr weiß, kann ich dir nicht sagen. Ich halte es aber für sehr unwahrscheinlich. Ich habe es ihr gegenüber nie erwähnt, und mit Sonja hatte sie seit Jahren keinen Kontakt mehr.«

»Wieso das denn?«

»Das soll sie dir am besten selbst erzählen.«

Der dichte Feierabendverkehr hielt sie vor allem in der Göppinger Innenstadt und dann noch einmal in Heiningen auf, aber nach gut einer Viertelstunde hatten sie die Hauptstraße in Gammelshausen erreicht. Roeder lotste Lindner zu einem älteren Bauernhof, der nicht weit entfernt von Entenmanns Gourmetlokal lag und vor dessen windschiefem Scheunentor ein knallrot lackierter Mini stand.

»Den hat sie sich im Sommer zum runden Geburtstag gegönnt«, erklärte Roeder, als Lindner seinen Wagen daneben abstellte. »Deshalb auch das Kennzeichen.«

Es lautete auf »GP-DK« und drei Ziffern, die für ein Datum im Juli stehen konnten.

An einem Fenster im Erdgeschoss wackelte eine Gardine, und nachdem die beiden Männer ausgestiegen und die ersten Schritte auf das Haus zugegangen waren, schwang die Haustür auf. Eine schlanke Frau in Jeans und weitem Hemd sah ihnen entgegen, begrüßte Roeder mit einem kurzen Nicken und ließ sich dann dessen Begleiter vorstellen. Dorothea Kurtz sah jünger aus, als sie war, und obwohl Lindner aus Roeders Erzählungen wusste, dass sie vor wenigen Monaten ihren siebzigsten Geburtstag gefeiert hatte, hätte er sie höchstens auf Ende fünfzig geschätzt. Nur die tief eingegrabenen Falten um ihre Augen und einige Hautflecken auf den Handrücken gaben einen Hinweis auf ihr wirkliches Alter.

Sie wirkte angespannt und warf Lindner immer wieder einen kurzen, prüfenden Blick zu. Dabei führte sie ihre Besucher in ein altmodisch eingerichtetes Wohnzimmer, dessen große Fenster auf einen dicht bepflanzten Garten hinausgingen. Auf dem Couchtisch standen Gläser und eine halb gefüllte Sprudelflasche.

»Oder möchten Sie lieber einen Tee oder Kaffee?«, fragte Kurtz, an Lindner gewandt, als sie ihren Besuchern Plätze in zwei wuchtigen Sesseln anbot, während sie selbst sich auf das Sofa setzte. »So spät am Nachmittag trinke ich keinen mehr, aber wenn Sie vielleicht …?«

»Nein, Sprudel ist prima«, antwortete Roeder, griff zur Flasche und verteilte das Mineralwasser auf die drei Gläser. Dann stand er auf. »Ich darf doch?«, wandte er sich an die Gastgeberin und hob die leere Flasche hoch.

»Gern, das ist nett, Wolfgang.«

Kurz darauf kam er mit einer vollen Flasche zurück ins Wohnzimmer und schenkte allen nach. Roeder schien sich hier recht heimisch zu fühlen, und er war offensichtlich in den vergangenen Wochen mehr als einmal hier gewesen.

»Ihr Mann ist im Garten, nehme ich an«, fuhr Roeder fort.

Ein schmerzlicher Zug huschte über das Gesicht der Frau, und sie sah kurz zum Fenster. Lindner folgte ihrem Blick. Zwischen einigen Büschen kauerte ein kahlköpfiger Mann, der mit seinen buschigen weißgrauen Augenbrauen, der dicken Brille und den ausgebeulten Cordhosen deutlich älter wirkte als seine Frau. Er hatte offenbar nicht bemerkt, dass Besuch gekommen war. Mit einer Harke bearbeitete er ein schmales Beet, grub zwischendurch mit den Fingern in der losen Erde und zog winzige Gräser aus dem Boden, die er danach auf eine neben ihm ausgebreitete Plastiktüte legte.

»Mein Mann liebt seinen Garten«, erklärte Dorothea Kurtz überflüssigerweise, räusperte sich und nahm einen Schluck Wasser. Dann musterte sie Lindner, zögerte einen Augenblick und fragte dann: »Sie ermitteln nun also auch im Fall des Mordes an meinem ... Schwiegersohn?«

Die kurze Pause ließ Lindner aufhorchen, und als ihr das bewusst wurde, lächelte sie.

»Ihr Freund wird Ihnen doch sicher erzählt haben, dass ich nicht sehr glücklich über die Ehe meiner Tochter war?«

Lindner sah nun Roeder verblüfft an – offenbar hatte der sich als sein Freund vorgestellt. Ihre Freundschaft lag ja nun schon eine Zeit lang zurück, da hätte es ein »ehemaliger Kollege« sicher auch getan. Roeder zuckte entschuldigend mit den Schultern. Dorothea Kurtz deutete das Verhalten der beiden anders.

»Ach, er hat Ihnen nichts davon erzählt?«

»Nein«, erwiderte Lindner und war im Grunde genommen froh, dass die Frau nichts von den Spannungen zwischen ihm und Roeder wusste. »Und das ist ja auch gut so: Am besten wird es sein, Sie erzählen mir alles, was Ihnen wichtig erscheint – und ich höre mir alles möglichst unvoreingenommen an.«

Dorothea Kurtz nickte, nahm einen Schluck Wasser, strich mit den flachen Händen über ihre Jeans und zupfte ihr Hemd zurecht. Dann nickte sie erneut, atmete tief durch und begann.

»Ich war noch recht jung, als Sonja zur Welt kam. Mein Mann Heinz und ich hatten erst ein Jahr zuvor geheiratet, und mir war es gar nicht recht, dass ich so schnell nach der Hochzeit meine Stelle aufgeben musste. Manchmal wünsche ich mir, all die Möglichkeiten, die den heutigen Eltern offenstehen, hätte ich damals schon gehabt ... Na ja, hilft ja nichts. Heinz jedenfalls fand es völlig in Ordnung, dass ich nach Sonjas Geburt zu Hause blieb – dass ich arbeiten gehen könnte, kam ihm nicht mal in den Sinn. Er hatte eine gut bezahlte Stelle im Landratsamt und hoffte obendrein auf eine baldige Beförderung. Aber mir ging es weniger darum, ob wir finanziell noch ein weiteres Gehalt brauchten – ich hatte Freude an meinem Beruf, ich war im Innendienst einer Vertriebsfirma, hatte nette Kollegen und spannende Aufgaben.«

Sie seufzte.

»Egal ... ich blieb also zu Hause, und als wir in den folgenden Jahren vergeblich darauf hofften, dass Sonja noch Geschwister bekommen würde, habe ich mich eben voll auf sie als einzige Tochter konzentriert. Mein Mann machte damals Karriere, ganz so, wie er es sich gewünscht hatte. Er kam entsprechend spät aus dem Büro und war dann auch meistens zu müde, um noch groß was mit uns zu unternehmen. Seine Eltern, die damals noch mit uns hier auf dem Hof lebten, wurden mit der Zeit gebrechlicher, also habe ich mich auch um die beiden gekümmert. Und als sie kurz nacheinander starben, hätte ich zwar wieder mehr Zeit gehabt für meinen Mann und mich – aber da war unser Alltag schon so festgefahren, dass wir seither kaum mehr etwas miteinander unternommen haben.«

Sie unterbrach sich und schaute wehmütig zu dem alten Mann hinaus, der sich nach wie vor nur für das Unkraut in seinem Beet interessierte. Dann räusperte sie sich und lächelte Lindner entschuldigend an.

»Da bin ich wohl etwas abgeschweift, tut mir leid. Aber das treibt mich eben um – und ich hatte die Befürchtung, dass es meiner Tochter mit ihrem Mann ähnlich ergehen könnte wie mir mit meinem.«

»Erzählen Sie ruhig«, ermunterte Lindner sie. Wie oft hatten ausgerechnet beiläufig dahingesagte Kleinigkeiten eine lohnende Spur ergeben – auch wenn ihm bisher noch nichts in dieser Art aufgefallen war.

»Zu Sonja«, fuhr Dorothea Kurtz fort, »hatte ich immer ein sehr gutes Verhältnis, wir waren lange Zeit eher Freundinnen als Mutter und Tochter. Umso mehr hat es mich geschmerzt, dass sich das nach der Hochzeit mit Ernst Ramlinger völlig änderte. Der Ernst kann ... ich meine: Er konnte vor Geld zwar kaum laufen, weil seine Firma so viel abwarf – aber als Mensch war er nicht unbedingt ein Gewinn. Als mir die Sonja 1990 zum ersten Mal von ihrem neuen Freund erzählte und davon, dass sie bald heiraten wollen, hat mich schier der Schlag getroffen! Sonja war damals gerade mal zwanzig – und Ernst Ramlinger schon über

Mitte dreißig und ein ziemlicher Spießer. Allein schon wie er aussah, mit Bauchansatz und Halbglatze! Und dazu seine altmodischen Ansichten – und immer hat er das Maul weit aufgerissen, weil er ja zu allem jederzeit das einzig Wahre zu sagen hatte!«

Sie war laut geworden, machte nun eine kurze Pause, trank etwas Mineralwasser und fuhr mit ruhigerer Stimme fort.

»Ich muss wohl nicht extra erwähnen, dass ich Ernst Ramlinger von Anfang an nicht mochte?«

Lindner schüttelte den Kopf und wartete stumm darauf, dass sie weiterredete.

»Er stand überall im Mittelpunkt, war in Vereinen engagiert und wurde von denen natürlich schon deshalb hofiert, weil er sich als Sponsor nicht kleinlich zeigte. Er hockte ständig mit irgendjemandem zusammen und kungelte dies und jenes aus. Überall hatte er seine Finger drin, und überall hatte er einen Fuß in der Tür – beste Kontakte, ob in die Rathäuser der Gegend, ins Landratsamt, in die Landesministerien ...«

Ein böses Grinsen huschte über das Gesicht von Dorothea Kurtz.

»Wenn Sie nachher zur Villa rüberfahren, sollten Sie mal mit einem der Nachbarn reden. Wobei es ›Nachbarn‹ nicht ganz trifft: Die nächsten Häuser befinden sich westlich von dem kleinen Weg, der eigentlich die Ortsgrenze von Schlat markiert. Jenseits des Wegs gibt es nur zwei Bauernhöfe – und in dem Bereich, in dem Ramlingers Villa steht, durfte sonst niemand bauen. Ich weiß nicht, wie er das gedeichselt hat, aber Verbote gelten manchmal eben nicht für alle im gleichen Maß, nicht wahr?«

Lindner hatte keine Lust auf Mutmaßungen, durch welche Beziehungen Ramlinger vielleicht Bauvorschriften hatte umgehen können. Seine Mutter, die in Boll ebenfalls jeden auf dem Rathaus kannte, musste sich seit eh und je an Vorschriften halten und hatte längst nicht jeden Anbau genehmigt bekommen, den sie sich gewünscht hatte. Seiner Erfahrung nach entsprangen Andeutungen wie die von Dorothea Kurtz meistens purem Neid oder dem Wunsch, jemanden anzuschwärzen, den man nicht mochte.

»Sie haben erwähnt, dass Ihr guter Kontakt zu Ihrer Tochter nach der Hochzeit schlechter wurde. Warum?«, versuchte er sie deshalb zurück zum eigentlichen Thema zu lenken.

»Na, das werden Sie sich ja wohl denken können!«, schnaubte sie, nahm einen Schluck Sprudel und wurde dann doch konkreter. »Der Ernst war zunächst noch relativ freundlich zu uns gewesen, aber heute glaube ich, dass er uns da nur was vorgespielt hat, damit wir nicht noch die Sonja davon abbringen, ihn zu heiraten – oder was immer er da befürchtet haben mag. Als die Hochzeit vorbei war, hat er uns zunehmend geschnitten. Von Familienfeiern hielt er ohnehin nicht viel, in die neue Villa wurden wir erst gar nicht eingeladen, und wenn er dann doch mal zu uns kam, weil ein Geburtstag anstand, behandelte er uns von oben herab. Ein-, zweimal kam die Sonja noch allein, aber dann hörte auch das auf. Ich vermute, dass er ihr den Kontakt mit uns verboten hat. Oder dass er Sonja irgendeinen Blödsinn über uns erzählt hat. Oder beides.«

»Wie kommen Sie darauf?«

»Wie gesagt: Meine Tochter und ich hatten zuvor ein sehr gutes Verhältnis. Aber gleich nach der Hochzeit kam es zu einem Streit zwischen Ernst Ramlinger und meinem Mann. Ernst machte sich über unseren Garten lustig, protzte mit seinen Ausgaben für die Außenanlagen seiner Villa in Schlat und vertrat die Meinung, dass das sowieso nur ein Profi richtig hinbekommt – das hat mein Mann nicht gut vertragen. Er hat den Ernst kurzerhand rausgeworfen, und als die Sonja im ersten Moment noch bleiben wollte, hat er sie zu sich gerufen wie einen Hund. Danach war ein paar Wochen lang Funkstille zwischen uns. Schließlich habe ich angerufen, aber meine Tochter war am Telefon seltsam reserviert. Ich habe sie geradeheraus gefragt, was denn los sei – nach einigem Ausweichen hat sie mir gestanden, dass Ernst ihr erzählt habe, wir hätten dafür gesorgt, dass der Tennisverein sie rauswirft. Sonja hat seit ihrer Kindheit beim GSV Dürnau gespielt, wo auch wir Mitglied sind. Mein Mann spielt schon seit Jahren nicht mehr, aber ich stehe noch regelmäßig auf dem Platz und helfe auch bei

Vereinsfesten. Ich habe Ernsts Unterstellung natürlich sofort von mir gewiesen, aber sie hat mir nicht geglaubt. Sie ist dann lauter geworden, und schließlich hat sie aufgelegt.«

»Ihre Tochter wurde vom Tennisverein rausgeworfen?«

»Nein, in Wirklichkeit hat der Ernst sie einfach abgemeldet. Das habe ich später im Verein erfahren, aber ihr hat er offenbar eine andere Geschichte aufgetischt. Sonja wollte darüber nicht mit mir reden, deshalb weiß ich es nicht genauer und kann es mir nur aus diesem einen Telefonat zusammenreimen.«

»Das scheint Sie immer noch zu beschäftigen. Haben Sie sie seit ihrer Verhaftung nicht danach gefragt?«

Dorothea Kurtz senkte den Blick.

»Sie wollte bisher nicht mit mir reden.«

»Wegen dieser alten Geschichte?«

»Es blieb ja nicht die einzige. Etwas später – da hatte Ernsts Firma wohl finanzielle Schwierigkeiten – rief mich meine Tochter wutentbrannt an. Sie fragte mich, warum wir von Ernst das Geld zurückforderten, das wir den beiden zur Hochzeit geschenkt hatten, und ihm mit dem Anwalt drohten für den Fall, dass er es uns nicht binnen vier Wochen zurückzahlen würde.«

»Und warum wollten Sie dieses Geld zurück?«

»Das stimmte doch gar nicht! Das hat Ernst einfach nur behauptet! Ich war so perplex wegen dieses unsinnigen Vorwurfs, dass mir im ersten Moment keine vernünftige Antwort eingefallen ist. Sonja legte wieder auf, ich rief zurück, es kam erneut zu einem Streit – und dann war's mir irgendwann zu blöd, und ich habe aufgelegt. Ein paar Wochen lang war ich zu stolz, wieder anzurufen. Und als ich es trotzdem tat, nahm sie nicht mehr ab. Zweimal fuhr ich sogar rüber nach Schlat, aber sie hat mich vor der Villa stehen lassen wie bestellt und nicht abgeholt. Seither hatten wir keinen Kontakt mehr.«

Lindner sah Dorothea Kurtz nachdenklich an. Sie war sichtlich erregt.

»Warum hat Ihr Schwiegersohn Sie in den Augen Ihrer Tochter schlechtgemacht, was glauben Sie?«

»Der wollte sie für sich haben, wollte alle ihre alten Kontakte unterbinden – das glaube ich! Ach was, davon bin ich überzeugt! Sonja war ja nicht nur im Tennisverein aktiv gewesen, sie hatte auch viele Freundinnen, mit denen sie regelmäßig etwas unternahm – alles endete mehr oder weniger kurz nach der Hochzeit. Und irgendwann war Sonja nur noch als Anhängsel ihres Mannes auf Veranstaltungen. Der hat die regelrecht abgeschirmt, und Sonja hat das mit sich machen lassen.«

Ihre Augen schimmerten, und sie räusperte sich. Lindner erinnerte sich, was zur Vernehmung von Dorothea Kurtz im Protokoll stand: Sie hatte ein Alibi, den Todestag ihres Schwiegersohns hatte sie mit Freundinnen in Stuttgart verbracht.

»Glauben Sie mir«, hatte sie ausgesagt, »ich würde gern auf mein Alibi verzichten und selbst tatverdächtig sein, wenn ich damit meiner Tochter helfen könnte. Ein Motiv, Ramlinger umzubringen, hätte ich allemal gehabt.«

»Hatte Ihr Schwiegersohn Feinde?«, fragte Lindner nach einer kurzen Pause.

»Wird er wohl gehabt haben!«, gab sie etwas patzig zurück. »Schließlich ist er jetzt tot, gestorben an mehr als zwei Dutzend Messerstichen!«

»Die Ihrer Tochter angelastet werden, Frau Kurtz.«

»Aber ... aber Sie ...« Sie schnappte nach Luft, sah abwechselnd Lindner und Roeder an. »Aber Sie werden doch beweisen, dass sie es nicht war! Das werden Sie doch, oder?«

»Ich schaue mir alles genau an, ich spreche mit allen, die etwas zu dem Fall zu sagen haben – aber was am Ende herauskommt, kann ich Ihnen beim besten Willen nicht sagen. Im Moment ist Ihre Tochter die Hauptverdächtige, sie hat gestanden und sitzt in Untersuchungshaft. Wenn sie ihren Mann nicht getötet hat, dann hoffe ich, dass ich dafür Beweise finde – aber im Moment kann ich Ihnen nicht mehr versprechen, als dass Herr Roeder und ich noch einmal alles ganz genau unter die Lupe nehmen werden.«

»Aber Wolfgang, ich meine, Herr Roeder hat ...«

»Auch Herr Roeder wird Ihnen in dieser Angelegenheit nichts anderes versprochen haben, Frau Kurtz«, schnitt Lindner ihr das Wort ab. Und er wusste in diesem Moment nicht, ob er es tat, weil ihre fordernde Art ihn nervte – oder weil er Roeder einen Gefallen tun und ihn nicht vollends unprofessionell dastehen lassen wollte.

Dorothea Kurtz war jedenfalls fürs Erste aus dem Konzept gebracht. Sie trank ihr Glas leer, warf Lindner einen wütenden Blick zu und Roeder einen beleidigten, dann schnellte sie vom Sofa hoch und stellte sich neben die Tür zum Flur.

»Falls Sie keine Fragen mehr haben«, sagte sie mit rauer Stimme, »würde ich mich jetzt gern etwas hinlegen.«

***

»Jetzt hast du ja selbst erlebt, wie fordernd Sonjas Mutter sein kann«, sagte Roeder nach einer Weile. »Ich hoffe, sie hat dich nicht verprellt mit ihrer forschen Art.«

»So schnell verprellt mich keiner, aber ...«

Lindner musterte seinen Beifahrer.

»... aber hast du ihr wirklich versprochen, dass wir die Unschuld ihrer Tochter beweisen werden?«

»Natürlich nicht«, versetzte Roeder lahm, sackte aber auf einen kurzen Seitenblick Lindners hin förmlich zusammen. »Mensch, Stefan, du hast sie doch gerade selbst erlebt. Die ist völlig fertig! Ihr Ein und Alles, ihre Tochter, für die sie den Beruf an den Nagel gehängt und ihre eigenen Träume hintangestellt hat, die wegen Unterstellungen durch Ernst Ramlinger den Kontakt mit ihr abgebrochen hat und sie nicht einmal jetzt sprechen will, sitzt als Hauptverdächtige hinter Gittern – dass sie das nicht einfach so hinnehmen will, liegt doch auf der Hand. Sie hat mich ständig angerufen, und weil sie mir leidtat, habe ich sie halt auch ein paar Mal besucht. Heute war sie ja recht energisch, das kann nerven. Aber wenn sie plötzlich in Tränen ausbricht ... Ich weiß auch nicht, Stefan, damit kann ich nicht umgehen. Und da kann es schon sein, dass ich ihr mal mehr Hoffnung gemacht habe, als ich es hätte tun sollen.«

Lindner seufzte und schüttelte den Kopf.

»Du hast es ihr ja erklärt«, fuhr Roeder versöhnlich fort. »Und ich glaube, sie hat es verstanden. Jetzt muss sie das halt erst einmal verdauen. Gib ihr die Zeit, Stefan, bitte.«

»Geb ich ihr, klar.«

»Gut. Und jetzt dort vorne an der Kreuzung links und dann die zweite Straße rechts rein.«

Auf der Rommentaler Straße fuhren sie bis zum östlichen Ortsrand von Schlat, passierten dort eine letzte Häuserreihe, dann linker Hand ein Wohnhaus und direkt im Anschluss einen Bauernhof. Wenige Meter weiter ließ ihn Roeder anhalten und deutete auf ein schmiedeeisernes Tor, das eine breite Lücke zwischen dichten Büschen versperrte. Roeder drückte den Knopf der Fernbedienung, und ganz langsam begann das Tor aufzugleiten. Als die Öffnung breit genug war, fuhr Lindner hindurch und folgte einem gepflasterten Weg bis zu einer ovalen Fläche, die Platz für mehrere Autos bot, im Moment aber leer war.

Die Villa der Ramlingers bildete zusammen mit einer breiten Garage rechts des Hauptgebäudes einen wuchtigen Riegel, der den Blick auf den Garten fast völlig versperrte. Doch auch schon entlang der Zufahrt war der Rasen sauber getrimmt, waren die Büsche exakt gestutzt und die kleinen Kiesflächen zwischen Weg und Wiese sorgfältig geharkt.

Einige breite Stufen führten zur Haustür hinauf. Roeder schloss auf, drückte die Tür auf und ließ Lindner den Vortritt. Muffige Luft schlug ihm entgegen, weil das unbewohnte Haus nicht mehr regelmäßig gelüftet wurde, aber natürlich war nichts mehr zu riechen, was auf den Mord hingedeutet hätte. Auch im Wohnzimmer hatten die Tatortreiniger ganze Arbeit geleistet: Die großformatigen Bodenfliesen waren sauber, weder Blutflecken noch die mit Kreide markierten Umrisse der Leiche waren zu sehen. Deshalb zog Roeder ein paar Fotoausdrucke aus der Mappe, die er mitgebracht hatte, und gab sie Lindner.

»Hier lag er«, erklärte er dazu und deutete auf die entsprechende Stelle. »Und hier, direkt daneben, saß Sonja in seinem Blut.«

Lindner blätterte in den Fotos, musterte den Boden und die Einrichtung, wanderte kreuz und quer durch das große Wohnzimmer, sah zu den Fenstern hinaus und nahm auch die Terrassentür in Augenschein, die auf den Tatortfotos verschlossen war. Er schaute aus verschiedenen Perspektiven auf die Stelle, an der Ernst Ramlinger gestorben war. Dann ließ er sich von Roeder die Küche zeigen und anschließend den Keller. Er ging schweigend die Treppe hinauf zurück ins Erdgeschoss, sah sich in den anderen Zimmern um, ohne etwas Bestimmtes zu suchen, und gab Roeder schließlich die Fotos zurück.

»Ich glaube, wir können wieder gehen. Sonst bin ich ja recht bald nach einem Mord am Tatort und kann mir alles noch im ursprünglichen Zustand ansehen – aber so aufgeräumt und geputzt, wie das hier ist, bringt mir das Innere der Villa nicht mehr als deine Fotos, tut mir leid.«

Lindner deutete auf die Fenster, die nach Westen hinausgingen. Vor dem Fenster befand sich eine riesige Terrasse, dahinter Rasen bis zu der Hecke, die das ganze Anwesen umgab. Von den nächsten Häusern im Westen waren nur die Giebel zu sehen, der Rest wurde von der Hecke verdeckt und von einer Reihe von Bäumen zwischen Ramlingers Grundstück und denen der Nachbarn.

»Dort drüben gibt es ein Dachfenster, das von hier aus zu sehen ist. Ihr habt natürlich geprüft, ob jemand was gesehen hat?«

»Ja, das wurde gecheckt, aber in dem Raum hinter dem Dachfenster hat sich zur Tatzeit leider niemand befunden.«

»Schade, war aber eigentlich nicht anders zu erwarten. Und irgendwelche Nachbarn, die jemanden das Haus haben betreten oder her- oder wegfahren sehen?«

»Leider auch Fehlanzeige.«

»Weil niemand gesehen wurde – oder weil niemand da war, der etwas hätte sehen können?«

»Soweit es die Straße vor der Villa betrifft, können wir vermutlich davon ausgehen, dass auf diesem Weg niemand das Grundstück betreten hat. Auf dem Bauernhof auf der anderen Straßenseite ist eigentlich immer jemand zugange. Doch weder der Bauer noch seine Frau haben gesehen, dass jemand zur Villa gekommen oder von hier weggefahren wäre. Da kurz vor neun Uhr auch noch zwei Handwerker mit ihrem Lieferwagen auf dem Bauernhof ankamen, etwas mit dem Bauern zu besprechen hatten und acht oder neun Minuten später wieder wegfuhren, müsste es ihnen oder dem Bauernehepaar aufgefallen sein, wenn sich zur Tatzeit oder kurz davor auf der Straße oder am Eingang zum Grundstück der Villa jemand befunden hätte – das war aber wohl nicht der Fall. Aber es gibt noch eine andere Möglichkeit. Komm mal mit, Stefan.«

Roeder trat zu der Terrassentür, die nach Süden aus dem Raum führte. In diese Richtung breitete sich der größte Teil des Gartens aus, Terrakottaplatten führten geradeaus zu einem Pool, an den eine zweite Terrasse mit einem gemauerten Kamin anschloss. Nach links zweigte ein Weg ab und führte zwischen hohen Büschen und einigen Bäumen hindurch. Roeder ging Lindner auf dem schattigen Pfad voraus, der sich zwischen Brunnen, Steinfiguren und weiteren dichten Büschen hindurchwand und schließlich an einer Laube endete, die an zwei Seiten mit Weinreben überwuchert war. In der Laube stand ein wetterfester Schrank aus Rattan oder einem ähnlichen Material, und Schrannen boten Platz für etwa zwanzig Leute. Direkt neben der Laube befand sich ein gemauerter Grill, etwas größer als der Grill am Pool, dazu eine Feuerschale und ein übergroßer Sektkühler, der in eine etwas kitschige Steinsäule eingearbeitet war.

Roeder beachtete das alles aber nicht weiter, sondern umrundete die Laube, blieb direkt hinter ihr stehen und deutete auf die Hecke. Lindner verstand erst nicht, was ihm Roeder zeigen wollte, aber dann sah er die Lücke im Geäst.

»Und hier kommt man von draußen rein?«, fragte Lindner.

Roeder nickte.

»Es gibt keinen Zaun in oder hinter der Hecke?«

»Doch, aber der ist an dieser Stelle aufgeschnitten, und die Enden sind weit genug zur Seite gebogen, dass man recht bequem durchschlüpfen kann.«

Lindner beugte sich hinunter und musterte die Lücke.

»Du meinst«, fragte er schließlich, »dass jemand den Zaun durchschnitten hat und sich dann auf diese Weise ungesehen bis an die Villa heranschleichen konnte?«

Roeder räusperte sich und wirkte etwas verlegen.

»Das Loch im Zaun gibt's schon länger«, erklärte er. »Und es ist groß genug, dass man durchschlüpfen kann, ohne sich an den abgeschnittenen Drähten Kratzer einzuhandeln oder mit der Kleidung dran hängen zu bleiben.«

Lindner bückte sich, kroch ein kleines Stück in die Hecke, kam kurz darauf wieder zum Vorschein und stand auf. Er wischte sich über die Knie seiner Hosenbeine, aber die dunklen Flecken, die sich dort gebildet hatten, gingen davon nicht weg. Er rubbelte noch ein-, zweimal daran herum, dann fluchte er leise und ließ es bleiben.

»Damit musst du zur Reinigung, aber die kriegt das wieder raus, Stefan«, beruhigte ihn Roeder.

Jetzt stutzte Lindner doch: »Und das weißt du, weil …?«

Roeder zuckte mit den Schultern und schaute betreten drein.

»Das ist jetzt nicht dein Ernst, oder?«, fragte Lindner. »Du bist nicht durch dieses Loch gekrochen, um heimlich zu deiner Geliebten ins Haus zu gelangen?«

»Doch«, gab Roeder zu, »aber nur ein paar Mal. Ich hab dir ja erzählt, dass wir uns auch anderswo getroffen haben.«

»Super! Hast du der Kriminaltechnik schon erklärt, dass du es warst, der sich einen Weg aufs Grundstück des Mordopfers freigeschnitten hast?«

»Nein, das war ich nicht. Das Loch gab's schon vorher, und ich habe später erfahren, dass ich nicht der Einzige war, der hindurchgeschlüpft ist.«

Lindner winkte genervt ab, und Roeder fuhr fort.

»Auf jeden Fall kann man auf diesem Weg ungesehen in die Villa gelangen. Du hast ja gesehen, dass der Weg von hier aus bis auf das kurze Stück direkt vor der Terrassentür gut gedeckt zwischen Büschen verläuft. Und wenn man nicht direkt zum Wohnzimmer geht, sondern vorher zur Seite abbiegt, findet man dort eine ebenfalls vor Blicken geschützte Treppe hinunter ins Untergeschoss. Die Tür, die am Fuß der Treppe in den Keller führt, ist meistens nicht verschlossen – jedenfalls war das so, als ich mich noch mit Sonja getroffen habe.«

»Ach? Und wer wusste davon? Handwerker, die ohne Schlüssel ins Haus mussten? Freunde, Nachbarn? Oder nur du und die anderen Liebhaber von Sonja Ramlinger?«

Roeder sog scharf die Luft ein, verkniff sich aber eine Erwiderung, sondern zuckte nur mit den Schultern.

»Außerhalb des Gartens«, fuhr er nach einer kurzen Pause fort, »ist es auch kein Problem, ungesehen bis an die Hecke zu kommen. Entweder man fährt von Süßen oder vom Weiler Grünenberg her auf Forstwegen durch den Wald, stellt den Wagen irgendwo versteckt ab und geht die restliche Strecke zu Fuß. Bevor man den äußeren der beiden Bauernhöfe erreicht, bieten die Bäume entlang des Weilerbachs und danach eine Baumgruppe südlich des Bauernhofs ausreichend Deckung. Oder, noch einfacher: Man fährt am Südrand von Schlat auf der Heiligenbergstraße bis zu den Tennisplätzen, und auch von dort aus kann man bis zur Hecke um Ramlingers Garten in der Deckung von Bäumen bleiben.«

Lindner ging zur Vorderseite der Laube zurück und ließ sich auf eine der Schrannen sinken. Nachdenklich schaute er auf den schmalen Gartenpfad in Richtung Villa. Roeder setzte sich neben ihn.

»Ich fass jetzt mal zusammen«, sagte Lindner, nachdem sie eine Weile stumm nebeneinander gesessen hatten. »Du hattest eine Affäre mit Sonja Ramlinger und hast dich manchmal auch in ihrem Haus mit ihr getroffen. Du hast deinen Wagen irgendwo abgestellt, bist über die Wiesen zum Grundstück gegangen, hast dich durch ein Loch in der Hecke gezwängt und auf diesem Weg bis zur Kellertreppe und schließlich durch die unverschlossene Kellertür ins Haus geschlichen.«

Lindner wandte sich Roeder zu.

»Stimmt das so weit?«

Roeder nickte.

»Was meinst du: Hat die Kriminaltechnik Spuren von dir gefunden?«

»Nichts, was sie mit dem Mord in Verbindung bringen werden. Ich hab dir ja schon gesagt, dass das mit Sonja und mir seit gut zwei Jahren vorbei ist. Wir haben uns außerdem nicht oft in der Villa getroffen.«

Lindner sah Roeder forschend in die Augen, und der fand den Blick zwar sichtlich unangenehm, wich ihm aber nicht aus.

»Gibt es im Haus neuere Spuren von dir?«, fragte Lindner dann.

»Hast du nicht zugehört? Das mit Sonja und mir ist seit gut zwei Jahren vorbei.«

»Vielleicht hast du sie ja trotzdem irgendwann noch einmal besucht.«

»Nein, hab ich nicht.«

»Vielleicht wolltest du sie zur Rede stellen, weil sie nicht nur ihren Mann mit dir betrogen hat – sondern gewissermaßen auch dich mit ihren anderen Liebhabern.«

Roeders Zähne knirschten vernehmlich, und er musste sich einen Moment lang beherrschen, bevor er eine Antwort in vergleichsweise ruhigem Tonfall zustande brachte.

»Ich wollte sie nicht zur Rede stellen. Sie hat mich verletzt, sehr verletzt sogar, und deshalb hatte ich kein Bedürfnis mehr, sie noch einmal zu sehen.«

»Aber dir liegt immer noch etwas an ihr, stimmt's?«

»Ja, auch wenn du das blöd findest.«

»Finde ich gar nicht. Ich kann mir gut vorstellen, dass man eine solche Geschichte nicht einfach abschüttelt. Und dass du dich so für sie reinhängst, dass du versuchst, ihre Unschuld zu beweisen, ja, dass du überhaupt überzeugt bist, dass sie unschuldig ist am Tod ihres Mannes – das alles zeigt schon sehr deutlich, dass du sie immer noch magst.«

»Hm.«

»Magst du sie vielleicht noch so sehr, dass du dir trotz der Tatsache, dass sie dir wehgetan hat, noch Hoffnungen auf eine gemeinsame Zukunft gemacht hast?«

Roeder blinzelte und sah Lindner verblüfft an.

»Und dass du überzeugt warst, dass diesen Hoffnungen«, fuhr Lindner vorsichtig fort, »eigentlich nur ihr Ehemann im Weg stand?«

Einen Augenblick lang wich Roeder die Farbe aus dem Gesicht und seine Kiefern mahlten, dann wurde seine Miene weicher und wehmütig, und schließlich schimmerte auf seinem Gesicht ein trauriges Lächeln durch.

»Du hältst es nicht wirklich für möglich, dass ich Ernst Ramlinger erstochen habe, oder?«

Lindner schwieg und musterte ihn. Roeder schien ebenfalls im Gesicht seines Gegenübers lesen zu wollen, dann winkte er ab.

»Sei's drum: Ich war's nicht, ich habe Ramlinger nicht erstochen, und ich habe die Villa nicht mehr betreten, seit ich hier das letzte Mal mit Sonja zusammen war. Auf den Tag genau kann ich dir nicht sagen, wann das war – aber es ist ganz sicher schon einiges mehr als zwei Jahre her.«

***

Sie blieben nicht mehr lange im Garten, kurz darauf fuhren sie vom Grundstück. Lindner blieb mit dem Wagen ein paar Meter weiter mitten auf der Straße stehen und wartete, bis sich hinter ihnen das Tor ganz geschlossen hatte. Das fiel den Bewohnern des Bauernhofs von gegenüber auf, und weil der alte Kombi mit laufendem Motor quer über die Straße stand und zudem gerade aus der Zufahrt ihres ermordeten Nachbarn gekommen war, standen recht bald ein Mann und eine Frau Mitte vierzig am

Straßenrand und sahen aufmerksam zu den beiden Männern im fremden Auto hin. Dann schienen sie zu stutzen, und der Mann nickte Roeder zu. Lindner warf seinem Beifahrer einen prüfenden Blick zu, aber der wirkte nicht verlegen, sondern winkte gelassen zurück.

»Möchtest du mit den beiden reden?«, fragte er Lindner. »Sie kennen mich, weil ich nach Ramlingers Tod mit ihnen gesprochen habe. Und bevor du fragst: Ich kann mir nicht vorstellen, dass sie mich zu dessen Lebzeiten ins Haus haben gehen sehen.«

»Nein, ich möchte jetzt nicht mit ihnen reden. Später vielleicht.«

Lindner legte den Gang ein und fuhr nach Göppingen. Roeder stieg vor dem Polizeigebäude aus, und Lindner fuhr weiter nach Boll, allerdings nicht nach Hause, sondern zum Schützenhaus hinauf, das ein wenig oberhalb des Ortes lag. Auf dem abschüssigen Parkplatz stellte er den Wagen ab und ging zu Fuß über den schmalen Wiesenpfad bis zum Tempele. Der kreisrunde Bau mit dem klingenden Namen stellte im Grunde genommen lediglich eine überdachte Plattform dar, war Richtung Süden mit einer Wand versehen und bot nach Norden einen schönen Blick über Boll und auf die Drei Kaiserberge. Das Tempele lag schon im Schatten des nahen Waldrands, und bald würde die Dämmerung vollends hereinbrechen. Ein guter Zeitpunkt, um ein bisschen nachzudenken, ungestört von schnaufenden Wanderern und schaffigen Landwirten, die sich sonst hier oben häufig begegneten.

Im Garten der Villa hatte nicht viel gefehlt und Lindner hätte den Fall wieder an den Nagel gehängt. Die Rolle seines früheren Freundes Wolfgang Roeder machte ihm dabei mehr Sorgen als die Gefahr, dass er selbst Ärger bekommen könnte, weil er darüber geschwiegen hatte. Warum hatte Roeder sich nicht gleich den Kollegen gegenüber als befangen zu erkennen gegeben und war der Soko ferngeblieben? Warum riskierte er seine Beurlaubung oder Schlimmeres, wenn herauskam, dass er in einem Fall ermittelte, in dem die Tatverdächtige seine Geliebte gewesen war – und womöglich noch immer war? Denn sagte Roeder ihm wirklich die Wahrheit, wenn er behauptete, dass er Sonja Ramlinger seit gut zwei Jahren nicht mehr gesehen, dass er seit deutlich mehr als zwei Jahren nicht mehr die Villa in Schlat betreten und dass er auch Ernst Ramlinger in letzter Zeit nicht getroffen hatte? Wenn Roeder den Mann seiner ehemaligen Geliebten erstochen hätte, würde er wohl kaum so vehement versuchen, den wahren Täter zu ermitteln – auch wenn dadurch seine alte Liebe wieder aus dem Gefängnis freikommen würde. Trotzdem konnte Roeder auf die eine oder andere Weise in die Ereignisse an Ramlingers Todestag verwickelt sein – und Lindner hatte keine Lust, daran mitzuwirken, den ehemaligen Kollegen vor seinem Göppinger Team bloßzustellen.

Sicher, er hatte Roeder stets übel genommen, dass der ihn aggressiv angegangen war, wann immer sich die Gelegenheit dazu bot. Es hatte ihn genervt, wenn Roeder sich beleidigt zeigte, wenn Lindner mit Ermittlungen in einem seiner Fälle beauftragt worden war. Aber die Abneigung, zeitweise sogar den Hass, den Roeder ihn hatte spüren lassen: Den Grund für diese Gefühle hatte Lindner weder nachvollziehen können, noch hatte er selbst jemals etwas Vergleichbares für Roeder empfunden. Insgeheim wäre es ihm am liebsten gewesen, sie hätten sich auf ein paar Bier zusammengesetzt, sich über alles ausgesprochen und wären danach wieder die besten Freunde gewesen, als die sie ihre Polizeiausbildung abgeschlossen hatten. Und auch, wenn er darauf vermutlich vergeblich hoffte – auf keinen Fall hatte Lindner Lust darauf, die Spannungen zwischen ihnen noch zusätzlich zu befeuern.

Als sie auf dem Weg zum Wagen durch die Villa gegangen waren, hatte Roeder ihm noch einige Fragen zu der oft unverschlossenen Kellertür beantwortet. Demnach hatten die Kriminaltechniker dort keine Spuren gefunden, die in Zusammenhang mit Ramlingers Tod zu bringen waren. Am Treppengeländer und an der Türklinke waren nur recht frische Fingerabdrücke des Ehepaars gesichert worden. Die Abdrücke an der Klinke waren verwischt, was davon herrühren konnte, dass danach die Klinke von jemandem mit Handschuhen angefasst worden war – konnte, aber nicht musste. Ältere Abdrücke hatte die Putzfrau entfernt, die in der Villa Dienst tat, dabei äußerst akribisch zu Werke ging, sich sehr gründlich vom Dachboden bis hinunter zum Keller vorarbeitete und regelmäßig auch im Garten zu tun hatte.

Die Alarmanlage in der Villa war an Ramlingers Todestag so eingestellt gewesen wie immer. Vorne an der Haustür musste nach dem Öffnen der Sicherheitscode eingegeben werden – Sonja Ramlinger nervte das seit jeher, wie sie in ihrer Vernehmung erwähnt hatte, aber ihr Mann hatte darauf bestanden. Ebenso lösten alle verschlossenen oder auch gekippten Fenster und Glastüren Alarm aus, wenn sie eingeschlagen oder aufgehebelt wurden. An der Kellertür war der Alarm so eingestellt, dass er unmittelbar anschlug, wenn sie aufgebrochen würde; wenn sie nicht geschlossen war, reichte es, nach dem Öffnen innerhalb von zehn Sekunden einen Knopf zu drücken, der an der Wand zwischen der Kellertür und einem kleinen Fenster angebracht war.

Das passte zu Roeders Schilderung, dass vermutlich auch manchmal Handwerker in Abwesenheit der Bewohner auf diesem Weg in die Villa gelassen wurden – denen musste man nicht den Sicherheitscode anvertrauen, sondern ihnen nur sagen, wo sich der Druckknopf befand. Dass eine unverschlossene Kellertür die teure Alarmanlage ad absurdum führte, stand auf einem anderen Blatt ... aber wie oft sicherten Hausbesitzer ihre Eingangstür mit zusätzlichen Riegeln – und ließen dann Fenster im Erdgeschoss gekippt?

Jedenfalls hätte ein Mörder die Villa betreten können, ohne von Nachbarn gesehen zu werden – aber wo wäre ein solcher Täter zu suchen? Und warum legte Sonja Ramlinger ein Geständnis ab, wenn sie ihren Mann in Wirklichkeit gar nicht ermordet hatte?

Lindner wurde vom Klingeln seines Handys aus seinen Gedanken aufgeschreckt. Kollack war dran, und er kam ohne Umschweife zur Sache.

»Meine Frau hat mir ordentlich Bescheid gestoßen, weil ich Sie nicht zu uns eingeladen habe.« Er klang ganz entspannt und gut gelaunt, allzu arg konnte der Rüffel nicht ausgefallen sein. »Wie ich Ihnen ja erzählt habe, Lindner, waren wir mit den Ramlingers recht gut bekannt und mit Ernst seit langer Zeit befreundet. Beate, meine Frau, schlug vor, dass Sie bei uns vorbeikommen, und dann erzählen wir Ihnen ein wenig über Ernst und Sonja. Ich weiß ja selbst nicht, warum ich da nicht gleich drauf gekommen bin – na ja, bei der Hektik, die ich tagsüber immer habe, kann das schon mal passieren, nicht wahr?«

Er lachte gekünstelt. Lindner verkniff sich jeden Kommentar. Vermutlich wusste Kollack gar nicht, was Hektik im Beruf war – und falls er doch daran gedacht hatte, Lindner zu sich nach Hause einzuladen, hätte er das nie gewagt, ohne sich vorher von seiner Ehefrau das Okay zu holen. Es war in den Fluren des LKA ein offenes Geheimnis, wer im Hause Kollack die Hosen anhatte.

»Und am besten schieben wir das gar nicht auf die lange Bank: Haben Sie denn nachher Zeit für uns? So um … sagen wir: zwanzig Uhr? Na, was meinen Sie? Vielleicht ist Ihnen ja das, was wir Ihnen erzählen können, für Ihre Ermittlungen eine Hilfe.«

Lindner war eher skeptisch, und er suchte schon nach einer Ausrede. Tatsächlich hatte er eigentlich mit Maria weggehen wollen, vielleicht auf einen Cocktail in diese angesagte Bar in Göppingen oder auf ein Schnitzel ins Deutsche Haus. Aber davon wusste Maria noch nichts, deshalb setzte er nur ganz lahm an: »Schon, gern, aber meine Freundin …«

»Die wackere Maria Treidler?«, platzte Kollack sofort heraus. »Na, die will ich doch schon lange kennenlernen. Eine Frau, die Sie, Lindner, zum Wandern bringt, möchte ich unbedingt mal treffen!«

Er lachte wieder. Lindner fand das kein bisschen lustig, zumal er sofort wieder das Ziehen in den Waden zu spüren glaubte, das ihm Marias Gewaltmärsche – manchmal über mehrere Kilometer! – regelmäßig einbrockten. Und es ärgerte ihn, dass sein Vorgesetzter sich noch an den Wanderurlaub erinnerte, den er ihm durch den Fall mit dem toten Schäfer bei Gruibingen erst verdorben und dann doch noch ermöglicht hatte.

»Ihre Maria bringen Sie natürlich mit, Lindner, das versteht sich von selbst! Sie soll ja sehr gut sein als Kripobeamtin, vielleicht kann ich sie bei dieser Gelegenheit ja gleich fürs LKA abwerben!«

Und wieder kam Kollacks dröhnendes Lachen, dann ein Glucksen und die Beschwichtigung: »Nein, Lindner, das mit dem Abwerben war natürlich nur Spaß!«

Da war Lindner nicht so sicher, aber auf ein Glas Wein zu Kollack – das konnte vielleicht wirklich nicht schaden. Auch Maria hatte ab und zu erwähnt, dass sie gern mal seinen Chef kennenlernen würde.

»Und bringen Sie ein bisschen Hunger mit«, schob Kollack nach. »Meine Frau macht Bätscher, altes Familienrezept, sehr lecker!«

Damit war alles besprochen. Bätscher waren Lindners Lieblingsgebäck, und wann immer ihm seine Mutter etwas Gutes tun wollte, buk sie ihm welche. Den Vergleich mit diesen Leckereien nach Originalrezept aus ihrer alten Heimat Schopfloch würde Frau Kollacks Gebäck vermutlich nicht aushalten, aber auch mittelmäßige Bätscher waren besser als keine. Also sagte er zu, rief gleich vom Tempele aus Maria an – und war sehr erleichtert, als sie sich über die Einladung freute.

***

»Na, Mädels, muss ich euch das wirklich noch einmal erklären?«

Die beiden Frauen, die sich im hinteren Bereich der Küche links und rechts neben Sonja Ramlinger gedrängt hatten, dieselben, die ihr auch im Kühlraum auf die Pelle gerückt waren, waren drahtig und durchtrainiert, aber als sie die Stimme hinter sich hörten und offenbar sofort erkannten, rückten sie schnell von ihr ab und sahen zu, dass sie sich ans andere Ende des Küchentrakts verdrückten.

»Hätte nicht gedacht, dass die dich noch einmal blöd anmachen«, sagte Karin, während sie den beiden nachsah. Dann wandte sie sich Sonja Ramlinger zu. »Haben Sie dir wehgetan?«

»Nein, ist nichts passiert. Und vielleicht wollten sie ja auch nur reden.«

Karin lachte heiser.

»Eher nicht. Die wollten dich ja schon im Kühlraum verdreschen, und die eine der beiden ist eine ziemlich üble Type, mit der sich hier drin außer mir keine anlegt.«

»Was wollen die von mir?«

»Na, die werden sich umgehört haben. Also wissen sie, dass du Kohle hast. Und dass bei dir, wenn du hier wieder rauskommst, was zu holen ist.«

»Ich komm so schnell nicht wieder raus, fürchte ich.«

»Das kann man erstens nie wissen – wie war noch mal der Spruch, den mein Pflichtverteidiger immer brachte? Vor Gericht und auf hoher See ist man in Gottes Hand ... Ah, ich sehe schon, den kennst du nicht. Egal. Selbst wenn du länger hier drin bleibst, kann man sich von deiner Kohle was abzwacken. Stell dir vor, die jagen dir Angst ein – und sorgen dafür, dass deine Familie davon erfährt. Dann setzen deine Leute draußen doch sicher alle Hebel in Bewegung, um dich hier drin zu schützen, soweit es geht – und die sind sicher auch bereit, etwas springen zu lassen, damit du in der Haft deine Ruhe hast.«

Sonja Ramlinger zuckte mit den Schultern. »Darauf würde ich nicht wetten. Mit meinen Eltern habe ich seit Jahren keinen Kontakt mehr, und auch sonst hatten es mein Mann und ich mit der Verwandtschaft nicht so.«

»Egal«, beruhigte Karin sie. »Im Moment hast du ja mich, aber ich bleibe nicht ewig hier. Seit ein paar Wochen bekomme ich immer mal wieder Hafturlaub, und wenn es gut läuft für mich, werde ich in ein, zwei Monaten wegen guter Führung vorzeitig entlassen.«

»Gratuliere ...«

»Brauchst jetzt nicht gleich blass zu werden! Noch bin ich ja da und pass ein bisschen auf dich auf.«

»Warum eigentlich?«

»Weil ich's gut finde, dass du deinen Mann erstochen hast.«

»Ja, das hast du schon gesagt – aber warum findest du das gut?«

Karin blieb stehen, und Sonja Ramlinger stellte sich ihr gegenüber.

»Du meintest einmal, dass sonst du meinen Mann umgebracht hättest ... Was für einen Grund hättest du dafür gehabt?«

Karin schwieg. In ihr schien es zu arbeiten.

»Woher kennst du meinen Mann? Und ... sollte ich dich auch kennen? Sind wir uns schon mal irgendwo begegnet?«

Karin schüttelte langsam den Kopf.

»Was hat mein Mann dir denn getan?«

Erst schwieg Karin weiter, musterte Sonja Ramlinger, und dann antwortete sie zögernd: »Mir hat er nichts getan, jedenfalls nicht mir persönlich, und wir sind uns auch noch nie begegnet. Aber ...«

»Aber?«

»... aber er hat eine das Leben gekostet, die mir sehr wichtig war.«

Sonja Ramlinger riss die Augen auf.

»Wie meinst du das, das Leben gekostet?«

»So, wie ich es gesagt habe. Und mehr möchte ich dazu jetzt auch nicht erzählen.«

»Ist gut, ich hör ja schon auf damit. Klingt aber auf jeden Fall sehr dramatisch, was du da angedeutet hast.«

»War es auch. Das vergess ich mein Lebtag nicht, und das hätte ich deinen Mann ganz sicher noch bezahlen lassen.«

»Hatte die Person, die gestorben ist, geschäftlich mit meinem Mann zu tun?«, fragte Sonja Ramlinger.

Ein müdes Lächeln legte sich auf Karins etwas herbe Züge. Sie schüttelte wieder den Kopf und blickte Sonja tief in die Augen.

»Du hast ihn umgebracht, also warst du wohl nicht so wahnsinnig glücklich in deiner Ehe, richtig?«

»Worauf willst du hinaus?«

»Habt ihr Kinder?«

»Nein, leider nicht.«

»Hast du ihn betrogen?«

Sonja presste die Lippen zusammen und schwieg.

»Also ja – okay. Und weißt du, ob er dich betrogen hat?«

»Nein, weiß ich nicht. Jedenfalls hab ich ihn nie erwischt, und er war nun auch nicht gerade eine Granate im Bett. Auch von seinem Aussehen her kann ich mir nicht recht vorstellen, dass er einen allzu großen Schlag bei Frauen gehabt haben könnte.«

»Geld kann sexy machen, Macht auch.«

»Na ja, Macht ... die paar Vereinspöstchen, die er hatte ...«

»Er war Chef einer Firma, die floriert. Einer, der einem einen Arbeitsplatz zuschustern kann, wenn man nett zu ihm ist. In den Neunzigern war das schon was wert.«

Sonja Ramlinger kniff die Augen zusammen.

»Du weißt also von einer Affäre, die mein Mann hatte? In den Neunzigern?«

Karin schwieg. Sie schien unsicher, ob sie nicht schon zu viel angedeutet hatte.

»Jetzt sag schon!«, forderte Sonja Ramlinger sie auf, und dann schob sie noch hinterher: »Wahrscheinlich machst du eh nur Sprüche! Neunziger! Wir haben 1990 geheiratet, junge Liebe und so – du verstehst? Da braucht ein Mann keine Geliebte!«

Schließlich gab sich Karin einen Ruck.

»Ich weiß von einer. Und es war nicht die Einzige, soweit ich gehört habe.«

»Woher weißt du das? Hattest du mit meinem Mann ...?«

»Nein, ich hab dir ja schon gesagt, dass ich deinen Mann nicht persönlich kannte.«

»Dann hatte er mit einer Freundin von dir eine Affäre?«

»Ich will darüber noch nicht reden, aber so ungefähr kommt es hin. Und davor war er mit mindestens einer weiteren Frau zusammen.«

Sonja Ramlinger schluckte und ballte die Hände zu Fäusten.

»Du hast nichts davon geahnt, stimmt's?«, fragte Karin.

»Nein. Und ich glaub dir das auch nicht.«

»Kannst du ruhig. Und dann hättest du jetzt nachträglich gleich noch einen guten Grund, ihn zu töten.«

»Ja, ja ...«, versetzte Sonja Ramlinger lahm, wandte sich ab und machte sich wieder an die Arbeit.

***

Die Bätscher von Beate Kollack waren viel besser, als Lindner erwartet hatte. Geformt aus schön luftig aufgegangenem Hefeteig, nicht zu groß und nicht zu klein, bestrichen mit einer wunderbar gewürzten Eier-Schmand-Masse, großzügig belegt mit Speck und Zwiebeln – und frisch aus dem Ofen, so dass die Käsekruste noch richtig heiß und knusprig war.

Theo Kollack hatte dazu einen Cabernet Sauvignon aus Südfrankreich aus dem Weinkeller geholt, und so war die Unterhaltung recht schnell ziemlich munter geworden. Privat war Kollack erfreulicherweise nicht ansatzweise so ein wichtigtuerischer Langweiler wie im Büro. Zwar schwelgte er zu Beginn von einer Reise, die er unlängst zu dem Weingut unternommen hatte, von dem der Cabernet stammte – doch ein kurzer, etwas genervter Blick seiner Frau ließ ihn schnell verstummen, und von da an hielt er sich merklich zurück, gab einen aufmerksamen Gastgeber ab und streute ab und zu charmante Anekdoten ein.

Doch interessanter war natürlich, was die Kollacks von Ernst und Sonja Ramlinger zu erzählen hatten. Beate Kollacks Vater hatte eine größere Fabrik in Uhingen betrieben, die er kurz nach seinem sechzigsten Geburtstag sehr gewinnbringend an einen internationalen Konzern hatte verkaufen können. Das war Mitte der Neunziger, und obwohl es sich Beate Kollacks Eltern seither in ihren Wohnsitzen in der Toskana, auf Mallorca und in der Esslinger Beutauvorstadt gut gehen ließen, war genug Geld an die einzige Tochter geflossen, damit sie sich mit ihrem Mann ein schönes Heim in Aichwald bauen konnte, für das Kollacks Beamtensalär allein nie gereicht hätte.

»Ernst Ramlinger«, erzählte Beate Kollack, »sah ich zum ersten Mal während einer Jubiläumsfeier, die mein Vater im Foyer seiner Firma ausrichtete. Es gab Häppchen und Champagner, feine Weine und frisch gezapftes Bier – und irgendwann im Lauf des Abends stellte mir mein Vater einen Mann vor, der sich bis dahin selten mehr als fünf Schritte vom Ausschank entfernt hatte und immer wieder dröhnend entweder schlechte Scherze riss oder über die schlechten Scherze von anderen lachte. Ernst hatte keinen guten Start bei mir. Er hatte schon eine schwere Zunge, und mit der Art, wie er mir zu schmeicheln versuchte, wäre er auch in nüchternem Zustand gegen die Wand gelaufen. Ich ließ ihn abblitzen, was er erfreulicherweise sehr sportlich nahm. Wir haben dann noch ein Glas miteinander getrunken, ich kümmerte mich um andere Gäste, und er ließ sich irgendwann heimfahren.«

Theo Kollack lächelte Lindner eigentümlich zu, und als seine Frau das bemerkte, tätschelte sie ihm gönnerhaft den Arm.

»Ja, Theo war auch einer dieser Gäste, und er hat mir auf Anhieb viel besser gefallen als Ernst.«

Kollack glühte vor Freude, schenkte allen Rotwein nach und ging dann Nachschub holen.

»Mein Mann«, fuhr sie fort, als er außer Hörweite war, »hatte damals seinen Vater vertreten, der ebenfalls einen Betrieb leitete. Eine kleine Klitsche, einige Nummern kleiner als die Firma meines Vaters, nur einer von vielen Zulieferern unserer Fabrik – und inzwischen ist der Betrieb auch längst liquidiert. Aber das alles spielt ja nicht wirklich eine Rolle, wenn man sich verliebt, nicht wahr?«

Kollack kam zurück, schnappte nur die letzten paar Worte auf und strahlte seine Frau dankbar an.

»Ernst Ramlinger jedenfalls wurde immer erfolgreicher mit seinem Unternehmen, und er engagierte sich in Vereinen, in der Industrie- und Handelskammer, richtete Konferenzen aus und unterstützte das Wirtschaftsministerium. So ergab es sich, dass er und mein Vater immer wieder und immer mehr miteinander zu tun hatten. Bald trafen sich die beiden auch im privaten Rahmen, und mit der Zeit freundete er sich mit Theo und mir an. Wir hatten ähnliche Interessen, gingen zusammen in die Oper oder zu Lesungen, und als er schließlich Sonja heiratete, bekochten wir uns auch ab und zu gegenseitig. Ich habe auch mal vorgeschlagen, dass wir zusammen Tennis spielen – aber das lehnte Sonja sofort ab, als hätte sie damit ein Problem. Ich hab's nicht verstanden, aber selbstverständlich habe ich Tennis von da an ihr gegenüber nicht mehr erwähnt.«

Beate Kollack nippte an ihrem Rotweinglas und lächelte Lindner und Maria dann entschuldigend an.

»Ich fürchte, bis hierher hat Ihnen das alles nicht viel gebracht … Theo hat mir erzählt, warum Sie es für möglich halten, dass Sonja ihren Mann nicht umgebracht hat. Haben Sie denn eine Erklärung dafür, warum sie den Mord dann gestanden hat?«

»Nein, bisher nicht.«

»Hm«, machte sie und nahm nun einen größeren Schluck. »Ich will Ihnen nun schildern, welchen Eindruck Sonja Ramlinger auf mich gemacht hat. Natürlich kann man sich nie vorstellen, dass jemand, den man persönlich kennt, einen Mord begeht – aber ab und zu … zumindest wenn man hinterher darüber nachdenkt … ab und zu gibt es Charakterzüge an einem Menschen, die einen in dieser Hinsicht hätten stutzig machen können.«

»Und Sonja Ramlinger hatte solche Charakterzüge?«, fragte Maria.

»Urteilen Sie selbst. Als wir uns die ersten Male trafen, war Sonja meinem Mann und mir gegenüber sehr zurückhaltend. Sie war freundlich, höflich und sympathisch, hübsch sowieso – aber sie wirkte, als würde sie sich nichts zutrauen, als hätte sie das Gefühl, uns nicht auf Augenhöhe begegnen zu können. Sonja ist eine kluge Frau, wie ich inzwischen weiß, aber sie macht manchmal den Eindruck, dass sie sich dessen nicht bewusst ist. Auch später, als sie sich uns mehr öffnete, als wir vertrauter waren miteinander und uns mehr angefreundet hatten … da war sie zwar gelöster, weniger angespannt, aber immer noch ... wie soll ich sagen? Zurückgenommen, das trifft es vielleicht am ehesten. Sie trumpft nicht mit Wissen auf, selbst dort nicht, wo sie unbestreitbar am meisten von uns allen bewandert ist. Ballett und klassische Musik zum Beispiel. Auch wenn sie nicht viel darüber sprach, aber aus dem wenigen, was sie sagte, konnte man schon heraushören, dass sie da richtig Ahnung hatte. Ein-, zweimal haben wir ausführlicher über ein Stück oder einen Komponisten gesprochen. Da saßen die Männer während der Heimfahrt aus dem Stuttgarter Großen Haus vorn im Wagen, und wir konnten uns auf der Rückbank ungestört unterhalten. Ich war perplex, wie viel Sonja wusste, welche Hintergründe und Zusammenhänge sie kannte – und dann wieder, sobald Ernst am Gespräch beteiligt war, hielt sie sich zurück und ließ ihn reden. Gerade so, als würden wir uns noch in den Fünfzigerjahren befinden. Aber Sonja ist wohl so gestrickt, sie redet offenbar lieber zu wenig als zu viel. Es kann natürlich auch sein, dass einem das mehr auffällt, wenn Ernst anwesend ist – der hatte ja zu allem was zu sagen und scheute auch nicht vor großen Sprüchen zurück, wenn er sich mit einem Thema nicht so gut auskannte. Sonja dagegen ... eine eher introvertierte Frau. Einerseits.«

Sie ließ eine kleine Pause. Geschickt gemacht, dachte Lindner, aber auch unnötig, weil er ihr ohnehin schon aufmerksam zuhörte.

»Andererseits reagierte sie manchmal sehr impulsiv. Natürlich tat sie das nicht, wenn sie annehmen musste, dass wir es mitbekommen würden. Sonja ist sehr kontrolliert in ihrem Auftreten, und man muss sie schon etwas näher kennen, um ihr anzusehen, wenn ihr etwas gegen den Strich geht.«

Aus den Augenwinkeln beobachtete Lindner, wie Kollack ganz langsam dazu nickte.

»Aber wenn wir sie an der Haustür verabschiedet hatten und sie auf dem Weg zum Wagen waren, kam es schon mal vor, dass sie Ernst ordentlich anging. Sie wurde nicht wirklich laut, aber ihre Körperhaltung veränderte sich, und es war selbst durch das geschlossene Fenster zu erkennen, dass sie ihrem Mann heftige Vorwürfe machte. Einige Male habe ich das mitbekommen, und manchmal konnte ich sie gut verstehen – da war Ernst ihr ins Wort gefallen und hatte das Gespräch an sich gerissen. Aber manchmal sah ich sie draußen auf ihren Mann einreden und konnte mich an keinen Anlass erinnern, den Ernst ihr an diesem Abend dafür gegeben hätte.«

Sie unterbrach sich und warf ihrem Mann einen fragenden Blick zu, der räusperte sich und wandte sich nun seinerseits an Lindner.

»Während Sonja in unserem Beisein immer sehr zurückhaltend war, immer sehr höflich, geradezu formvollendet in ihrem Benehmen, war Ernst ... nun ja ... man kann ihn wohl im Umgang mit anderen durchaus als Trampel bezeichnen. Er nahm sich selbst sehr wichtig, und man kam nicht immer zu Wort, wenn er das mit einem führte, was er für ein Gespräch hielt.«

Theo Kollack lachte etwas aufgesetzt, bevor er fortfuhr.

»Meine Frau und ich kamen damit zurecht, wir haben ihn auch mal unterbrochen, wenn uns sein Monolog zu lang wurde, und er hat das einem dann auch nicht krumm genommen. Aber Sonja ... dass sie ihn jemals vor anderen unterbrochen, kritisiert oder ihm auch nur ganz sachte widersprochen hätte, habe ich kein einziges Mal erlebt. Vielleicht führt das ja dann dazu, dass eine Frau wie Sonja so viele Kleinigkeiten, die sie stören, in sich hineinfrisst – und dass es dann irgendwann aus ihr herausbricht.«

Kollack musterte Lindner und Maria, doch weder seine noch ihre Miene ließ erkennen, was die beiden gerade dachten.

»Schauen Sie, Lindner, wir haben mit den Ramlingers einen unserer Meinung nach schönen und harmonischen Abend verbracht – und dann staucht sie auf dem Weg zum Wagen ihren Mann zusammen, und wir können uns beim besten Willen keinen triftigen Grund dafür denken. Das ... nun ja ... verstehen Sie?«

»Nein«, gab Lindner zurück, obwohl ihm schon klar war, worauf Kollack hinauswollte. Der wand sich nun, schaute seine Frau an und fuhr auf deren leichtes Nicken hin fort.

»Wir haben nur beobachtet, wie sie mit ihm auf dem Weg zum Auto geschimpft hat. Von anderen Freunden wiederum haben wir gehört, dass anderswo auch mal etwas heftiger die Fetzen geflogen sind. Und vor allem in der Villa muss es immer wieder hoch hergegangen sein.«

»Da müssten Sie bitte etwas konkreter werden, Herr Kollack.«

Lindners Chef rutschte unruhig auf seinem Stuhl hin und her, bevor er weitersprach.

»Ich ... wir ...«

»Erzählen Sie's uns einfach, Herr Kollack«, ermunterte ihn Maria. »Wir werden schon diskret mit unserem Wissen umgehen.«

Er nahm einen Schluck Wein und setzte dann neu an.

»Das wissen wir leider nur vom Hörensagen, und auch die Freunde, die uns davon berichtet haben, haben solche Szenen nur zufällig mitbekommen. Wie gesagt: Sonja hat sehr darauf geachtet, in Gesellschaft die Form zu wahren. Aber nach einer Veranstaltung der Industrie- und Handelskammer beobachteten Freunde von uns, wie Sonja ihren Mann zur Rede gestellt hat. Sie wollte wohl gerade laut werden, als ihr unsere Freunde auffielen. Sofort setzte sie wieder eine Maske der Freundlichkeit auf und drängte Ernst, in den Wagen einzusteigen. Dort fühlte sie sich offenbar unbeobachtet, denn noch bevor Ernst losfuhr, gestikulierte sie wild und schrie ihn so laut an, dass unsere Freunde noch durch die geschlossenen Seitenfenster hören konnten, wie aufgebracht sie war.«

»Haben Ihre Freunde mitbekommen, worum es in diesem Streit ging?«

Kollack zuckte mit den Schultern.

»Nein, nicht genau. Aber unsere Freunde vermuten schon länger, dass Sonja sehr darunter litt, dass ihr Mann immer im Mittelpunkt stand – und sie nie.«

»Und wie kommen Ihre Freunde darauf?«

»Sonja begleitete ihn zu Veranstaltungen, auf die er eingeladen war – entweder aus beruflichen Gründen oder weil er sich für die entsprechenden Vereine engagierte. Und da war sie natürlich immer als ›die Frau von Ernst Ramlinger‹ anwesend. Das scheint ihr zugesetzt zu haben.«

»Wenn sie das gestört hat – warum hat sie sich dann nirgendwo selbst engagiert?«, meldete sich Lindner zu Wort. Er hoffte, nun eine Bestätigung dessen zu bekommen, was ihm Sonja Ramlingers Mutter schon erzählt hatte.

»Ich hatte den Eindruck, dass Ernst nicht wollte, dass sie etwas Eigenes auf die Beine stellte oder selbst ein Hobby betrieb. Und im Grunde genommen blieb ihr dafür auch nicht die Zeit. Ernst hat es eingefordert, dass sie ihn zu seinen Terminen begleitete – und außerdem musste sie ihm helfen, seine vielfältigen Aufgaben zu erfüllen. Sie machte oft im Hintergrund den Großteil der anfallenden Arbeit, und Ernst ließ sich dann von den anderen dafür loben.«

»Und Sie glauben, das reicht als Motiv dafür, mehr als zwei Dutzend Mal auf die betreffende Person einzustechen?«

Kollack zuckte mit den Schultern.

»Sie hatten noch erwähnt, dass es vor allem in der Villa hoch herging«, fasste Maria nach. »Woher wissen Sie das?«

»Leider auch wieder nur vom Hörensagen. Ein befreundetes Ehepaar, das ebenfalls in Schlat wohnt, kommt auf der Tour mit dem Hund häufig am Grundstück der Villa vorbei – gelegentlich stritten sich Sonja und Ernst so laut, dass unsere Freunde gar nicht anders konnten, als das mit anzuhören.«

»Und worüber stritten sich die Ramlingers?«

Kollack räusperte sich.

»Meist war Sonja die Lautere der beiden. Sie hielt ihm vor, dass er sie wie Dreck behandelt, dass er sie von allen und allem abschirmt, dass er ihr nichts lässt, was sie auch mal allein unternehmen könnte, dass er sie nur als Begleitung mitnimmt, sich aber dann während der Veranstaltungen nicht groß um sie kümmert. Er wiederum soll ihr vorgehalten haben, dass sie es mit der ehelichen Treue nicht so genau nimmt. Na ja ... in solchen Fällen fallen dann natürlich auch Sätze, die man ungern wiedergibt.«

»So wortgetreu haben Ihnen Ihre Freunde davon berichtet?«

»Ja, das sind ...« Er lächelte entschuldigend. »Das sind etwas neugierigere Menschen, die ihr Wissen auch gern mit dem Freundeskreis teilen.«

»Was manchmal für unsere Arbeit nicht das Schlechteste ist«, versetzte Lindner. »Sie geben mir doch sicher die Adressen Ihrer Freunde?«

»Muss das sein?«, fiel ihm Beate Kollack ins Wort. »Wissen Sie, wir ...«

Ihr Mann legte ihr beruhigend die Hand auf den Arm.

»Frau Treidler und Herr Lindner wissen mit so etwas diskret umzugehen.«

Dann sah er seinen Mitarbeiter prüfend an.

»Ich kann mich doch darauf verlassen, dass Sie in dieser Gelegenheit sehr behutsam vorgehen werden, soweit es unsere Freunde betrifft?«

»Natürlich. Und ich weiß von Ihnen ja auch nur, dass Ihre Freunde mit den Ramlingers bekannt waren. Dass Sie mir von den Beobachtungen Ihrer Freunde erzählt haben, muss ich sicher nicht erwähnen.«

»Siehst du, Schatz«, sagte Theo Kollack und lächelte seine Frau an.

***

Auf der Heimfahrt versanken Lindner und Maria zunächst in brütendes Schweigen. Lindner wurde die Stille nach einer Weile zu drückend, und wann immer es der Verkehr zuließ, warf er Maria einen kurzen Seitenblick zu. Doch er hatte den Eindruck, dass sie intensiv über alles nachdachte, was sie heute gehört hatten – und da wollte er sie nicht unterbrechen. Insgeheim hoffte er, dass sie sich seinen Zweifeln an der Schuld von Sonja Ramlinger anschließen würde. Aber er wurde er enttäuscht.

»Schau, Stefan«, sagte sie schließlich, »auch dein Chef und seine Frau haben Sonja als eine Person erlebt, in der sich Wut aufstaute – und die in Gesellschaft immer darauf bedacht war, die makellose Fassade nicht bröckeln zu lassen. Das kostet Kraft, mehr Kraft, als man manchmal hat – und irgendwann hat sich einfach zu viel in ihr aufgestaut, und alles bricht sich Bahn.«

»Du glaubst also nach wie vor, dass sie ihren Mann erstochen hat?«

»Letztendlich ist es egal, was ich glaube. Meine Kollegen haben ermittelt, sie sind allen vielversprechenden Spuren nachgegangen, und am Ende entscheidet die Staatsanwaltschaft, ob und wofür Sonja Ramlinger angeklagt wird – und das Gericht, ob und wie sie dafür verurteilt wird. Die Kripo liefert dafür nur die Fakten und sucht nach möglichst vielen Antworten. Dass Roeder nicht glauben mag, dass die Frau, mit der er früher mal zur Schule ging, ihren Mann erstochen hat, das ist für mich persönlich verständlich – aber besonders professionell finde ich es nicht. Außerdem hätte er das unbedingt den Kollegen in der Soko sagen müssen! Aber egal, jedenfalls sollte er seine Ermittlungen nicht an dem Ergebnis ausrichten, das er am Ende gern erzielen würde. Und du solltest das auch nicht.«

»Du tust ja gerade so, als würde ich Roeder zuliebe Indizien zurechtbiegen!«

Lindner war etwas lauter geworden, vermutlich weil er sich all das in Gedanken schon selbst viele Male gesagt und die Einwände dann doch wieder verworfen hatte. Maria hob beschwichtigend die Hände und verstummte. Lindner bemerkte, dass er etwas zu dicht auf den Wagen vor ihm aufgefahren war, und bremste ein wenig ab. Dann räusperte er sich und fuhr mit leiserer Stimme fort.

»Roeder ist durch einige Details stutzig geworden. Er hat sie mir geschildert, und er kennt aus persönlichem Erleben mehr Hintergründe als jeder andere in der Soko.«

Maria sah ihn fragend an, und Lindner wurde klar, dass es jetzt Ärger geben würde.

»Wie meinst du das mit dem persönlichen Erleben?«, fragte Maria.

»Ich ... ich wollte dir das eigentlich sofort erzählen, aber dann ...«

»Das klingt nicht gut, Stefan. Rück endlich raus mit der ganzen Geschichte!«

Lindner presste die Lippen zusammen und fuhr schweigend weiter. Als sie das Boller Ortsschild passierten, machte er es so kurz wie möglich.

»Roeder hatte Sonja Ramlinger nach Jahren bei einem Klassentreffen wiedergesehen, und etwas danach hatten sie eine Affäre.«

Maria starrte ihren Freund entgeistert an.

»Der war mit der im Bett? Und sagt das keinem in der Soko? Und jetzt gibt er keine Ruhe, obwohl die Frau den Mord gestanden hat, und will dich auch noch mit die Sache reinziehen, nur damit die Hauptverdächtige, mit der er geschlafen hat, wieder aus dem Gefängnis kommt?«

»Ich finde das auch nicht gut, dass er das für sich behalten hat, das kannst du mir glauben.«

»Und warum lässt du dann nicht die Finger von dieser unseligen Geschichte, um Himmels willen?«

»Weil er mich als Freund um Hilfe gebeten hat«, versetzte Lindner kleinlaut.

»Roeder ist nicht mehr dein Freund, seit Jahren schon nicht mehr!«

»Ja, du hast recht, aber ... vielleicht wird's ja wieder ...?«

»Na, prima! Und dafür setzt du deine Karriere beim LKA aufs Spiel? Ganz toll!«

Sie hatten inzwischen die Gruibinger Straße in Boll und kurz darauf den Lindner'schen Bauernhof erreicht. Lindner presste nach Marias letzter Bemerkung die Lippen zusammen und fuhr etwas zu schneidig in die Einfahrt. Er bremste heftig, und seine Räder wirbelten Staub und kleine Steinchen auf.

»Ich tu jetzt mal so, als hätte ich das nie gehört. Und ich hoffe, dass du und dein famoser Freund noch irgendwann rechtzeitig zur Besinnung kommen und reinen Tisch machen. Sonst musst du halt hoffen, dass das alles nie herauskommt. Ich hatte übrigens vor, dich für deine Ermittlungen zu begleiten und mich dazu von der Kripo abordnen zu lassen – aber das verkneife ich mir jetzt lieber. Soll doch dein alter Freund Roeder mit dir glücklich werden!«

Damit sprang sie aus dem Wagen, knallte die Beifahrertür hinter sich zu und stapfte zum Haus. Die Haustür wurde aufgestoßen, Maria blieb stehen, und Ruth Lindner registrierte missbilligend, wie viel Staub Lindners Wagen aufgewirbelt hatte.

»Was ist denn in dich gefahren, Bub?«, herrschte sie ihren Sohn an, als der ausstieg und die Fahrertür zuknallte. Wortlos drückte er sich an ihr vorbei ins Haus. Ruth Lindner sah Maria fragend an, die winkte nur ab und schüttelte den Kopf.

»Unser Superspürnase ist beleidigt«, knurrte sie.

Die beiden Frauen gingen in die Küche, wo Lindner sich gerade Kaffee aus der Warmhaltekanne eingoss. Um die Mundwinkel seiner Mutter spielte ein böses Lächeln, aber sie sagte nichts. Und als er einen Schluck genommen und die längst kalt gewordene Brühe mit einem »Pfui Teufel!« fast wieder ausgespuckt hätte, setzte sie sich grinsend an den Esstisch und wies den beiden Jüngeren Plätze zu. Lindner zögerte einen Moment, aber trotz ihres Grinsens riet ihm der Blick seiner Mutter dringend, ihrer Einladung nachzukommen.

»Also, jetzt raus damit: Was ist euch beiden über die Leber gelaufen?«, fragte sie, als weder ihr Sohn noch seine Freundin etwas sagten.

Lindner schwieg weiter, seine Miene verfinsterte sich noch mehr – und er ärgerte sich zugleich, dass er wie im Reflex in die Rolle des trotzigen Bengels zurückgefallen war, die er als kleiner Junge seiner Mutter gegenüber so oft eingenommen hatte. Maria wartete noch ein wenig, aber als Lindner auch nach einer kleinen Pause keine Anstalten machte zu antworten, ergriff sie das Wort.

»Gestern wollten wir doch fein essen gehen, und dann stand plötzlich Kollege Roeder vor der Tür und wollte mit Stefan reden.«

Ruth Lindner nickte.

»Es ging um diesen Mord in Schlat: Der tote Fabrikant liegt in seiner Villa, und die Frau sitzt daneben, die Tatwaffe noch in der Hand.«

»Darüber hab ich gelesen, und du hast mir auch schon davon erzählt. Die Ehefrau sitzt inzwischen hinter Gittern und wartet auf ihre Verhandlung, richtig?«

»Ja.«

»Wenn ich mich recht erinnere, warst du nicht Teil der Soko, Maria, und Stefan ist eh nicht bei der Kripo. Was hat er also mit diesem Fall zu tun?«

»Roeder glaubt nicht, dass es die Ehefrau war, obwohl sie den Mord gestanden hat. Vielleicht will er es nicht glauben, weil er mal was mit ihr hatte.«

Ruth Lindner pfiff leise durch die Zähne, ihr Sohn machte sich mit einem Schnauben Luft und sagte nun doch etwas.

»Nein, Maria. Er will es nicht glauben, weil es einige Details gibt, die nicht dazu passen, dass sie die Täterin ist! Außerdem wolltest du niemandem erzählen, dass du von Roeders Affäre mit ihr weißt.«

»Das ist deine Mutter, Stefan!«

»Lass nur, Maria, manchmal bockt der Bub halt«, sagte Ruth Lindner und winkte ab. »Aber wegen der Details, die du erwähnt hast, Stefan, welche sind das?«

Er tat ihr den Gefallen und fasste die wichtigsten Punkte zusammen.

»Echt?«, staunte sie schließlich. »Das alles kann man an einer modernen Waschmaschine ablesen?«

»Und einiges mehr ...«

»Om dr Ällas! Zum Glück habe ich noch meine alten Geräte!« Sie klopfte mit den Knöcheln auf die Tischplatte. »Toi, toi, toi, dass die noch eine Weile halten.«

»Stefan hat sich jedenfalls Roeders Mutmaßungen angehört«, merkte Maria an, »und jetzt glaubt er offenbar selbst, dass Sonja Ramlinger unschuldig ist, obwohl sie gestanden hat.«

»Ich glaube nicht – ich ermittle!«, fuhr Lindner auf. »Und dass du mir zutraust, dass ich voreingenommen an diesen Fall herangehen würde, finde ich ein starkes Stück!«

»Aber ist es nicht so? Ich meine, du lässt dich von Roeder bequatschen, und jetzt sucht ihr gemeinsam nach Indizien, die zu einem anderen Täter führen könnten – allzu unvoreingenommen sieht das für mich nicht aus!«

»Jetzt kriegt euch wieder ein, Kinder«, unterbrach sie Ruth Lindner und warf ihnen strenge Blicke zu. »Sag mal, Maria, warum hat Roeder diese ganzen Details denn nicht zum Gespräch gebracht, als die Soko den Fall bearbeitete?«

»Hat er doch, haarklein und immer wieder! Jedenfalls haben mir das die Kollegen erzählt – die übrigens ziemlich genervt waren von seiner Hartnäckigkeit. Er hat ihnen alles wieder und wieder unter die Nase gerieben. Na ja ... bis auf die Kleinigkeit, dass er eine Zeit lang der Geliebte der Hauptverdächtigen war, versteht sich ...«

Lindner wollte schon dazwischenfahren, aber seine Mutter hob abwehrend die Hand, und er blieb stumm.

»Und?«

»Die Kollegen haben das natürlich alles diskutiert, haben überlegt, ob der Tag von Ernst Ramlingers Tod nicht auch ganz anders abgelaufen sein konnte, als es sich ihnen bis dahin darstellte. Aber sie alle – mit Roeder als einziger Ausnahme – waren davon überzeugt, dass es keinen vernünftigen Grund gab, an Sonja Ramlingers Geständnis zu zweifeln. Und als ich von Stefan erfahren habe, dass Roeder und Frau Ramlinger mal was miteinander hatten, war mir klar, warum er in diesem Punkt so hartnäckig war. Es will natürlich keiner wahrhaben, dass ausgerechnet die Frau, mit der man ins Bett gestiegen ist, ihren Ehemann ermordet hat!«

»Aber darum geht es doch gar nicht!«, widersprach Lindner. »Roeder sind einige der Indizien nicht stimmig erschienen. Und mir kamen, ehrlich gesagt, auch Zweifel am Ermittlungsergebnis, als ich mir das alles genau angeschaut habe!«

»Ach, und die Kollegen in der Soko haben sich das nicht genau angeschaut? Willst du das damit sagen?«

Maria sprang auf und stieß dabei ihren Stuhl so heftig nach hinten, dass er fast umkippte.

»Und dann muss erst der famose Ermittler Stefan Lindner vom LKA kommen, um den Pappnasen von der Kripo Göppingen mal zu zeigen, wie man so eine Ermittlung richtig anpackt? Na, da bedanke ich mich herzlich!«

Wutschnaubend machte sie auf dem Absatz kehrt und marschierte zur Küche hinaus. Man hörte ihre eiligen Schritte die Treppe hinauf, dann wurde oben die Tür von Lindners Jugendzimmer zugeknallt. Lindner horchte, ob Maria wohl gleich wieder mit gepackter Tasche die Treppe herunterpoltern würde, aber es blieb still.

»Sauberle, Jonger!«, zischte seine Mutter neben ihm. »Ganz klasse gmacht!«

Eine steile Falte zwischen ihren Brauen signalisierte Alarmstufe Rot. So hatte sie in Lindners Kindheit ausgesehen, kurz bevor sie ihm eine schmierte. Und auch die Wortwahl »Jonger« deutete daraufhin, dass er jetzt besser nichts Falsches sagte – auch wenn sie ihn seit der Pubertät nicht mehr geschlagen hatte. Sie stand auf, schenkte sich einen Obstler ein, trank ihn aus und schenkte nach. Mit dem gut gefüllten Gläschen setzte sie sich wieder an Tisch.

»Auch einen?«, fragte sie.

»Nein, danke.«

Ruth Lindner zuckte mit den Schultern und trank das Glas halb leer. Dann sah sie ihren Sohn lange an.

»Wer könnte diesen Ramlinger denn sonst umgebracht haben?«, fragte sie nach einer Weile.

»Keine Ahnung.«

»Und wenn's doch die Ehefrau war?«

»Dann wird sie bei ihrem Geständnis bleiben, und ich finde hoffentlich heraus, dass es mit dem Geständnis auch wirklich seine Richtigkeit hat.«

Sie trank den Schnaps vollends aus, stellte das Glas ab und wischte sich mit dem Handrücken die Nase.

»Und was ist dein Interesse an dieser Sache?«

»Ich will herausfinden, was wirklich passiert ist.«

»Kennst du Sonja Ramlinger?«

»Nein. Ich weiß von ihr nur das, was in den Akten steht – und was mir Roeder und heute Abend mein Chef und dessen Frau erzählt haben.«

»Glaubst du, dass Wolfgang Roeder noch immer in sie verliebt ist?«

»Er sagt, dass die Affäre der beiden gut zwei Jahre zurückliegt, aber ja, ich glaube, dass er sie noch immer sehr mag.«

»Glaubst du, dass er dich deshalb beeinflussen will? Dass er dich benutzt, oder dass er dir nicht über alles die volle Wahrheit sagt?«

»Klar will er mich beeinflussen. Ich soll ja – wie er – an die Unschuld seiner früheren Geliebten glauben. Und es kann auch sein, dass er mir nicht alles erzählt – oder dass er Informationen weglässt, die Frau Ramlinger verdächtiger machen würden. Aber erstens traue ich mir zu, mir trotzdem ein vollständiges Bild von den Ereignissen verschaffen zu können – und es ist auch nicht so, dass er mir nur Dinge erzählt hätte, die seine Exfreundin in einem positiven Licht erscheinen lassen.«

Ruth Lindner nickte und sah ihren Sohn nachdenklich an.

»Gib acht auf dich, Bub! Ich will nicht, dass Roeder dich in was reinzieht, nur weil er selbst sich aus privaten Motiven in etwas verrannt hat.«

»Versprochen. Ich werde vorsichtig sein.«

»Und wenn deine Ermittlungen ergeben, dass es doch diese Sonja war … dann lass es bitte auch dabei bewenden, ja?«

»Sowieso.«

Sie musterte Lindner und ließ eine kleine Pause, bevor sie ihre nächste Frage stellte.

»Wie fühlt sich das an, wieder mal mit deinem früheren Freund an einem Strang zu ziehen?«

Lindner lächelte wehmütig.

»Seltsam, wo er doch all die Jahre so gegen mich geschossen hat. Aber irgendwie auch … gut und vertraut.«

Sie nickte wieder.

»Dann genieß das. Vielleicht renkt sich auf diesem Weg auch eure Freundschaft wieder ein, wer weiß?«

Lindner zuckte mit den Schultern, und auf dem faltigen Gesicht seiner Mutter breitete sich ein knitzes Lächeln aus.

»Aber auch wenn dir der Roeder noch so sehr von dieser Sonja vorschwärmt – vergiss nicht, was du an deiner Maria hast!«

»Keine Sorge, das vergess ich nicht.«

»Dann hoch mit dir in dein Zimmer, Bub! Red mit der Maria oder nimm sie in den Arm – Hauptsache, ihr vertragt euch wieder.«

Lindner erhob sich und strich seiner Mutter zum Abschied ganz sachte über die Schulter. Er hatte erst den halben Weg bis zur Tür hinter sich gebracht, als sie ihm nachrief: »Du weißt ja, Bub, dass Versöhnung immer das Schönste an einem Streit ist! Wenn ich da an den letzten Ärger denke, den ich mit meinem Eugen hatte …«

Lindner blieb stehen und zog ein wenig die Schultern ein.

»… und an die Versöhnung danach … Ich kann dir sagen, Bub: Ich war völlig gerädert am nächsten Morgen!«

In Lindners Magen begann es zu rumoren, und das heisere Lachen seiner Mutter machte es nicht besser. Er drehte um, ging zum Küchenschrank, nahm ein Glas aus dem Schrank und schenkte sich nun doch einen Obstler ein. Der Schnaps wärmte ihm erst den Hals und dann den Magen, und als er dort nur noch das Brennen des Obstlers spürte, wandte er sich noch einmal seiner Mutter zu.

»Keine Details, bitte, Mama!«

Dann beeilte er sich, die Treppe hinaufzukommen, verfolgt von Ruth Lindners Lachen.

Oben angekommen, drückte er ganz vorsichtig die Klinke und öffnete die Tür. Noch immer hatten sie es nicht geschafft, eine neue Tapete anzubringen. Und einige seiner Comichefte standen noch immer im Regal unter der leicht eingestaubten Dampfmaschine, obwohl ihn Maria schon mehrmals gebeten hatte, alles im Keller einzulagern und sein Zimmer endlich so einzurichten, wie sich das für einen erwachsenen Mann gehöre. Maria lag im Bett, fester in die Decke eingewickelt, als es nötig gewesen wäre, und sie hatte sich zur Wand hingedreht. Ihre Schultern hoben sich leicht und senkten sich. Der langsame und gleichmäßige Rhythmus legte nahe, dass sie schon schlief. Aber das ruhige Atmen wäre in diesem Fall schon in das mal leisere, mal lautere Schnarchen übergegangen, das er jede Nacht hörte.

Ob sie wirklich auf eine Versöhnung wartete, wie seine Mutter vorhin angedeutet hatte? Er konzentrierte sich auf Marias wuschelige Mähne und ihre weichen Schultern, um nur ja keine Bilder von Ruth und Eugen aufkommen zu lassen ... und ganz langsam näherte er sich dem Bett. Dort ging er vorsichtig in die Hocke, horchte dem leisen Knacken seiner Kniegelenke nach und streckte dann seine Hand nach Maria aus. Als seine Fingerspitzen ihre zarte, warme Haut im Nacken berührten, setzte ihr Atem einen winzigen Moment lang aus. Doch dann knurrte sie: »Ich schlafe schon!«, und rückte noch ein paar Zentimeter näher an die Wand.

Freitag, 12. Oktober

Als Lindner am nächsten Morgen gegen halb neun erwachte, war Maria schon aufgestanden, und die Stelle, an der sie gelegen hatte, war bereits kalt. Nach einer flüchtigen Katzenwäsche schlüpfte Lindner in neue Kleider und tappte in die Küche hinunter. Maria hatte ihm keine Notiz hinterlassen, aber er konnte sich denken, dass sie schon ins Kommissariat gefahren war. Dafür lag wieder einmal ein Zettel seiner Mutter auf dem Küchentisch. Wie meistens hatte sie nur »Was hoschd heit?« auf das Stück Papier gekritzelt, immerhin hatte sie darunter etwas gekrakelt, das wohl einen Smiley darstellen sollte. Seit sie mit ihrem neuen Smartphone gut zurechtkam – zu Lindners Ärger obendrein viel besser als er selbst –, hatte sie geradezu einen Narren an Emojis und anderen Symbolen gefressen. Ihre Nachrichten via Handy strotzten nur so vor lachenden und zwinkernden Gesichtern, gereckten Daumen, anstoßenden Sektkelchen und vielem mehr. Lindner wäre es lieber gewesen, seine Mutter wäre damit etwas sparsamer umgegangen. Denn er tat sich nicht nur schwer, selbst Symbole in seine Texte einzufügen – viele der Bildchen verstand er schlichtweg nicht.

»Was hoschd heit?«

Natürlich wollte seine Mutter ihn mit ihrer üblichen Frage nur necken, aber wenn er jetzt ganz vorsichtig über die Rückseite seines rechten Oberschenkels tastete ... war da nicht etwas anders als sonst, war diese Stelle nicht härter, als sie noch gestern und vorgestern gewesen war? Ob er sich mit seinem kurzen Fußmarsch vom Parkplatz zum Tempele gestern körperlich übernommen hatte? Der schmale Pfad verlief zwar ohne nennenswerte Steigungen, aber wie schnell war man auf dem unebenen Untergrund falsch aufgetreten oder hatte die Stufen zum Tempele hinauf zu schnell oder unbedacht genommen! Zumal er ja auch vorher schon auf dem Anwesen der Ramlingers zu Fuß unterwegs gewesen war.

Vielleicht sollte er seinem alten Schulfreund Dr. Thomas Bruch einen Besuch in seiner Praxis abstatten. Vielleicht konnte

Thomas herausfinden, ob sich in seinem Oberschenkel etwas Bedrohliches anbahnte – doch dann verwarf Lindner den Gedanken wieder. Sein Hausarzt nahm seine Leiden fast nie ernst, und statt eines Rezepts gab er ihm meistens nur sanften Spott mit auf den Heimweg. Noch einmal fuhr Lindner über den Schenkel, musste ein wenig suchen und war am Ende gar nicht mehr ganz sicher, ob er die lädierte Stelle auch wieder richtig lokalisiert hatte – so viel Mühe würde sich Thomas in seiner Praxis vermutlich nicht mit ihm geben, also konnte er sich den Besuch auch sparen. Auch er selbst spürte im Moment keinen Schmerz, aber das konnte ja noch kommen.

Behutsam, um seinen Oberschenkel nicht zu überlasten, nahm Lindner am Esstisch Platz, an dem seine Mutter Teller und Besteck, seine Superman-Bechertasse, eine noch halb mit Kaffee gefüllte Warmhaltekanne, ein Marmeladeglas und einen Weidenkorb mit einigen Scheiben selbst gebackenem Schwarzbrot für ihn bereitgestellt hatte. Er schenkte die Tasse voll, nahm eine Brotscheibe, schraubte das Marmeladeglas auf – und bemerkte erst jetzt, dass Butter fehlte. Einen Moment lang dachte er darüber nach, aufzustehen und sie aus dem Kühlschrank zu holen, dann spannte er ganz sachte die Muskeln in seinem rechten Bein an, horchte aufmerksam in sich hinein und beschloss sicherheitshalber, lieber sitzen zu bleiben und diesmal auf Butter zu verzichten.

Nach dem Frühstück erhob er sich gemächlich, räumte ab, schenkte sich erneut Kaffee ein und ging mit dem Becher in das frühere Bügelzimmer seiner Mutter, wo er sich vor ein paar Wochen einen kleinen Arbeitsraum eingerichtet hatte. Seit seine Mutter nur noch vor dem Fernsehgerät bügelte und dazu unablässig Serien schaute, war das kleine Zimmer frei geworden. Bisher hatte Lindner immer im Wohnzimmer über Akten gebrütet, aber für die Serien, die seine Mutter über einen Streamingdienst bezog, drehte sie den Ton des Fernsehers gern sehr laut auf – da war an Arbeiten nicht mehr zu denken.

Außerdem hatte er von seinem gewohnten Platz am Couchtisch auch noch freie Sicht auf den Bildschirm, und das störte seine Konzentration vor allem, wenn seine Mutter eine ganz bestimmte Serie sah. Nun waren Drachen, auf denen eine platinblonde Frau reitet, und Ritter, die sich gegenseitig die Köpfe abschlagen, kleinwüchsige Intriganten, riesige Eunuchenheere und mysteriöse Männer und Frauen, die jedes beliebige Gesicht und jede Stimme annehmen konnten, nicht unbedingt das, was er selbst sich angesehen hätte – aber vor allem dann, wenn er es mit langweiligeren Fällen zu tun hatte, übte diese Serie eine gewisse Faszination auf ihn aus. Ein einziges Mal hatte seine Mutter ihn dabei ertappt, wie er ganz versonnen ihren Serienhelden zugesehen hatte, anstatt sich auf seine Unterlagen zu konzentrieren. Sie nahm ihn natürlich sofort deswegen auf die Schippe und spielte danach immer wieder auf diesen peinlichen Moment an, bis es ihm zu blöd wurde und er sich im Bügelzimmer einrichtete.

Der Raum war wirklich klein, aber ein alter, schmaler Schreibtisch für Lindners Laptop, einen Aktendeckel und einen altersschwachen Drucker, ein knarzender Bürosessel und zwei wacklige Regale für Ordner, Büromaterial und Schreibpapier fanden dennoch ihren Platz. Zwischen den Regalen ging der Blick durch das einzige Fenster auf die Gruibinger Straße hinaus, und in der einzigen freien Ecke stapelten sich mehrere Plastikkörbe mit Bügelwäsche fast mannshoch – ganz freigegeben hatte seine Mutter den Raum noch nicht.

Lindner blätterte in den Unterlagen zum Tod von Ernst Ramlinger. Er würde heute im Lauf des Tages noch mit einem Beamten der Göppinger Kripo sprechen, der ihm weitere Akten zur Verfügung stellen sollte. Er schaute auf die Uhr: Das Treffen in Göppingen war für halb elf verabredet, für die Fahrt waren keine zwanzig Minuten zu rechnen – also hatte er noch ausreichend Zeit, sich Fragen für das Gespräch zurechtzulegen.

Die Liste wurde nicht allzu lang, weil die Kollegen so sorgfältig gearbeitet hatten, dass alle Hinweise und das, was sich daraus ergeben hatte, gut dokumentiert waren. Auch alle Kontaktdaten, nach denen sich Lindner hatte erkundigen wollen, waren bereits in den Unterlagen zu finden, die Roeder ihm zusammengestellt hatte.

Als ihm noch eine halbe Stunde blieb, zog er sein Handy hervor und wählte die Nummer von Rupert Ferstner, dem Anwalt von Sonja Ramlinger. Auf dessen Visitenkarte waren der Name der Kanzlei Ferstner, Humbach & Partner sowie eine Adresse in Reichenbach/Fils abgedruckt. Die Nummer auf der Karte war eine Durchwahl, aber zunächst landete Lindner trotzdem im Sekretariat der Kanzlei. Er nannte seinen Namen und sein Anliegen und wurde fast sofort durchgestellt.

»Ferstner, guten Tag«, meldete sich der Anwalt mit ruhiger, sonorer Stimme. »Sie sind vom LKA?«

»Ja, und seit gestern mit Ermittlungen im Fall Ernst Ramlinger betraut.«

»Ach?«, versetzte der Anwalt und trug mit seinem übertrieben erstaunten Tonfall ein wenig zu dick auf. Lindner wusste natürlich, worüber sich sein Gesprächspartner damit beschweren wollte.

»Keine Sorge, Herr Ferstner, das werden Sie auf jeden Fall noch heute von den Kollegen der Kripo Göppingen ganz offiziell erfahren. Aber nun wissen Sie es ja schon mal von mir vorab.«

»Wie schön. Und wie kann ich Ihnen helfen, Herr Lindner?«

»Ich würde gern mit Ihrer Mandantin reden.«

»Das muss ich natürlich vorher mit ihr besprechen. Aber ich will Ihnen nicht viel Hoffnung machen, dass sie mit Ihnen reden will. Ich hatte bisher insgesamt nicht den Eindruck, dass Frau Ramlinger nach den Befragungen der Kripo noch großes Interesse hat, sich mit weiteren Ermittlern zu unterhalten. Und da sie ja vollumfänglich gestanden hat und auch sonst in jeder Hinsicht so kooperativ war, wie sich Ihre Kollegen und die Staatsanwaltschaft das nur wünschen können, würde ich gern wissen, warum es nötig sein sollte, dass sie sich mit diesem für sie so dramatisch und traumatisierend verlaufenen Tag noch einmal in einer Befragung beschäftigen müsste.«

Der Anwalt sprach druckreif, als hielte er ein Plädoyer vor Gericht, und er schien nicht besonders darauf erpicht zu sein, dass seine Mandantin mit einem LKA-Kommissar sprach. Offenbar war es ihm vor allem darum zu tun, dass ihm Sonja Ramlinger durch womöglich unbedachte Äußerungen in einem solchen Gespräch nicht unnötig die Arbeit erschwerte. Roeder hatte ihm ja schon gesagt, dass ihr Verteidiger wohl auf Totschlag und vielleicht auf Totschlag im Affekt plädieren würde.

»Ich möchte einigen Details nachgehen, deren Bedeutung ich anders einschätze als die meisten Beamten, die der Soko Schlat angehörten.«

»Und welche wären das?«

»Um es kurz zu machen, ich möchte Hinweisen auch unter dem Gesichtspunkt nachgehen, dass Ihre Mandantin ihren Mann vielleicht doch nicht getötet hat.«

An anderen Ende der Leitung war es für einen Moment ganz still. Dann hörte Lindner ein Knarzen, als lehnte sich jemand in einem schweren Bürosessel zurück.

»Wir sollten uns treffen«, sagte Ferstner.

»Gern. Hätten Sie heute Zeit?«

»Das wird sich einrichten lassen.«

»Ich bin nachher in Göppingen verabredet, das wird vielleicht eine gute Stunde dauern. Gegen zwölf könnte ich bei Ihnen sein. Würde Ihnen das passen?«

»Das machen wir passend, Herr Lindner. Ich bin schon sehr gespannt auf unser Gespräch. Bis nachher.«

Damit trennte er die Verbindung. Lindner packte die Unterlagen zusammen, machte sich einige Notizen für das Treffen mit dem Anwalt, und dann war es auch schon Zeit, nach Göppingen zu fahren.

***

»Frau Kelpp? Haben Sie einen Moment, bitte?«

Karin Kelpp hatte schon kurz nach dem Verlassen der JVA Schwäbisch Gmünd bemerkt, dass sie von dem drahtigen Mann verfolgt wurde, der ihr jetzt hinterherrief. Auf dem Fußweg zum Bahnhof hatte sie ihn problemlos aus den Augenwinkeln im Blick behalten können. Entweder war der Mann nicht besonders geschickt in solchen Dingen, oder er hatte sich keine große Mühe gegeben, seine Absicht zu verbergen. Karin Kelpp blieb stehen, drehte sich um und wartete. Der Mann verlangsamte seinen Schritt und fuhr sich, kurz bevor er sie erreichte, durch die grauen Haare.

»Guten Tag, Frau Kelpp«, sagte er mit einer rauchigen tiefen Stimme und zauberte eine billig gemachte Visitenkarte aus der Jacketttasche. »Jupp Schreber, Privatermittler« stand darauf, außerdem eine Handynummer, sonst nichts.

»Detektiv? Okay ... Und was wollen Sie von mir?«

Schreber sah sportlich aus, er hatte kein Gramm Fett auf den Rippen, aber die altersfleckige Haut auf dem Handrücken und die tief eingegrabenen Falten um Augen und Mund ließen ihn etwas verlebt wirken. Außerdem roch er aus dem Mund, er hatte wohl ein Leberwurstbrot gegessen und danach nichts mehr getrunken.

»Ich würde gern ein wenig mit Ihnen plaudern«, sagte er und lächelte sie an. Offenbar hielt er sich für einnehmender, als er war. Aber sie blieb trotzdem stehen. Ihr Zug ging erst in einer Viertelstunde, vom Bahnhofsvorplatz brauchte sie keine drei Minuten mehr bis zum Bahnsteig, und es interessierte sie natürlich, was ein Privatdetektiv von ihr wollen konnte.

»Und worüber?«

Sein Lächeln strahlte stärker, und er wich mit einer Gegenfrage aus.

»Sie wollen nach Esslingen, richtig?«

Er nickte zum Bahnhofsgebäude hin. Karin Kelpp kniff überrascht die Augen zusammen, und Schreber lächelte daraufhin noch etwas breiter.

»Ich kann Sie mitnehmen, mein Wagen steht keine zweihundert Meter von hier. Die Adresse, zu der Sie wollen, kenne ich. Und statt über eine Stunde lang mit Regional- und S-Bahn herumzugurken, sitzen Sie bequem im Auto, müssen nicht umsteigen und sind obendrein schon in einer Dreiviertelstunde dort. Wenn Sie möchten, setze ich Sie auch so weit entfernt von Ihrem Ziel ab, dass Sie keiner aus meinem Wagen steigen sieht – und unterwegs unterhalten wir uns. In Ordnung?«

Karin Kelpp zögerte.

»Geben Sie sich einen Ruck, Frau Kelpp«, drängte er und deutete grinsend auf ihre Oberarme. »Und Angst davor, zu mir ins Auto zu steigen, müssen Sie nun wirklich nicht haben.«

Jetzt musste Karin Kelpp laut lachen. Der Detektiv schien kein übler Kerl zu sein, zumindest Humor hatte er.

»Warum glauben Sie, dass ich nach Esslingen will?«, fragte sie dennoch. Vielleicht hatte der Mann ja nur einen Schuss ins Blaue versucht und geblufft.

»Das erzähl ich Ihnen unterwegs«, beschied er ihr. »Es soll in die Uhlandstraße gehen, nehme ich an.«

Das stimmte, er nannte auch noch die richtige Hausnummer. Als er ihr anhaltendes Erstaunen mit einem noch breiteren Grinsen quittierte, zuckte sie mit den Schultern und setzte sich mit ihm in Bewegung. Er hatte seinen betagten Kombi im Parkhaus abgestellt. Ruppig fuhr er los, manchmal vermied er es nur haarscharf, mit den Kotflügeln an einer Mauer entlangzuschrammen. Und weil sein Fahrstil auch außerhalb des Parkhauses, am Bahnhof vorbei und auf der Lorcher Straße, zu wünschen übrig ließ, war Karin Kelpp heilfroh, als sie endlich die B29 erreichten und damit einstweilen den Stadtverkehr hinter sich hatten.

»Sie beobachten mich? Warum?«

»Ist es nicht viel interessanter für Sie zu erfahren, in wessen Auftrag ich Sie beobachte?«

»Ja, natürlich. Sagen Sie mir das?«

Er lachte.

»Nein, selbstverständlich nicht.«

»Sie wollen mit mir reden, aber selbst nicht viel sagen – klingt nach einem schwierigen Gespräch.«

»Ich werde Ihnen schon das eine oder andere erzählen, keine Sorge. Zum Beispiel weiß ich, wen Sie in Esslingen aufsuchen wollen. Oder vielleicht sollte ich lieber sagen: Wen Sie beobachten wollen.«

»Ich bin gespannt.«

Schreber schwieg, grinste jedoch sehr siegesgewiss. Auch Karin Kelpp sagte nichts, musterte den Mann neben ihr aber, als wollte sie aus seiner Miene lesen, woher er das alles wusste.

»Lassen wir den Namen der Frau mal beiseite«, sagte er schließlich. »Ich weiß außerdem, warum Sie diese Frau so interessiert. Weil sie vor Jahren eine Affäre mit einem Fabrikanten namens Ernst Ramlinger hatte.«

Karin Kelpps Augen verengten sich einen Moment lang zu Schlitzen, doch als Schreber kurz zu ihr hersah, hatte sie sich schon wieder halbwegs unter Kontrolle. Jetzt würde es sich herausstellen, ob dieser Mann ein Problem für sie darstellte oder nicht – und sie stellte ihm die direkte Frage: »Und warum sollte mich interessieren, mit wem diese Frau vor Jahren ins Bett stieg?«

Schreber sah wieder nach vorn und überholte einen Lastwagen, bevor er ihr antwortete. Karin Kelpps Nerven waren zum Zerreißen gespannt.

»Sie haben seit Kurzem Kontakt mit einer Frau, die in derselben JVA sitzt wie Sie – allerdings sitzt sie dort bisher noch in U-Haft. Diese andere Insassin ist Sonja Ramlinger, die Frau von Ernst Ramlinger. Und in U-Haft sitzt sie, weil sie gestanden hat, ihren Mann erstochen zu haben.«

Fast hätte Karin Kelpp laut aufgeatmet, aber sie wollte dem Detektiv keinen Grund geben, etwas anderes hinter ihren Nachforschungen zu vermuten als einen Gefallen für Sonja Ramlinger.

»Mein Auftraggeber ist überzeugt, dass Ihre Knastkollegin nicht weiß – oder es zumindest bisher nicht wusste –, dass ihr Mann sie betrog. Ich bin da ganz anderer Meinung. Und ich würde meinem Auftraggeber gern beweisen, dass ich richtig liege und er falsch. Und hier kommen Sie ins Spiel, Frau Kelpp.«

***

Am Haupteingang des Kommissariats in der Göppinger Schillerstraße wurde Lindner von Harald Miller empfangen, einem Kripobeamten, der ihm in den vergangenen Jahren weniger durch besondere Intelligenz als vielmehr durch eine fast hündische Ergebenheit für Wolfgang Roeder aufgefallen war. Dementsprechend hatte er sich Lindner gegenüber ebenso wie sein Vorbild reserviert bis unfreundlich verhalten. Nun, da sich Roeder plötzlich mit seinem langjährigen Rivalen zu vertragen schien, war in dieser Hinsicht eine Kehrtwendung angesagt – die Miller aber sichtlich schwerfiel. Er begrüßte den LKA-Beamten höflich, wirkte dabei aber unsicher. Er hielt sich nicht lange mit Small Talk auf, sondern beeilte sich, seinen Besucher durch das Gebäude zu einem Besprechungsraum zu geleiten, in dem die Übergabe der zusätzlichen Unterlagen stattfinden sollte.

Miller redete schnell, so wie er es oft tat, wenn er angespannt war. Doch er hatte keinen Grund zur Nervosität; er hatte eine beachtliche Fleißarbeit erbracht. Lindner bekam Kopien von Gesprächsprotokollen mit Sonja Ramlinger sowie ihren nächsten Nachbarn, dazu Berichte von Sokobeamten über die Informationen, die sie in Gesprächen zusammengetragen hatten. Miller übergab ihm eine sehr umfangreiche Inventarliste mit allem, was sich zum Zeitpunkt von Ernst Ramlingers Tod in der Villa und im Garten befunden hatte. Und neben Kopien von einigen anderen Dokumenten hatte der Kripobeamte auch Anmerkungen zu allen Geldbewegungen auf Ramlingers Konten aus den vergangenen zehn Jahren zusammengestellt, die möglicherweise in irgendeiner Weise Aufschluss über dessen Privat- und Berufsleben geben konnten – soweit es über normale Geschäftsvorgänge hinausging. Lindner überflog diese Liste, aber sie schien nicht allzu vielversprechend zu sein.

»Uns hat das auch keinen hilfreichen Ansatz geboten«, gab Miller zu. »Aber Sie kennen ja den Job – da macht man vieles, was hinterher nicht nötig gewesen wäre, nur damit man nichts übersieht, was womöglich noch einmal wichtig werden könnte. Herr Roeder meinte, dass Ihnen vielleicht etwas daran auffällt, weil Sie ja mit einem ganz frischen Blick drangehen.«

Lindner blätterte die Notizen durch, aber alles sah so umfassend dokumentiert aus, dass es sehr unwahrscheinlich war, dass die Kollegen der Göppinger Kripo etwas übersehen haben könnten, das mit dem Fall zu tun hatte.

Die Geldbewegungen wirkten nicht verdächtig oder sonstwie ungewöhnlich. Es gab zwar zahlreiche Barabhebungen, meist von Beträgen zwischen dreihundert und fünfhundert Euro – aber aus der Liste und den Berichten der Beamten ging hervor, dass Ernst Ramlinger eher selten mit EC- oder Kreditkarte bezahlte und gern reichlich Bargeld bei sich hatte, selten weniger als zweihundert Euro. Auch in der Villa waren in einer Schublade gut tausend Euro in Fünfziger- und Hunderterscheinen gefunden worden. Die Abhebungen waren außerdem völlig unregelmäßig erfolgt, also vermutlich einfach am laufenden Verbrauch ausgerichtet. Nichts daran kam Lindner auffällig vor.

Kurios fand er nur, dass Ernst Ramlinger recht häufig geblitzt wurde, fast immer nach Geschwindigkeitsüberschreitungen in moderatem Rahmen, außerdem zweimal an einer Ampel, die er bei »Dunkelgelb« überfahren hatte. Kurios erschien ihm das vor allem deshalb, weil die Blitzer überwiegend entlang zweier Strecken standen, die Ramlinger häufiger gefahren war – und an solchen Strecken prägte sich zumindest Lindner alle Radarfallen ein, auch wenn er bisher noch fast nie geblitzt worden war. Aber vielleicht war es Ramlinger auch einfach egal, wenn er Strafen zahlen musste – an Geld fehlte es ihm ja nicht, und er fuhr jedes Mal nur so viel zu schnell, dass sein Führerschein nicht in Gefahr war.

Irgendwann waren sie mit allem durch. Lindner packte die Unterlagen ein und verabschiedete sich von Miller, der erleichtert in sein Büro zurückkehrte.

***

Das leidlich entspannende Dahingleiten auf der vierspurigen Bundesstraße hatte leider schon bei Lorch ein Ende gefunden. Um einem Stau wegen Bauarbeiten hinter Schorndorf auszuweichen, kurvte Josef Schreber nach Wäschenbeuren hinauf, drängelte sich etwas später durch den mittäglichen Stadtverkehr von Göppingen und erreichte erst auf der B10 wieder ruhigeres Fahrwasser.

Das hinderte ihn aber nicht daran, Karin Kelpp unterwegs zu erzählen, was er sich von ihr erhoffte. »Schauen Sie, Frau Kelpp, ich weiß, dass Sie im Auftrag von Sonja Ramlinger Informationen über Sabine Hohmeyer sammeln, die ehemalige Geliebte ihres Mannes. Und ich hätte gern, dass Sie das auch meinem Auftraggeber so bestätigen.«

»Ich bestätige gar nichts. Warum sollte ich? Was hätte ich davon?«

Schreber grinste, es wirkte diesmal etwas bösartig.

»Im Moment«, sagte er mit lauerndem Unterton, »gehe ich davon aus, dass es eher Zufall war, dass die Wahl ausgerechnet auf Sie fiel – weil Sie gelegentlich Hafturlaub bekommen, wohingegen Frau Ramlinger einstweilen noch nicht wieder rausdarf. Ich weiß noch nicht genau, wie Sie beide sich kennengelernt haben, aber ich habe mitbekommen, dass Sie in der JVA inzwischen so eine Art Bodyguard von ihr sind. Ich kann da gern noch ein wenig nachbohren, vielleicht erfahre ich noch etwas Interessantes. Und womöglich ist da auch etwas dabei, von dem Sie nicht wollen, dass es jemand erfährt. Und dass ich über entsprechende Kontakte und Kanäle verfüge, um so etwas herauszufinden, habe ich Ihnen, glaube ich, mittlerweile hinreichend verdeutlicht.«

Wenn er auch dann eher schlampig recherchiert und voreilig falsche Schlüsse zieht, muss mir das nicht gefährlich werden, dachte Karin Kelpp. Andererseits konnte auch ein schlechter Detektiv aus Versehen auf eine richtige Fährte stoßen, und einstweilen hatte sie kein Interesse daran, dass dieser Schreber oder sein geheimnisvoller Auftraggeber mehr über ihre Vergangenheit erfuhren, als sie im Moment Sonja Ramlinger gegenüber preisgeben wollte.

»Ich überleg's mir«, knurrte sie schließlich. »Ihre Handynummer hab ich ja.«

»Schön. Ich wusste, dass Sie vernünftig sein werden. Nur lassen Sie mich bitte nicht zu lange warten – die Angelegenheit verträgt im Moment keine allzu großen Verzögerungen.«

Karin Kelpp ließ sich in Esslingen wirklich ein Stück entfernt von ihrem Ziel absetzen. Sie lotste Schreber zu einer Busbucht in der Stuttgarter Straße, um schräg gegenüber in der Bäckerei zwei Laugenweckle zu kaufen. Der Detektiv ließ sie aussteigen und fuhr danach mit seinem alten Kombi gleich wieder ruckelnd an. Sie überquerte die Straße, bemerkte aber, dass Schreber viel langsamer fuhr als vorhin. Vielleicht hielt er Ausschau nach einer Parklücke, um den Wagen abzustellen und sie weiter zu beobachten. Als sie kurz darauf mit einer Papiertüte aus der Bäckerei auf den Gehweg trat, waren jedoch weder Schreber noch sein Kombi zu sehen. Für alle Fälle hielt Kelpp die Augen trotzdem offen. Sie ging die paar Schritte bis zur Uhlandstraße, wandte sich nach links, wechselte die Straßenseite und postierte sich so, dass sie halbwegs unauffällig die Eingangstür des übernächsten Mehrfamilienhauses im Blick behalten konnte.

Weil Schreber sie im Wagen mitgenommen hatte, war sie früher vor Ort angekommen als gedacht. Deshalb musste sie nun etwas länger warten, bis Sabine Hohmeyer wie an jedem späten Freitagvormittag das Haus verließ. Sie machte sich auch diesmal zur gewohnten Zeit zu Fuß auf den Weg in die Esslinger Innenstadt, wo sie einen wöchentlichen Zumbakurs besuchte, der bei so schönem Wetter wie heute sogar im Oktober noch im Stadtpark zwischen den beiden Neckarkanälen, der Maille, unter freiem Himmel stattfand. Wie immer kaufte sich Sabine Hohmeyer als Wegzehrung für den viertelstündigen Fußmarsch in der Bäckerei an der Stuttgarter Straße ein Croissant und eine Brezel sowie ein weiteres Croissant, das sie extra verpacken ließ. Und auch sonst hielt sie sich an ihr wöchentliches Ritual. Auf der Pliensaubrücke blieb sie stehen und schaute auf den Neckar hinunter, bis sie ihre Brezel aufgegessen hatte. Am Nordufer angekommen steuerte sie das Optikgeschäft am Anfang der Pliensaustraße an. Dort arbeitete eine Freundin von ihr; ihr brachte sie das Croissant in der Extratüte. Für mehr als einen kurzen Plausch nahm sie sich wie immer keine Zeit, und als sie kurz vor der Inneren Brücke ihr Croissant aus der Tüte zog und herzhaft hineinbiss, schloss Karin Kelpp zu ihr auf und sprach sie an.

Ohne das Zusammentreffen mit Jupp Schreber hätte sie das schon auf der Pliensaubrücke gemacht, wo Sabine Hohmeyer ja ohnehin immer stehen blieb. Doch sie wollte sich zuvor vergewissern, ob ihr der Detektiv noch auf den Fersen war – und war ganz irritiert, dass er sich nirgendwo blicken ließ. Hatte er sie wirklich nicht länger beobachtet, seit sie ausgestiegen war? Oder gab er sich nun mehr Mühe, sie unauffällig zu beschatten, als vorhin in Schwäbisch Gmünd?

»Frau Hohmeyer?«, sagte Karin Kelpp und setzte ein möglichst unbefangenes Lächeln auf.

»Ja, bitte?«

Die Frau ließ die linke Hand mit dem angebissenen Croissant sinken und musterte die Fremde vor ihr misstrauisch. Sie drehte sich sogar etwas zur Seite, als wollte sie ihre Umhängetasche schützen. Karin Kelpp tat so, als fiele ihr das nicht auf.

»Sie kennen mich nicht persönlich, aber ich würd gern mit Ihnen reden«, begann sie und lächelte noch etwas freundlicher.

»Oh, das tut mir leid, aber ich muss gleich weiter. Ich bin gleich in der Maille verabredet, da möchte ich nicht zu spät kommen.«

»Ihr Zumbakurs beginnt erst in fünfzehn Minuten, und bevor Sie Ihr Croissant nicht aufgegessen haben, bleiben Sie ohnehin immer hier vor der Inneren Brücke stehen.«

Sabine Hohmeyer runzelte die Stirn, die Hand mit dem Croissant sank weiter nach unten.

»Was wollen Sie von mir? Spionieren Sie mich aus?«

Karin Kelpp erinnerte sich, dass sie Jupp Schreber vor wenig mehr als einer Stunde fast dasselbe gefragt hatte, und musste lächeln.

»Und warum grinsen Sie jetzt so verschlagen? Machen Sie sich lustig über mich?«

»Nein, mache ich nicht. Ich will von Ihnen etwas wissen, das mit Ihrer Vergangenheit zu tun hat.«

Sabine Hohmeyer wirkte nun noch reservierter.

»Es geht um eine Zeit vor mehr als zwanzig Jahren.« Karin Kelpp ließ eine kurze Pause. »Vor sechsundzwanzig Jahren, um genau zu sein«, fügte sie dann hinzu.

Einen Moment dauerte es, dann weiteten sich die Augen der anderen kaum merklich, und sie versteifte sich ein wenig. In der rechten Hand raschelte das Papier der leeren Bäckertüte unter dem stärker werdenden Druck ihrer Finger.

»Was wollen Sie von mir?«, fragte sie erneut, aber jetzt klang ihre Stimme deutlich weniger fest als vorhin.

»Sie erinnern sich an Ernst Ramlinger?«

Sabine Hohmeyer schwieg, und ihre Lippen wurden zu einem schmalen Strich. Karin Kelpp nickte zufrieden.

»Ich sehe, Sie erinnern sich.«

»Nicht gerne, wenn ich ehrlich bin. Und deshalb werde ich jetzt weitergehen – und Sie lassen mich in Ruhe! Mit dieser … dieser alten Geschichte und mit allem anderen, was Sie vielleicht noch auf dem Herzen haben!«

Abrupt wandte sie sich ab und ging weiter in Richtung Maille. Doch schon nach wenigen Metern hatte Kelpp sie überholt und stellte sich ihr in den Weg. Die andere wollte ausweichen und eilig an ihr vorbeischlüpfen, aber Kelpp machte einen schnellen Schritt zur Seite und hielt sie auf. Einige Passanten verzögerten ihre Schritte und beobachteten die beiden Frauen argwöhnisch.

»Lassen Sie mich endlich in Ruhe – die Leute schauen ja schon!«

»Bleiben Sie einfach stehen und hören Sie sich an, was ich zu sagen habe. Dann fallen wir auch niemandem unangenehm auf.«

Hohmeyer wollte noch protestieren, dann besann sie sich und schaute die Frau vor ihr streng an. Das wirkte allerdings nicht sehr furchteinflößend. Sie war fast einen Kopf kleiner als Kelpp, und ihre schmalen Schultern und die fast knabenhafte Figur wirkten geradezu mickrig im Vergleich zu ihrem durchtrainierten Gegenüber.

»Gut«, sagte Karin Kelpp. »Es dauert auch nicht lange. Genau genommen habe ich nur zwei Fragen.«

»Dann schießen Sie halt los, damit ich endlich weiter kann.«

»Bevor Sie mit Ramlinger zusammen waren – hatte er da schon eine andere Freundin?«

Sabine Hohmeyer blinzelte verwirrt.

»Warum wollen Sie das wissen?«

»Als Sie ihn vor sechsundzwanzig Jahren kennengelernt haben, arbeiteten Sie als Bedienung in einem kleinen Lokal in Bad Cannstatt. Kurz darauf haben Sie diesen Job gekündigt und haben in Ramlingers Fabrik als Angestellte angefangen. Ich würde darauf tippen, dass Sie Ramlinger kennenlernten, weil er mal bei Ihnen im Lokal essen war. Vielleicht mit einer Freundin …?«

»Sie wissen aber gut über mich Bescheid. Was interessiert Sie denn so sehr an mir?«

»Eigentlich nur Ihr damaliges Verhältnis mit Ramlinger.«

Sabine Hohmeyer sah sie fragend an, aber Karin Kelpp erklärte nichts, sondern fragte erneut.

»Hatte er vor Ihnen schon eine Geliebte?«

»Ja, hatte er – obwohl ich natürlich erst später erfuhr, dass er verheiratet und dass seine Begleiterin seine Geliebte war.«

Karin Kelpp sah sie fragend an und wartete, bis sie seufzte und weitersprach.

»Als ich ihn zum ersten Mal getroffen habe, war er mit einer sehr jungen Frau zusammen. Die beiden haben sich ständig geküsst, er war sehr charmant und hatte damals nur Augen für seine Freundin.«

»Kam er häufiger in dieses Lokal?«

»Ja, immer mittags und immer mit derselben Frau. Die beiden saßen alle ein, zwei Wochen an einem Tisch in der Ecke, oft am selben Wochentag – und nach einem schönen Menü verschwanden sie untergehakt. Aber später hatten sie auch ab und zu Streit, und eines Tages wurden die beiden sogar laut, danach rauschte die Freundin wutentbrannt aus dem Lokal und ließ Ernst allein am Tisch sitzen.«

»Und dann?«

»Das ist eine heikle Situation für eine Servicekraft, wissen Sie? Jeder hat den Streit mitbekommen, und das ist dem Gast natürlich auch bewusst. Und trotzdem muss man ja irgendwann wieder an den Tisch, damit der Gast noch etwas bestellen oder die Rechnung anfordern kann. Das sollte möglichst unbefangen wirken, schließlich soll sich der Gast nicht blamiert fühlen – er soll ja im Idealfall wiederkommen.«

»Das haben Sie erreicht, nehme ich an.«

»Ja, das hab ich. An diesem Tag habe ich eigentlich gar nichts Besonderes gesagt, aber es hat ihm wohl gefallen, wie ich die Situation überspielt habe. Und als er eine Woche später wiederkam, diesmal allein, bat er mich in einer ruhigen Minute zu sich an den Tisch.«

»Und dann?«

Sabine Hohmeyer räusperte sich. »Und was ist Ihre zweite Frage?«

»Haben Sie auch mitbekommen, mit wem er nach der Trennung von Ihnen zusammen war?«

Jetzt sog die andere scharf die Luft ein, legte den Kopf schräg und blitzte Karin Kelpp böse an.

»Worauf spielen Sie an?«

Karin Kelpp schwieg, lächelte leicht und wartete. Der Bluff wirkte.

»Woher wissen Sie, dass ich Ernst beobachtet habe, nachdem wir uns getrennt hatten?«

»Ich weiß davon, Frau Hohmeyer«, sagte Karin Kelpp, was in diesem Moment ja auch nicht mehr gelogen war. »Das muss einstweilen reichen. Und? Wissen Sie etwas über die Frau, die nach Ihnen mit ihm zusammen war?«

Sabine Hohmeyer zögerte, sah auf die Uhr und machte Anstalten, ohne eine Antwort davonzugehen. Doch die muskelbepackte Frau ihr gegenüber schien ihre Absicht zu erraten und baute sich noch breiter vor ihr auf.

»Also gut ... aber dann lassen Sie mich in Ruhe, ja?«

»Jetzt erzählen Sie schon!«

»Das war ein ganz junges Ding damals. Als Ernst mit mir Schluss gemacht hat, war ich Anfang dreißig – diese Marlene war dagegen grad mal zwanzig. Eine ziemlich ordinäre Erscheinung, wie ich fand, immer etwas zu knapp bekleidet, ein richtiges Flittchen, wenn Sie verstehen ...«

»Marlene ... und wie weiter?«, fragte Karin Kelpp dazwischen. Die Verletzung, von ihrem Liebhaber für eine Jüngere abserviert zu werden, musste sehr geschmerzt haben, wenn Hohmeyer noch heute so viel Häme für ihre Nachfolgerin übrig hatte.

»Fürbringer. Marlene Fürbringer hieß die, wohnte in einer Wohnung im Stuttgarter Westen. Ab und zu haben sie sich dort getroffen, aber meistens hat sie sich von Ernst teuer ausführen lassen und –«

Sabine Hohmeyer unterbrach sich, starrte finster vor sich auf die Straße, hob dann den Kopf wieder und funkelte ihr Gegenüber wütend an.

»Tut mir ja leid, wenn Ihnen das noch immer so wehtut«, schwindelte Karin Kelpp. »Ich hätte nicht gedacht, dass Sie diese alte Geschichte so aufwühlt.«

»Hätte sie auch nicht, ich war schon lange drüber hinweg. Und hätte der Ernst mich nicht vor vier Monaten ...«

Erneut verstummte sie, doch diesmal musste Karin Kelpp erkennen, dass sie heute nichts mehr erfahren würde.

»Lassen Sie mich jetzt gehen!«, zischte Sabine Hohmeyer und drückte die schmalen Schultern durch. Karin Kelpp trat etwas zur Seite und ließ sie passieren. Mit steifem Rücken und schnellen Schritten setzte Sabine Hohmeyer ihren Weg in Richtung Maille fort. Dabei stopfte sie den Rest des Croissants zurück in die Papiertüte, zerknüllte sie und warf alles als knittrigen Klumpen in den nächsten Abfallkorb. Karin Kelpp stand noch wie angewurzelt an derselben Stelle, als die andere Frau längst aus ihrem Blickfeld verschwunden war.

Vor vier Monaten hatte Ramlinger also wieder Kontakt mit seiner ehemaligen Geliebten aufgenommen – aber wozu? Der

Fabrikant hatte sich sonst immer an Frauen herangemacht, die zum Zeitpunkt der Affäre zwanzig, höchstens dreißig alt waren – Sabine Hohmeyer war inzwischen Mitte fünfzig und damit acht Jahre älter als seine Frau.

Nachdenklich schlenderte sie kreuz und quer durch die Esslinger Innenstadt, bis sie irgendwann vor dem Bahnhof stand. Einen Moment lang sah sie sich unschlüssig um, dann steuerte sie auf den Bahnsteig zu, von dem die nächste S-Bahn Richtung Stuttgart abging.

***

Jupp Schreber war den beiden Frauen bis zur Pliensaubrücke gefolgt, dann kehrte er zurück in die Uhlandstraße. Die Tür des Mehrfamilienhauses, aus dem die Frau gekommen war, mit der sich Karin Kelpp unterhalten hatte, hatte er im Handumdrehen geöffnet. Im Treppenhaus blieb er kurz stehen, er war allein im Flur. Mehr als die Adresse, zu der er der Freigängerin schon vorige Woche gefolgt war, kannte er bisher nicht – er hatte mit seinen Andeutungen gepokert, aber immerhin gewonnen.

Vor zweieinhalb Wochen war ihm Karin Kelpp zum ersten Mal aufgefallen. Sie hatte sich in der Nähe der Ramlinger-Villa herumgetrieben, hatte offensichtlich geprüft, wie sie ungesehen aufs Grundstück kommen konnte – war dabei aber von einem Landwirt gestört worden, der mit seinem Traktor über einen Wiesenweg hinter der Villa bretterte. Sie hatte ihre Untersuchung daraufhin abgebrochen, war per Anhalter nach Süßen gefahren und dann in die Regionalbahn in Richtung Ulm eingestiegen. Von da an war es nicht ganz einfach gewesen, sie mit dem Wagen zu verfolgen. Doch nachdem er sie auf gut Glück an den nächsten beiden Bahnhöfen gesucht und dort nicht vorgefunden hatte, hatte er sie wiedergesehen, als er gerade in Geislingen von der B10 in Richtung Westbahnhof abgebogen war, um auch dort die Umgebung der Bahnstation abzufahren.

Sie war ihm entgegengekommen, was er zu einem schnellen Foto mit dem Handy genutzt hatte, dann hatte er den Wagen gewendet und war ihr bis zu einer kleinen Verkaufsbude im Schatten einer Kirche gefolgt. Das ging schon deshalb mit dem Wagen ganz gut, weil der Autoverkehr auf der überlasteten Geislinger Ortsdurchfahrt kaum mehr als moderates Wandertempo schaffte. Karin Kelpp hatte sich in die kurze Schlange vor der Durchreiche gestellt, und Schreber hatte ihre Wartezeit dafür genutzt, seinen Wagen in einer Seitenstraße abzustellen. Als er das Büdchen zu Fuß erreicht hatte, war Karin Kelpp gerade bedient worden, hatte aber die Frau hinter der Verkaufstheke in ein Gespräch verwickelt, nachdem sie sich eine Schachtel von den billigsten Zigaretten hatte geben lassen. Schreber war so langsam an der Bude vorbeigegangen, wie es ihm ohne aufzufallen möglich war – und hatte dabei aufgeschnappt, dass sich die Kundin für Ernst Ramlinger interessierte, den die Verkäuferin offenbar kannte. Das Gespräch war aber nicht gut gelaufen, sondern von der Verkäuferin gleich darauf unwirsch beendet worden – und Karin Kelpp war gegangen. Einen Moment lang hatte Schreber überlegt, ob er ihr weiter folgen sollte, hatte sich dann aber dagegen entschieden.

Stattdessen war er zu der Bude gegangen, hatte eine Tageszeitung, ein billiges Feuerzeug und eine Packung Zigaretten gekauft und ebenfalls ein Gespräch mit der Frau begonnen. Er hatte sich geschickter angestellt als Karin Kelpp. Sie hatten viel gelacht, er hatte das gepflegte Aussehen der Bude und das Warenangebot gelobt und sich noch einen Kräuterlikör genehmigt – und als er gegangen war, wusste er, dass die Frau die Bude zusammen mit ihrem Ehemann betrieb, seit 2007 schon – davor hatte sie in Ernst Ramlingers Möbelfabrik in Süßen gearbeitet –, dass ihr die Steuern und die Vorschriften fast den letzten Nerv raubten und dass in dem Asia-Imbiss ein paar Meter die Straße hinunter vor allem die Entengerichte empfehlenswert seien. Im Internet hatte er den Namen der Frau herausgefunden – Marina Jovic –, und sein Auftraggeber hatte gewusst, dass so auch eine derjenigen hieß, mit denen Ernst Ramlinger zwischen 2004 und 2007 eine Affäre gehabt hatte. Mit dem Foto von Karin Kelpp hatte sein Kunde dagegen nichts anzufangen gewusst.

Also hatte Schreber weiter nachgeforscht. Er hatte das Handyfoto in eine Suchmaschine geladen und war über die Bildersuche auf einen Artikel gestoßen, der eine sehr durchtrainierte Frau zeigte, die im Kraftsport schon einige Pokale gewonnen hatte. Er hatte weiter recherchiert, und es hatte sich wenig später herausgestellt, dass diese Frau – eben Karin Kelpp – in der JVA Schwäbisch Gmünd einsaß, dort inzwischen die Möglichkeit hatte, tageweise Hafturlaub zu nehmen, und dass sie auf ihre baldige Entlassung wartete. In der JVA kannte Schreber jemanden, und kurze Zeit später hatte er schon in Erfahrung gebracht, dass die Gesuchte sich seit einiger Zeit sehr für Sonja Ramlinger interessierte.

Daraufhin hatte er Karin Kelpp immer wieder vor der JVA abgepasst und war ihr unter anderem am Freitag voriger Woche in die Uhlandstraße in der Esslinger Pliensauvorstadt gefolgt. Deshalb kannte er die Adresse, zu der sie wollte – aber nicht den Namen der Frau, die sie verfolgt hatte.

Er wollte nicht darauf angewiesen sein, dass Karin Kelpp ihm etwas von ihrem Gespräch mit der von ihr verfolgten Frau erzählte. Leise huschte er eine Treppe nach der anderen hinauf, las die Namensschilder, horchte an den Türen und hatte nach kaum fünf Minuten eine Vermutung, wo die von Karin Kelpp verfolgte Frau wohnte. Vor einer Wohnung lagen schmutzige Kinder- und Erwachsenenschuhe übereinander, die Frau hatte allerdings gepflegt gewirkt. An einer anderen stand in altmodischer Schrift ein sehr altbackener Männername – auch die schien auszuscheiden. Eine weitere Wohnung fiel durchs Raster, weil sich dahinter ein Paar lautstark stritt, die nächste, weil auf dem Namensschild zwei Männernamen standen. Das vorletzte Türschild trug einen türkischen Familiennamen – damit blieb nur noch die Erdgeschosswohnung rechts der Treppe. »Hohmeyer« stand dort in schlichter Schrift, auf dem Boden lag eine Fußmatte mit dem

Aufdruck »Herzlich willkommen«, und das Türschloss gab noch schneller nach als das der Haustür.

Schreber schlüpfte keine Sekunde zu früh in die Wohnung: Draußen waren Schritte zu hören, jemand kam humpelnd die Treppe herunter. Er lauschte. Die Person draußen humpelte ohne größere Pausen weiter hinab, die Schritte waren bald aus Richtung Kellertreppe zu hören und dann gar nicht mehr.

Unterdessen hatte er Einmalhandschuhe übergezogen, das Handy gezückt und dessen Kamerafunktion aktiviert. Die ersten Fotos machte er schon im Flur, der vom Tageslicht erhellt wurde, das durch drei offen stehende Türen links, rechts und am Ende des Flurs hereinfiel. Einige Schuhe standen ordentlich in einem niedrigen Regal, darüber hingen Jacken und ein schwarzer Schirm und ein hellerer mit buntem Muster. Gegenüber hing ein etwa mannshoher Spiegel an der Wand, daneben bot ein schmales Wandschränkchen Platz für ein schnurloses Telefon samt Ladestation. Der Boden war mit grauem Teppich belegt, der Schrebers vorsichtige Schritte unhörbar machte.

Er ging systematisch und zügig vor, warf einen Blick in die kleinen Schubladen des Telefonschränkchens, öffnete die Tür zur Toilette und sah sich dann in dem kleinen Arbeitszimmer um, das gegenüberlag. Hier fand er einen nicht allzu modernen PC vor, Ordner mit Rechnungen und sonstigen Unterlagen in einem offenen Wandschrank und in den Schubladen des einfachen Schreibtisches Bürobedarf, ein paar Schlüssel und Ersatzminen für zwei teure Kugelschreiber, die akkurat parallel zum oberen Ende der Schreibtischunterlage ausgerichtet waren. Er überflog die Beschriftungen der Aktenordner – es handelte sich um steuerliche Unterlagen und Versicherungsdokumente. In den Schrankfächern über und unter den Ordnern standen Sachbücher zu Themen wie Modelleisenbahnen und Oldtimer, dazwischen fanden sich Ratgeber zu Krafttraining für Ältere und zu gymnastischen Übungen für Menschen mit Rückenproblemen. Den Arbeitsraum schien Herr Hohmeyer mit Beschlag belegt zu haben, er war also kein guter Platz für dessen Frau,

Unterlagen zu ihren Geheimnissen zu verstecken. Trotzdem zog Schreber einen verstaubten Ernährungsratgeber aus dem Regal – in dem wären ein geheimer Brief oder einige Notizen doch gut vor ihrem Mann versteckt gewesen, aber das Buch enthielt nichts in dieser Art.

Im Wohnzimmer gab es die übliche Mischung aus Romanen, Familienfotos und dem unterschiedlichsten Nippes, aber nirgendwo etwas, das für Schreber von besonderem Interesse war. Immerhin wurde ihm bestätigt, dass er in die richtige Wohnung eingebrochen war. Es war die Frau, der Karin Kelpp über die Pliensaubrücke gefolgt war: Inmitten ihrer kleinen Familie aus Mann, Tochter und Sohn lächelte Sabine Hohmeyer mal mehr, mal weniger glücklich in die Kamera. Die Fotos waren über einen Zeitraum von etwa zwanzig Jahren entstanden, und Hohmeyer war mit den Jahren zwar gealtert, dabei aber doch gut aussehend geblieben.

Anders als ihr Mann schien sie in dieser Wohnung keinen Raum für sich zu haben. Im Schlafzimmer, das sich hinter der zweiten verschlossenen Tür befand, war gerade so Platz für das ausladende Doppelbett und den großen Kleiderschrank, und eine flüchtige Inspektion förderte nichts zutage, mit dem Schreber etwas anfangen konnte. Also wandte er sich dem letzten Zimmer der Wohnung zu: der Küche.

Auch hier war alles so ordentlich wie im Rest der Wohnung. Kein Geschirr stand herum, der Tisch war blitzblank gewischt, und zwei Geschirrtücher hingen zum Trocknen über einem schmalen Heizkörper hinter der Tür. In einem Bastkorb waren Äpfel, Birnen, Bananen und Kiwis gestapelt, daneben stand eine zusammengeklappte Brotschneidemaschine, und auf dem Fensterbrett wuchsen Küchenkräuter in kleinen Tontöpfchen. Neben der mannshohen Kühl- und Gefrierkombination waren einige Regalbretter an die Wand geschraubt, auf denen ganz unterschiedliche Kochbücher aneinanderlehnten. Es gab großformatige Streifzüge durch die asiatische, die spanische, die schwedische und die arabische Küche. Schreber nahm das eine oder andere zur Hand und blätterte darin – sie sahen nicht so aus, als würden sie häufig zurate gezogen. Ziemlich abgegriffen wirkten dagegen mehrere Sammlungen schwäbischer, bayrischer und italienischer Rezepte und ein kleineres Kochbuch aus den Sechzigerjahren.

Er zog ein Buch nach dem anderen aus dem Regal, blätterte darin und achtete darauf, es hinterher wieder an den richtigen Platz zurückzustellen. In einigen der Bücher lagen Blätter mit handschriftlichen Rezepten, in dem älteren Kochbuch war die Zettelwirtschaft am ärgsten. Vor die erste und hinter die letzte Innenseite war je ein stattlicher Stapel geklemmt. Prompt rutschten ihm beide Stapel aus dem Buch, und die losen Blätter verteilten sich auf dem Küchenboden. Fluchend ging er in die Hocke, versuchte das Stechen in seinen Knien zu ignorieren und sammelte die Zettel wieder ein. Er sah sie dabei flüchtig durch und ordnete sie wenigstens so weit, dass sie wieder zwei so sauber auf Kante zusammengelegte Stapel ergaben, wie er sie im Buch vorgefunden hatte – er konnte nur hoffen, dass sich Sabine Hohmeyer die Reihenfolge der Rezepte und Notizen nicht so genau gemerkt hatte.

Die meisten Blätter waren aus DIN-A5-Blöcken gerissen, einige andere Rezepte auf A4-Zetteln waren auf die halbe Größe gefaltet, um zum Format des Buches zu passen. Das Kuvert, das in einem dieser gefalteten Blätter steckte, fiel ihm erst auf, als er das Blatt schon wieder in den Stapel einsortiert hatte. Er zog es vorsichtig heraus und klappte das Blatt auf. Das darin verborgene Kuvert war weiß, unbeschriftet und nicht zugeklebt. Er nestelte die Lasche des Umschlags auf, holte den Inhalt heraus und breitete ihn auf dem Küchentisch aus. Es handelte sich um mehrere Fotos, zwei Briefe und eine Speicherkarte, wie sie zum Beispiel in Kameras oder Handys passte.

Während seiner Suche hatte er immer wieder vorsichtig durch die Fenster gelugt, die nach vorne zur Straße hinausgingen, um nicht von Sabine Hohmeyer oder ihrem Mann in deren Wohnung überrascht zu werden. Jetzt sah er tatsächlich einen Mann auf das Haus zugehen, der wie der Mann auf den Familienfotos aussah. Schnell zog sich Schreber vom Fenster zurück. Zugleich waren draußen im Treppenhaus wieder die humpelnden Schritte von vorhin zu hören – der Alte schien sich aus dem Keller zurück in seine Wohnung zu mühen.

Einen Moment zögerte Schreber, dann huschte er in die Küche, fotografierte die Bilder und die Briefe – beides würde er sich erst zu Hause in Ruhe anschauen können. Kurz dachte er daran, die Speicherkarte mitzunehmen, aber das schien ihm doch zu riskant. Vielleicht würde er noch einmal in die Wohnung der Hohmeyers einbrechen. Aber jetzt musste er raus, bevor er noch erwischt wurde.

Schreber schob alles zurück in das Kuvert, legte es in das zusammengefaltete Blatt und steckte es in seinen alten Platz hinter dem Buchdeckel. Dann stellte er das Kochbuch zurück ins Regal, flitzte in den Flur hinaus und horchte an der Wohnungstür. In diesem Moment ging die Haustür, und auf der Treppe nach oben verstummten die humpelnden Schritte. Zwei Männer begannen ein kurzes Gespräch unter Nachbarn.

Zur Wohnungstür konnte er nicht hinaus, deshalb wandte sich Schreber der Küche zu. Dort führte eine Glastür auf eine kleine Terrasse. Er schlüpfte durch die Tür und zog sie fest hinter sich zu, damit sie nicht aufschwingen konnte, wenn die Wohnungstür geöffnet wurde. Vielleicht würde Hohmeyer gar nicht bemerken, dass sie nicht verschlossen war wie zuvor. Schreber sah sich um. Vor ihm waren es zwei Stufen bis zum Garten hinunter, einem gepflegten Rasenstück, das von einer dichten Hecke umgeben war. Doch über ihm hatte sich der Streit des Ehepaars, den er vorher mitbekommen hatte, inzwischen auf deren Balkon verlagert – Schreber konnte also nicht einfach über den Rasen zur Hecke spazieren, sondern musste sich möglichst dicht an der Hauswand halten. Also schwang er mit einem kräftigen Satz über die hüfthohe Brüstung, die rechts die Terrasse begrenzte – und erkannte erst im letzten Moment, dass sich darunter eine Außentreppe zum Keller befand.

Er hielt sich mit der rechten Hand an der Brüstung fest, schlug dabei mit dem Unterarm heftig dagegen, konnte aber immerhin verhindern, dass er die Treppe hinunterstürzte. Trotzdem kamen seine Füße hart und leicht verdreht auf den Steinstufen auf. Sein rechtes Knie quittierte das mit einem stechenden Schmerz, und er musste sich sehr beherrschen, um nicht laut aufzuschreien und damit womöglich die Streithähne auf dem Balkon auf sich aufmerksam zu machen.

Doch die beiden brüllten sich weiterhin an und kümmerten sich nicht um ihn. Also suchte er nach dem besten Weg aus dem Garten – aber bevor er fündig wurde, knarrte die Terrassentür der Erdgeschosswohnung, sie schwang auf, und Hohmeyer trat heraus.

»Sabine?«, rief er und, als der Streit von oben nicht enden wollte, noch einmal lauter: »Sabine?«

Nun unterbrach das zeternde Pärchen auf dem Balkon seinen Disput, und beide beugten sich über das Geländer.

»Ah, Herr Hohmeyer«, sagte die Frau, plötzlich mit zuckersüßer, wenn auch etwas angerauter Stimme. »Sabine ist nicht da. Ist das nicht die Zeit, in der sie immer den Zumbakurs besucht?«

»Ja, stimmt«, gab Hohmeyer ihr recht. »Aber die Terrassentür war nicht verschlossen, Ich dachte nur ... vielleicht ist ihr etwas dazwischengekommen und sie ist im Garten.«

»Ach, Herr Hohmeyer, das hat sie sicher nur vergessen. Und das macht doch auch nichts, wer soll denn bei uns einbrechen? Zumindest bei uns hier oben gibt es nichts zu holen!«

Sie lachte aufgesetzt.

»Ist klar, wo du das ganze Geld mit beiden Händen rauswirfst!«, höhnte ihr Mann, und schon waren die beiden wieder aufs Schönste in ihren lautstarken Streit vertieft.

Hohmeyer seufzte, warf einen Blick in den Garten und ließ die Terrassentür offen stehen, als er wieder in die Wohnung ging. Schreber hörte, wie er in der Küche hantierte. Dann begann Hohmeyer, Geschirr und Besteck herauszubringen und auf den Tisch am Rand der Terrasse zu stellen. Langsam arbeitete sich Schreber die Treppe hinunter, drückte prüfend die Klinke und schlüpfte dann durch die unverschlossene Tür in den Keller. Fünf Minuten später war er ins Treppenhaus und durch die Haustür zur Straße geschlichen und saß mit schmerzendem Knie in seinem Wagen.

***

Auf dem Weg aus dem Kommissariatsgebäude hatte Lindner auf die Uhr geschaut: Es war höchste Zeit für den Besuch in der Kanzlei von Sonja Ramlingers Anwalt. Ein Auffahrunfall bei Uhingen, der nur etwas Blechschaden verursacht hatte, aber sofort auch einen Stau auf der B10, kostete Lindner zusätzliche Zeit. Lindner war nicht weit entfernt zu stehen gekommen, und die uniformierten Kollegen dirigierten die wartenden Fahrzeuge schon bald nach dem Zusammenstoß an der Unfallstelle vorbei. Trotzdem kam er mit zehn Minuten Verspätung vor dem Gebäude der Kanzlei Ferstner, Humbach & Partner an.

Das futuristische Gebäude war dominiert von Stahl und Glas und befand sich im Hochdorfer Ortsteil Ziegelhof, direkt neben dem dortigen Gelände des Reitvereins. Lindner stellte seinen Wagen auf einem der Besucherparkplätze ab, die Pförtnerin ließ sich seinen Ausweis zeigen und kündigte ihn telefonisch an. Keine zwei Minuten später federte ein schlanker Mittzwanziger die Treppe herunter und eilte durch das Foyer auf ihn zu. Er begrüßte Lindner, stellte sich als »Dr. Ferstners persönlicher Assistent« vor und ließ bei aller professionellen Freundlichkeit auch durchblicken, dass Lindner eigentlich schon vor gut zehn Minuten erwartet worden sei. Auf eine Entschuldigung oder Erklärung war er aber offenbar nicht aus, denn er wandte sich unmittelbar nach der Begrüßung zügig um und ging ihm zur Treppe voraus. Lindner warf einen kurzen wehmütigen Blick zu den beiden Aufzugtüren, die sie links liegen ließen, aber als er sah, wie sportlich der junge Mann die ersten Stufen nahm, traute er sich nicht, etwas zu sagen. Und als Lindner ein wenig außer Atem im ersten Stock angekommen war, strebte der Assistent schon durch den Flur auf eine Glastür zu. Er sputete sich, achtete dabei aber auf seinen rechten

Oberschenkel – und kam nicht nur schmerzfrei im Büro an, sondern auch fast gleichzeitig mit dem smarten Mittzwanziger.

Der Raum enthielt neben mehreren Aktenschränken drei Schreibtische. An zweien saßen eine Frau und ein Mann, beide so schlank und jung wie ihr Kollege, telefonierten mit Headsets und ließen währenddessen ihre Finger über die Computertastatur fliegen. Ferstners Assistent ging zu dem dritten Tisch und drückte einen Knopf an seinem Telefon.

»Ihr Besuch wäre jetzt da, Herr Dr. Ferstner.«

Die Antwort aus der Gegensprechanlage war ein knappes »Gut, kann reinkommen«.

***

Karin Kelpp hatte gleich nach dem Einsteigen in die S-Bahn nachgesehen, ob sich im Internet eine aktuelle Adresse von Marlene Fürbringer finden ließ. Und tatsächlich hatte sie kurz darauf einen passenden Eintrag auf dem Handydisplay – allerdings nicht mit einer Adresse im Stuttgarter Westen, sondern in Untertürkheim. Als sie nach draußen schaute, verließ die S1 gerade den Bahnhof Obertürkheim, also stieg sie an der nächsten Station aus, orientierte sich auf ihrem Handy und machte sich auf den Weg. Nach weniger als zehn Minuten stand sie vor einem Haus in der Silvrettastraße. Auf dem untersten Klingelschild stand Fürbringer – offenbar lebte die Frau in der Wohnung im Hochparterre. Vor dem Haus stand ein älterer Kombi, in dessen Fond zwei Krücken lagen. Sie setzte sich wieder in Bewegung, um, wie vorhin in Esslingen, einen geeigneten Beobachtungsposten zu beziehen, da schwang eines der Fenster im Hochparterre auf. Ein junger Mann von etwa zwanzig Jahren, mit verstrubbeltem Haar, tiefen Augenringen und einem weißen T-Shirt, sah kurz heraus, beachtete sie aber nicht weiter und war dann auch schon wieder aus ihrem Blickfeld verschwunden.

Karin Kelpp schaute sich um: Niemand war im Freien oder am Fenster zu sehen, niemand schien sie zu beobachten. Also blieb sie auf dem Gehweg stehen, lehnte sich neben dem geöffneten Fenster an die Hauswand, nestelte zur Sicherheit eine Zigarette aus der Brusttasche und tat so, als suchte sie in den Hosentaschen ein Feuerzeug.

»Jetzt wirf schon diese blöde Zeitung weg!«, war von drinnen eine junge männliche Stimme zu hören. »Seit vier Wochen liest du jeden Tag diesen dämlichen Artikel! Jetzt lass es endlich gut sein und wirf die Zeitung ins Altpapier!«

»Nein, ich will das behalten!«

Die Stimme ließ auf eine Frau schließen, nur das Alter konnte Karin Kelpp nach dem kurzen Satz nicht einschätzen. Es konnte sich durchaus um eine Frau handeln, die damals, Mitte der Neunziger, Anfang oder Mitte zwanzig gewesen und nun etwa Mitte vierzig war. Aber die Stimme hatte nicht nur rau und etwas angegriffen geklungen, auch die Aussprache der Frau war etwas undeutlich. Ob sie schon so früh am Tag Alkohol getrunken hatte? Und wer war der junge Mann? Wohl kaum ihr Lebensgefährte, vielleicht ihr Sohn. Nur warum war er an einem Freitag tagsüber zu Hause und nicht bei der Arbeit? Stand er in der Spätschicht am Band, vielleicht drüben bei Daimler? Studierte er, ging er noch zur Schule oder war er arbeitslos?

»Mir hängt dieser Scheiß zum Hals raus, Mutter! Immerzu liest du diesen blöden Nachruf, das macht den Typen auch nicht wieder lebendig!«

»Ich kannte den Mann mal, ist lange her.«

»Ich weiß, Mutter, das hast du mir schon hundertmal erzählt. Aber du sagst es ja selbst: Das ist lange her – und wie lange hat sich der Typ schon nicht mehr bei dir gemeldet?«

Keine Antwort.

»Na: Wie lange ist das her? Los, sag!«

»Jahre.«

»Genau! Jahre! Einen Scheißdreck hat sich dieses Arschloch für dich interessiert! Eigentlich solltest du froh sein, dass es den endlich erwischt hat!«

»Red nicht so, Marcel!«

»Warum liest du nicht den Artikel, der ein paar Tage später erschienen ist? Wo drinsteht, dass seine eigene Frau ihn umgebracht hat?«

Wieder keine Antwort.

»Wahrscheinlich ist er mit der ähnlich übel umgesprungen wie mit dir, Mutter!«

»Er hat mich immer gut behandelt.«

»Klar, vor allem damals, als er dich durch eine Jüngere ersetzt hat. Klingt wirklich super, wie er dich behandelt hat!«

»Ich hab Schluss gemacht, mein Junge, nicht er. Und er hat uns auch danach noch unterstützt. Das hab ich dir auch erzählt.«

»Ja, ganz toll. Und wo war der feine Herr nach deinem Schlaganfall? Keinen Finger hat er gerührt, die Sau!«

»Er weiß doch ...« Eine kurze Pause, das Rascheln von Zeitungspapier. »Er wusste doch gar nicht, dass ich einen Schlaganfall hatte. Ich hab's ihm nie gesagt.«

»Hätte er sich für dich interessiert, hätte er es erfahren können. Aber wie du selbst gesagt hast: Er hat sich seit Jahren nicht mehr bei dir gemeldet.«

»Ich hätte ihn auch dann nicht um Hilfe gebeten.«

»Ja, hättest du nicht, das glaube ich auch. Schön blöd! Dem lief das Geld aus den Ohren – und wir hocken in diesem Loch statt in der schönen alten Wohnung im Westen! Und wie lange wir uns selbst diese hier noch leisten können, weiß ich nicht.«

»Das schaffen wir schon, Marcel.«

»Wenn du das sagst!«

Drinnen waren Schritte zu hören, dann eine zuschlagende Tür. Zeitungspapier raschelte, und dann erklang, ganz leise, ein herzzerreißendes Schluchzen.

***

Wenn das Büro von Sonja Ramlingers Anwalt darauf ausgerichtet war, Mandanten und Besucher zu beeindrucken, so ging dieser Plan voll auf. Der Raum war riesig und – soweit

Lindner das beurteilen konnte – ausgesprochen teuer eingerichtet. Durch eine breite Fensterfront schien die Sonne herein, deren Licht sich auf dem hellen Parkettboden spiegelte. Auf einer Seite des Raums stand ein großer, sehr aufgeräumter Schreibtisch, dahinter ein weißer Schrank mit Rolltür, in dem vermutlich Akten lagerten. Gegenüber nahm eine sehr bequem wirkende Besprechungsecke mit cremefarbenen Ledersesseln und einem langen Tisch aus dunklem Holz etwa ein Drittel des Zimmers ein.

Hinter dem Schreibtisch erhob sich ein sportlicher Mann in einem gut sitzenden Anzug aus seinem bequemen Sessel. Dr. Rupert Ferstner hatte kurz geschnittenes, volles, von einzelnen grauen Strähnen durchsetztes Haar, war glatt rasiert, und sein markantes Gesicht hätte gut für Werbefotos von Gillette getaugt. Er begrüßte seinen Besucher mit festem, trockenem Händedruck.

Die weiß getünchten Wände waren schmucklos bis auf zwei großformatige Bilder: eine Fotografie der frühsommerlichen Toskana und ein modern wirkendes Ölgemälde. Lindner kniff die Augen zusammen, um die Signatur des Künstlers erkennen zu können. Er hatte nicht viel Ahnung von moderner Malerei, aber dem Gesamtstil von Ferstners Büro entsprechend hätte es sich durchaus um das Original eines prominenten Malers handeln können. Der Anwalt, der mittlerweile zu ihm getreten war, war seinem Blick gefolgt und lächelte.

»Eine Sauklaue, nicht wahr?«, fragte er Lindner.

»Ich nehme an, das ist nicht ungewöhnlich für einen berühmten Künstler. Sie sammeln moderne Kunst?«

Ferstner lachte.

»Nicht wirklich. Ich hab nicht viel übrig für Kunst – aber dieses Bild ist mir sehr wichtig. Eine Mandantin von mir hat es gemalt, als sie in der geschlossenen Psychiatrie therapiert wurde. Ihr Mann wollte sie am liebsten für alle Zeit wegschließen lassen, das konnte ich verhindern. Heute lebt sie in einer Einrichtung im Allgäu, in der es ihr sehr gut geht – und das Bild aus ›ihrer dunklen Zeit‹, wie sie es nennt, hat sie mir zum Dank für meine Hilfe geschenkt.«

Das Grinsen machte einem melancholischen Lächeln Platz.

»Mein Honorar, sozusagen.«

Lindner hob eine Augenbraue, und Ferstner winkte ab.

»Keine große Sache, aber um jemandem auch mal gratis helfen zu können, muss man denen, die es sich leisten können, ordentliche Stundensätze berechnen.«

Er deutete auf die Besprechungsecke.

»Wollen wir uns setzen?«

Ferstner bot Kaffee an und schenkte ein. Er nahm sich selbst einen Keks, lehnte sich zurück und wartete, bis Lindner einen Schluck getrunken hatte.

»Sie halten es für möglich, dass Frau Ramlinger ihren Mann nicht getötet hat?«, fragte er schließlich.

Lindner nickte und stellte die Tasse ab.

»Ja, es gibt einige Punkte, die mich stutzig machen. Die würde ich gern noch klären, bevor das Verfahren gegen Ihre Mandantin beginnt. Und da wäre es natürlich hilfreich, mit ihr sprechen zu können.«

»Wir werden sehen. Welche Punkte machen Sie denn stutzig?«

»Na ja …« Lindner zögerte und grinste den Anwalt an. »Sie vertreten die Hauptverdächtige, die obendrein geständig war – kommt es also zur Anklage, sind Sie Prozessgegner der Staatsanwaltschaft, für die wiederum meine Kollegen von der Kriminalpolizei Göppingen die Ermittlungen durchgeführt haben. Sie werden verstehen, dass ich schon deshalb nicht sehr ins Detail gehen will.«

Ferstner grinste ebenfalls und zuckte mit den Schultern.

»Versuchen kann man's ja mal. Aber wie Sie schon sagten: Meine Mandantin ist geständig – warum sollte sie etwas gestehen, was sie gar nicht getan hat?«

»Vielleicht, um jemanden zu schützen, der es wirklich war – oder von dem Ihre Mandantin zumindest glaubt, dass er oder sie es gewesen ist? Das ist einer der Punkte, die ich gerne klären würde.«

»Und wer sollte das sein?«

»Für den Schutz ihres Kindes würde eine Mutter sicher alles tun – aber das Ehepaar Ramlinger hatte keine Kinder.«

»Ja, leider. Darunter hat Frau Ramlinger durchaus gelitten – oder sie tut es noch, da bin ich nicht ganz sicher.«

»Auch Geschwister oder Eltern kann man schützen wollen, aber Frau Ramlinger ist das einzige Kind des Ehepaars Kurtz, sie hat seit Jahren keinen Kontakt mehr mit ihnen, und die Eltern sind Anfang siebzig und machen auf mich nicht den Eindruck, als würden sie ihrem Schwiegersohn wie im Blutrausch mehr als zwei Dutzend Mal in den Rücken stechen.«

Ferstner blinzelte irritiert.

»Gehen Sie immer so vor, dass Sie Ihre eigenen Theorien in der Luft zerreißen?«

»Ich räume gern erst einmal alles ab, was nicht infrage kommt – das macht den Blick frei für die anderen Möglichkeiten.«

»Und die wären in diesem Fall?«

Lindner zögerte etwas, bevor er antwortete.

»Frau Ramlinger hat sich mit anderen Männern getroffen. Vielleicht will sie einen ihrer Liebhaber schützen?«

Ferstner lächelte, und seine Augen blitzten auf.

»Und Sie glauben, das würde sie Ihnen erzählen, wenn Sie sie danach fragen?«

»Vermutlich nicht, aber falls ich auf der richtigen Fährte wäre und sie würde davon erfahren … dann wäre es durchaus möglich, dass sie nicht mehr ganz so hartnäckig darauf beharrt, ihren Mann ermordet zu haben.«

»Bitte, Herr Lindner! Von Mord ist hier nicht zwingend die Rede, das wissen Sie.«

»Mag sein, aber vielleicht denkt sie nach einem solchen Gespräch darüber nach, ihr Geständnis zu widerrufen – falls es falsch ist.«

Ferstner musterte ihn. Der Blick war fest und bohrend, und Lindner konnte sich gut vorstellen, wie der Anwalt damit das eine oder andere Verhör zu seinen Gunsten beeinflusste.

»Lassen Sie mich das doch mal zusammenfassen. Die Kripo Göppingen hat die Ermittlungen abgeschlossen, meine Mandantin hat gestanden, ihren Mann getötet zu haben, ist in U-Haft und wartet auf ihr Verfahren. Und Sie als LKA-Beamter schalten sich nun in diesen abgeschlossenen Fall ein und wollen beweisen, dass meine Mandantin unschuldig ist? Und warum wollen Sie das tun?«

»Ich will nichts beweisen – wie schon gesagt: Ich will lediglich einige Punkte klären, die mich stutzig machen. Vielleicht stellt sich dadurch heraus, dass Ihre Mandantin die Wahrheit sagt – oder ich finde heraus, dass sie sich, warum auch immer, zu Unrecht bezichtigt hat. Mir ist beides recht, aber ich will wissen, wie es wirklich war.«

Ferstner nickte, dann breitete sich ein freundliches Lächeln auf seinem markanten Gesicht aus und er stand auf.

»Gut, Herr Lindner, ich werde mich mit meiner Mandantin darüber beraten. Zunächst einmal möchte ich mich in ihrem Namen bei Ihnen für Ihr Interesse an den unklaren Punkten bedanken – auch wenn Sie mir nicht verraten wollen, welche das sind. Ich lasse Sie wissen, ob Frau Ramlinger mit Ihnen reden möchte.«

***

Karin Kelpp hatte noch gelauscht, doch die Frau hinter dem geöffneten Fenster gab keinen anderen Laut mehr von sich als leises Schluchzen. Dann waren Schritte zu hören, und wenig später wurde die Haustür aufgestoßen. Marcel Fürbringer kam sichtlich aufgebracht heraus. Kelpp wollte sich schon wegdrehen, um ihm nicht aufzufallen – doch Marcel achtete auf gar nichts, sondern steuerte auf den alten Kombi vor dem Haus zu, riss die Fahrertür auf und schlüpfte hinters Steuer. Nun wandte sich Karin Kelpp ab und wollte der Silvrettastraße ein Stück weit folgen, um an der nächsten Kreuzung wieder die Richtung zum Bahnhof einzuschlagen – da lief sie fast in Jupp Schreber hinein. Der stand breit grinsend vor ihr und hielt ihr ein Feuerzeug hin.

»Ihres finden Sie ja doch nicht mehr«, sagte er, deutete mit der linken Hand auf ihre Rechte, die sie noch immer in der Hosentasche vergraben hatte, und fuchtelte mit der kleinen Flamme vor ihrem Gesicht herum. Der alte Kombi rauschte an ihnen vorbei. Marcel Fürbringer hielt den Blick starr geradeaus gerichtet, und erst als er vorüber war, entspannte sie sich und trat einen Schritt zurück.

»Ich rauche gar nicht«, sagte sie, nahm die Zigarette aus dem Mundwinkel und schob sie in die Brusttasche. »Und ein Feuerzeug hab ich auch nicht gesucht. Das sollte nur Tarnung sein.«

»Schon klar, aber keine gute. Wir haben ja jetzt vielleicht häufiger miteinander zu tun – dann kann ich Ihnen ein paar bessere Tricks beibringen, wenn Sie wollen.«

Karin Kelpp winkte ab, dann musterte sie Schreber, der das Feuerzeug wieder wegsteckte.

»Sagen Sie mal – sind Sie mir etwa von Esslingen aus gefolgt? Dann haben Sie sich diesmal aber besser angestellt als in Gmünd – ich hab Sie nicht bemerkt.«

»Na ja, in Gmünd wollte ich Ihnen auch auffallen, aber hierher habe ich Sie nicht verfolgt. Die Adresse von Frau Fürbringer habe ich selbst herausgefunden. Dass ich Sie hier treffe, bedeutet wohl, dass Sie von Frau Hohmeyer erfahren haben, was Sie wissen wollten – richtig?«

»Ach, ihren Namen kennen Sie inzwischen auch? Kann es sein, dass nicht ich Ihnen Informationen geben kann, sondern eher Sie mir?«

Schreber grinste, dann schüttelte er den Kopf.

»Frau Hohmeyers Namen und die Adresse von Frau Fürbringer kenne ich noch nicht so lange.«

Karin Kelpp sah ihn fragend an.

»Ich will es mal so sagen«, fuhr er fort: »Ich habe mir vorhin die Abwesenheit von Frau Hohmeyer zunutze gemacht.«

»Sie waren in Ihrer Wohnung?«

Schreber hob abwehrend die Hände und lachte. »Meine Güte, das wäre doch illegal!«

»Sie sehen grad aus wie einer, den das mächtig interessiert ...«

»Wie auch immer, dadurch bin ich unter anderem auf den Namen von Marlene Fürbringer gestoßen – und in Stuttgart gibt es nur einen Telefoneintrag mit diesem Namen. Übrigens: Wenn Sie meinem Auftraggeber gegenüber bestätigen, dass Frau Ramlinger Sie damit beauftragt hat, die ehemaligen Geliebten ihres Mannes ausfindig zu machen oder auszuspionieren, dann kann ich mich dafür gern damit revanchieren, dass ich die Informationen mit Ihnen teile, die ich selbst über diese Frauen habe.«

Sie musterte den Privatdetektiv, um zu erkennen, ob er wirklich so überzeugt war von seiner falschen Annahme, wie er tat. Das wiederum zauberte Schreber ein siegesgewisses Grinsen aufs Gesicht, weil ihm gar nicht in den Sinn kam, dass ihr Zögern und ihr forschender Blick einen anderen Grund haben konnte als den, dass sie abschätzte, ob sich Schrebers Angebot für sie lohnen und ob es für Sonja Ramlinger wertvolle Neuigkeiten abwerfen würde.

»Also? Haben wir einen Deal?«, fragte er.

Karin Kelpp streckte ihm die rechte Hand entgegen, und er schlug ein.

»Gut«, sagte Schreber und wirkte sehr zufrieden mit sich, »dann lade ich Sie jetzt auf einen Kaffee ein – und zeige Ihnen, was ich vorhin entdeckt habe.«

***

Der Kaffee, den Jupp Schreber ihr spendierte, war lausig. Ebenso übel wie der speckige Käsekuchen, den sie sich dazu bringen ließ. Das schäbige Café, in das der Privatdetektiv sie eingeladen hatte, wurde seinem heruntergekommenen Äußeren in dieser Hinsicht leider völlig gerecht.

Doch was Schreber ihr mitteilte und zeigte, machte das mehr als wett. Und weil Karin Kelpp so tat, als hätte sie das eine oder andere längst gewusst, nahm sie ihrem Gegenüber obendrein auch einen Teil der Freude, sie sich mit interessanten Neuigkeiten zu entsprechenden Gegenleistungen verpflichtet zu haben. Dabei musste sie ab und zu an sich halten, um sich nicht zu verraten. Manches bestätigte zwar einen Verdacht, den sie schon gehegt hatte – anderes wiederum war wirklich überraschend.

Zunächst hatte Schreber eine vorbereitete Erklärung aus der Tasche gezogen, die sie unterschreiben musste. Es war die von ihm gewünschte Bestätigung für seinen Auftraggeber. Karin Kelpp unterzeichnete, ohne zu zögern – was Schrebers Kunde von ihr dachte oder über sie zu wissen glaubte, war ihr gleichgültig.

Dann öffnete der Detektiv die Fotogalerie auf seinem Handy und hielt ihr das Telefon hin. Schreber hatte zwei Fotos aufgenommen, die offenbar auf einem Küchentisch lagen. Die Farben der Bilder wirkten schon leicht verblasst, und zusammen mit einigen Autos und Häuserfassaden im Hintergrund deutete das darauf hin, dass die Fotos vermutlich irgendwann in den Neunzigern aufgenommen worden waren. Aber da sich die beiden Bilder das Handydisplay teilen mussten, konnte sie nur erkennen, dass auf jedem der Fotos eine junge Frau zu sehen war.

»Darf ich?«, fragte sie deshalb und griff nach dem Handy.

»Bitte sehr.«

Karin Kelpp zoomte das linke der beiden Fotos heran, bis sie die Frau, die darauf abgebildet war, gut genug sehen konnte, um festzustellen, dass sie sie nicht kannte.

»Wer ist das?«

»Das ist Marlene Fürbringer, nehme ich an – jedenfalls war auf der Rückseite des Fotos ›Marlene‹ vermerkt, zusammen mit der Jahreszahl 1997.«

Karin Kelpp studierte das Bild. Sie schätzte die Frau auf zwanzig, vielleicht auch zwei, drei Jahre älter. Marlene Fürbringer war eine Schönheit gewesen. Nur schien sie damals ein wenig pummelig gewesen zu sein: Ihr weit fallendes Shirt legte sich vorn über ein kleines Bäuchlein. Wobei ... Arme, Beine, Gesicht – das alles wirkte viel schlanker, als man es bei einer leicht molligen Frau vermuten würde. Karin Kelpp verkleinerte das Bild, betrachtete die gesamte Figur, zoomte es dann wieder heran – bis ihr klar wurde, dass Marlene Fürbringer 1997 nicht moppelig gewesen war, sondern schwanger. Schreber beobachtete sie genau, und sie hatte Mühe, ihre Überraschung zu verbergen. Schnell überschlug sie alle möglichen Zusammenhänge, die ihr in diesem Moment einfielen, dann sagte sie, scheinbar gleichmütig: »Schwanger mit Marcel, richtig?«

Sie sah Schreber an, dass er wegen ihrer abgeklärten Reaktion enttäuscht war. Also warf sie ihm einen kleinen Brocken hin, sozusagen als Friedensangebot.

»War sie damals noch mit Ramlinger zusammen?«

»Das weiß ich noch nicht. Es stand kein Monat neben der Jahreszahl, und die genauen Geburtsdaten von Marlene Fürbringers Sohn konnte ich in der kurzen Zeit noch nicht herausfinden. Marcel heißt er, sagten Sie?«

»Ja.«

»Gut, danke. Und was wissen Sie noch von Marlene Fürbringer und ihrem Sohn?«

»Sonst nichts«, gab Karin Kelpp zu. »Aber wenn Sie herausfinden können, wann genau Marcel zur Welt kam und ob er gezeugt wurde, als sie noch mit Ramlinger zusammen war …«

»… müssen wir nur noch eins und eins zusammenzählen, genau. Und die Frau auf dem anderen Foto – erkennen Sie die?«

Karin Kelpp wischte die Aufnahme ein wenig zur Seite und erschrak beim Anblick der nächsten jungen Frau so sehr, dass sie ihre Überraschung nur mit einem simulierten Hustenanfall überspielen konnte. Sie legte das Handy ab, beugte sich vor und hustete, was das Zeug hielt. Schließlich trank sie einen Schluck von der Kaffeeplörre, räusperte sich mehrmals und wischte sich die Lippen und die Augen trocken. Schreber hatte sie die ganze Zeit über im Blick behalten, hinter seiner Stirn sah man es geradezu arbeiten.

»Alles okay mit Ihnen?«, fragte er jetzt.

Er klang misstrauisch, und er ließ Kelpp auch weiterhin nicht aus den Augen.

»Ich hab mich nur verschluckt«, beruhigte sie ihn, »an diesem blöden Käsekuchen, den Sie mir vorhin spendiert haben. Mir muss wohl ein Krümel in den falschen Hals geraten sein.«

Sie hustete noch einmal, dann nahm sie das Handy wieder auf und zoomte das Gesicht der jungen Frau näher heran.

»Und? Kennen Sie sie?«, hakte Schreber nach.

Kelpp gab vor, noch einmal prüfend auf die Frau zu schauen, und hoffte, dass er nicht bemerkte, dass ihre Augen feucht wurden. Dann gab sie Schreber das Handy zurück und schüttelte den Kopf.

»Nein, die kenne ich nicht. Ich habe auch Marlene Fürbringer nicht erkannt – gesehen habe ich von Ramlingers ehemaligen Freundinnen bisher nur Sabine Hohmeyer.«

Schreber versuchte noch einen Moment lang, in ihrer Miene zu lesen, dann nickte er bedächtig.

»Und wer ist das?«, fragte Karin Kelpp, um sich durch die fehlende Frage nicht noch verdächtiger zu machen.

»Weiß ich nicht. Hinten auf dem Bild stand nur ›Doris, 1996‹. Auch eine sehr Hübsche, nicht wahr?«

»Ja, scheint gut in Ramlingers Beuteschema zu passen: jung und attraktiv.«

»Aber sie war etwas fraulicher als die anderen damals – sonst hatte er ja eher den ganz schlanken Typ im Visier, wie es scheint. Aber sie hier … Mann o Mann …«

Karin Kelpp bemerkte Schrebers leuchtenden Blick. Fehlt nur noch, dass er mit der Zunge schnalzt, dachte sie, wollte sich aber ihren Ärger nicht anmerken lassen. Also wechselte sie das Thema.

»Und dafür, dass Sie mir zwei alte Fotos von Ramlingers Exfreundinnen zeigen, habe ich Ihre Erklärung unterschrieben? Kein guter Deal bisher, das muss ich schon sagen.«

»Es kommt noch was, keine Sorge.«

Er wischte zum nächsten Foto und hielt Karin Kelpp das Display wieder hin.

»Nehmen Sie ruhig. Zoomen Sie drauf, sonst können Sie das gar nicht lesen.«

Kelpp hatte das Foto eines Briefes vor sich. Sie drehte das Smartphone, damit sie das Bild im Querformat ansehen konnte, und zog das Foto etwas größer.

»Liebe Sabine«, begann der Brief. Er war mit der schwarzen Mine eines Kugelschreibers oder mit schwarzer Füllertinte in einer etwas schludrigen Handschrift auf teuer aussehendes Papier geschrieben. Die Großbuchstaben waren manchmal etwas zu schwungvoll geraten, aber insgesamt konnte man den Text recht gut entziffern.

»Liebe Sabine, Du weißt sicher auch schon ohne meinen Brief, wie leid mir das tut, was ich gesagt habe, und wie gern ich das rückgängig machen würde. Trotzdem will ich mich hiermit noch einmal ausdrücklich für mein Benehmen Dir gegenüber entschuldigen, und ich hoffe, Du kannst meine Entschuldigung akzeptieren. Ich weiß, dass so etwas gar nicht geht: sich jahrelang nicht zu melden – und dann doch wieder – und dann so ... Mir ist das danach wieder und wieder durch den Kopf gegangen. Ich schäme mich inzwischen richtig für meine Worte – deshalb noch einmal: Es tut mir wirklich aufrichtig leid! Wie ich so in den vergangenen Tagen über unser Gespräch nachgedacht habe, wurde mir klar, dass ich wohl auch schon damals nicht immer so nett und respektvoll Dir gegenüber war, wie ich es hätte sein sollen. Das kommt als Erkenntnis heute natürlich viel zu spät für uns beide und taugt nach so langer Zeit auch nicht mehr als Entschuldigung, aber ich wollte es Dir doch wenigstens jetzt einmal geschrieben haben. Ich wünsche Dir alles Gute – und wenn es Dir so lieber ist, werde ich natürlich keinen Kontakt mehr mit Dir suchen. Und auch all das, was ich Dir ... na ja, sozusagen im Eifer des Gefechts an den Kopf geworfen habe: nichts von alldem musst du befürchten. Natürlich nicht. Ganz herzlich, Dein Ernst!«

Karin Kelpp gab Schreber das Handy zurück.

»Auf welches Gespräch bezieht sich dieser Brief?«, fragte sie.

»Das steht da leider nicht drin, Sie haben es ja selbst gelesen. Es fehlt auch ein Datum, auch auf der Rückseite war keines notiert. Aber weil ›Ernst‹ – also doch wohl ziemlich sicher Ramlinger – zwischendurch mal von ›damals‹ schreibt und erwähnt, dass er sich vor diesem Gespräch lange nicht bei Sabine Hohmeyer gemeldet hat, nehme ich an, der Brief wurde längere Zeit nach dem Ende der Beziehung der beiden geschrieben.«

»Haben Sie eine Ahnung, was da zwischen den beiden vorgefallen sein könnte?«

Schreber zuckte mit den Schultern und erwiderte mit einer Gegenfrage: »Sie vielleicht?«

Sie sah ihn prüfend an. Er wirkte ehrlich interessiert und ganz so, als wüsste er wirklich nichts über die Hintergründe dieses Briefs – aber das konnte natürlich auch gespielt sein. Trotzdem beschloss sie, ihm zu erzählen, wie sich Sabine Hohmeyer heute Vormittag ihr gegenüber verplappert hatte.

»Hm«, machte Schreber nach ihrer Schilderung, »vor vier Monaten ... Wir haben jetzt fast Mitte Oktober. Dann hätte Ramlinger also Mitte Juni – plus minus ein, zwei Wochen – erstmals nach langer Pause wieder Kontakt zu Sabine Hohmeyer aufgenommen. Der Brief könnte sich folglich darauf beziehen, dass das Gespräch ziemlich übel gelaufen ist – wäre also irgendwann ab Mitte/Ende Juni entstanden. Je nachdem, wie lange Ernst Ramlinger gebraucht hat, sich sein Fehlverhalten einzugestehen und sich zu einer Entschuldigung durchzuringen.«

»Und keine drei Monate, nachdem Ramlinger seiner früheren Geliebten gegenüber aus der Rolle gefallen ist, und vielleicht zehn, elf Wochen, nachdem er sich schriftlich entschuldigt hat, liegt er tot in seiner Villa.«

Schreber nickte. Er tat besonders nachdenklich, obwohl seiner Meinung nach der Inhalt des zweiten Briefs, den er in Sabine Hohmeyers Kochbuch entdeckt hatte und den er Karin Kelpp nicht zeigen wollte, viel mehr mit dem Tod Ramlingers zu tun hatte.

»Und sind Sie nun zufrieden mit unserem Deal?«, fragte er nach einer Weile.

»Der Brief ist immerhin ein Ansatzpunkt. Fühlen Sie der Hohmeyer auf den Zahn oder soll ich noch einmal mit ihr reden?«

»Nachdem sie sich heute Ihnen gegenüber verplappert hat, sollten Sie Ihr Glück vielleicht noch einmal bei ihr versuchen. Und sobald ich etwas rausfinde, was für Sie beziehungsweise Ihre Auftraggeberin Sonja Ramlinger interessant ist, gebe ich es Ihnen durch.«

»Wird das Ihr Auftraggeber gut finden?«

Er grinste.

»Sie können davon ausgehen, dass ich Ihnen solche Informationen geben werde, von denen mein Auftraggeber möchte, dass Sie und Frau Ramlinger sie bekommen.«

»Gut, so machen wir's«, sagte sie. Sie zog seine Visitenkarte und ihr Handy hervor, legte Schreber als Kontakt an und schickte ihm auch gleich eine Textnachricht. »Jetzt haben Sie meine Nummer. Am besten schreiben Sie mir – wie Sie sich denken können, bin ich nicht immer zu erreichen ...«

***

In Schwäbisch Gmünd setzte Schreber sie am großen Kreisel beim Schmiedturm ab, von dort aus wollte Karin Kelpp zu Fuß zum Gefängnis gehen. Auf dieser Strecke wäre sie auch vom Bahnhof her gekommen, und es war ihr lieber, in der JVA erfuhr niemand davon, dass Schreber sie im Auto mitgenommen hatte.

Der Privatdetektiv winkte ihr zu, dann fuhr er ruckelnd los und zwängte sich durch den dichten Verkehr, bis er aus ihrem Blickfeld verschwunden war. Kelpp machte sich auf den Weg und dachte darüber nach, was sie Sonja Ramlinger erzählen würde und was nicht.

Auf der B29 drückte Schreber das Gaspedal ordentlich durch. Er sah auf die Uhr und dachte kurz daran, seinen Auftraggeber schon heute zu besuchen und ihm die unterschriebene Erklärung von Karin Kelpp zu präsentieren. Dann entschied er sich doch anders. Sein Kunde mochte es nicht, wenn Termine nicht genau so eingehalten wurden, wie man sie verabredet hatte. Und das nächste Treffen war für morgen am späten Vormittag vereinbart.

Also fuhr er nach Hause in die Plochinger Zehntgasse, kaufte im Asia-Imbiss im Erdgeschoss Frühlingsrollen und Ente und machte es sich in der Essküche seiner kleinen Dachgeschosswohnung gemütlich. Zum Essen gönnte er sich ein Bier, danach lehnte er sich mit einem zweiten an die Brüstung des Dachfensters und betrachtete die Turmspitze des knallbunten Hundertwasserhauses auf der gegenüberliegenden Straßenseite. Als sein rechtes Knie stärker zu schmerzen begann, ging er ins Wohnzimmer hinüber, ließ sich auf die Couch sinken und bettete das malade Bein vorsichtig auf das Polster. Er zückte sein Handy und rief das Foto des zweiten Briefes auf, den er in Sabine Hohmeyers Küche gefunden und den er Karin Kelpp verheimlicht hatte. Er zoomte die Schrift heran, bis er sie lesen konnte. Es war ein Computerausdruck, recht eng gesetzt und kaum eine halbe DIN-A-4-Seite lang. Schreber war gespannt, was sein Auftraggeber morgen Vormittag dazu sagen und ob er ihm seine eigenmächtigen Ermittlungen mit einem Extrabonus oder einem Rüffel vergelten würde.

Darüber dachte er noch nach, als er das Handy wieder weglegte, und zehn Minuten später war er eingeschlafen.

***

Der alte Kombi fuhr gemächlich die Silvrettastraße in Untertürkheim entlang. Vor dem Mehrfamilienhaus stellte Marcel Fürbringer den Wagen wieder am Straßenrand ab. In einem Weidenkorb und zwei Stofftaschen trug er seinen Einkauf ins Haus, verteilte die Sachen auf Kühlschrank, Küchenregal und Badeschränkchen. Dann ging er leise ins Wohnzimmer. Seine Mutter war in ihrem Rollstuhl zusammengesunken, die Zeitung mit dem verdammten Artikel war ihr aus den Fingern gerutscht und lag nun zu ihren Füßen auf dem Boden. Er umrundete den Rollstuhl, sah ihr ins fahle Gesicht. Sie war eingeschlafen, der Kopf hing leicht seitlich, der Holm der Rückenlehne gab ihm Halt.

Eine ganze Weile stand Marcel da, dann ging er in die Hocke, nahm die Zeitung auf und dachte einen Moment lang daran, das abgegriffene Papier vollends zu zerknüllen oder zu zerreißen und es in den Abfall zu stopfen, ganz tief hinunter in den Eimer, damit diese Geschichte endlich, endlich damit aufhören würde, die alten Gefühle seiner Mutter immer wieder und immer wieder neu aufzurühren. Aber er wusste, dass er sich das sparen konnte: Seine Mutter brauchte den Artikel nicht erst zu lesen, um jedes Wort, das dort von dem Mord an einem Fabrikanten in Schlat bei Göppingen stand, aufsagen zu können.

Deshalb strich er die Zeitung auch diesmal nur glatt und legte sie zur Fernsehzeitschrift auf die kleine Anrichte an der Wand. Er packte das Nötigste zusammen, tippte seiner Mutter ganz sacht auf den Arm und wiederholte die leichte Berührung mehrmals, bis sie die Augen aufschlug und ihn irritiert ansah. Es dauerte, wie meistens, lange, bis ein Erkennen in ihrem Blick aufblitzte und sich ein wehmütiges Lächeln auf ihr vor der Zeit gealtertes Gesicht legte. Das Lächeln war schief und würde es auch bleiben, was ihrem Sohn jedesmal verlässlich einen Stich versetzte.

»Komm, Mama«, sagte er so sanft, wie es ihn die aufsteigende Wut sagen ließ, »es ist Zeit.«

***

Karin Kelpp kehrte ziemlich nachdenklich in die JVA Schwäbisch Gmünd zurück.

Nachdenklich, weil sie sich nun bei jeder Person, der sie hinter den Gefängnismauern begegnete, unwillkürlich fragte, ob sie in diesem Moment die heimliche Informationsquelle von Jupp Schreber vor sich hatte. Irgendjemand in der JVA musste ihm schließlich zugetragen haben, dass sie Sonja Ramlinger vor den anderen Insassen beschützte, wenn es nötig war.

Nachdenklich auch, weil sie noch nicht wusste, welche Informationen über das Doppelleben von Ernst Ramlinger sie tatsächlich an seine Witwe weitergeben sollte. Denn auch wenn sie nicht in ihrem Auftrag recherchierte, sondern aus eigenem Interesse: Vielleicht konnte eine Reaktion von Sonja Ramlinger auf einige der Informationen aufschlussreich sein. Doch welche der Details, die sie kannte, welche der Vermutungen, die sie hatte, konnten das provozieren?

Auch am späten Nachmittag gingen ihr diese Gedanken durch den Kopf. Aber wer Schrebers Spitzel war, musste wohl einstweilen im Dunkeln bleiben, und was Sonja Ramlinger anging, würde sie improvisieren. Sie traf sie wie jeden Tag in der Küche und gesellte sich zu ihr. Die anderen hielten respektvoll Abstand zu den beiden Frauen, sobald sie nebeneinander arbeiteten. Kaum eine wagte auch nur, auffällig zu ihnen hinzusehen. Und als sie die Zwiebeln fertig geschnitten hatten und gemeinsam zum Kühlraum gingen, um Salat zu holen, beeilten sich die beiden Frauen, die dort zu tun hatten, den beiden Neuankömmlingen Platz zu machen.

»Scheint so, als hätten sie es endlich kapiert«, knurrte Karin Kelpp und lehnte sich im Kühlraum gegen eines der Regale.

Sonja Ramlinger hatte eine Plastikkiste mit Kopfsalat herausgezogen und wählte nun einige Salatköpfe aus, indem sie prüfend andrückte und mit dem Finger über den Anschnitt fuhr. Karin beobachtete sie amüsiert, während sie mit verschränkten Armen am Regal lehnte.

»Was grinst du denn so?«, fragte Sonja Ramlinger.

»Ach, nichts. Ich find's nur witzig, wie lange du brauchst, bis du die passenden Salatköpfe gefunden hast – als würde das hier drin jemanden interessieren. Bist halt doch ein Prinzesschen ...«

Sonja zuckte mit den Schultern.

»Aber sag mal«, fuhr Karin Kelpp nach einer Weile fort: »Hast du über das nachgedacht, was ich dir gestern erzählt habe?«

»Was davon meinst du?«

»Na, das mit den Affären deines Mannes.«

Ramlinger hob einige Salatköpfe aus der Kiste, legte sie in eine große Metallschüssel und prüfte angelegentlich noch einmal deren Frische. Kelpp wartete, aber dann wurde es ihr doch zu lang.

»Findest du es nicht ein bisschen albern, wenn du diesem Thema so plump ausweichst?«

»Ich mag das nicht hören, fertig.«

»Ich an deiner Stelle würde das wissen wollen. Ich meine – du hast deinen Mann erstochen, vielleicht im Streit, vielleicht aus aufgestautem Hass, was weiß ich. Und selbst, wenn er es verdient hat, ich könnte mir vorstellen, dass so etwas an einem nagt. Und dann erfährst du, dass du – ohne es zu wissen – noch einen zusätzlichen Grund hattest, ihn umzubringen ... einen weiteren Grund, ihn genug zu hassen, um ihm ein Messer ins Herz zu stoßen ... Müsste das für dich nicht ... na ja ... irgendwie befreiend oder zumindest entlastend sein?«

»Was weißt du schon davon, was in mir vorgeht!«

»Weniger als ich gern wüsste, das kannst du mir glauben.«

Sonja Ramlinger schob die Salatkiste zurück ins Regal, wischte sich mit einer Hand über die Stirn und musterte Karin Kelpp.

»Ich hab immer noch nicht ganz verstanden, warum du dich so für mich interessierst«, sagte sie dann. »Hat dich jemand auf mich angesetzt?«

Karin Kelpp kam Schreber in den Sinn und sein geheimnisvoller Auftraggeber. Es gab wirklich jemanden, der sich sehr für Sonja interessierte – aber erstens musste sie das fürs Erste nicht wissen, und zweitens hatte Schreber sie nicht auf Sonja angesetzt. Im Gegenteil glaubte er ja sogar, dass sie in deren Auftrag recherchierte.

»Nein, niemand«, sagte sie deshalb. »Ich habe meine Gründe, deinen Mann zu hassen – und weil du ihn umgebracht hast, bist du mir sympathisch. Deshalb beschütze ich dich gegen einige andere hier. Und dass ich dir Fragen stelle, hat mit der Geschichte zu tun, wegen der ich deinen Mann hasse. Ich werd dir das wahrscheinlich mal erzählen, das hab ich schon einmal gesagt – aber im Moment musst du dich damit zufriedengeben, dass ich dir das, was mich beschäftigt, nur andeute.«

»Dann hör doch auch gleich ganz auf mit deinen Andeutungen und mit den Gerüchten, die du mir gegenüber wieder und wieder aufwärmst.«

»Das sind keine Gerüchte.«

»Ja, ja, schon klar!«

Sonja Ramlinger winkte ab.

»Wer sollte mich überhaupt auf dich ansetzen?«, fragte Karin Kelpp.

»Na, du horchst mich aus, konfrontierst mich mit Gerüchten …«

»Noch einmal: Das sind keine Gerüchte!«

»… und ständig willst du von mir hören, was ich von dieser oder jener Andeutung halte. Würdest du da nicht auch irgendwann den Eindruck haben, du fragst mich aus im Auftrag von jemandem – von jemandem, der das nicht selbst kann, weil er nicht hier im Gefängnis ist?«

»Dann sag mir doch mal, wer ein solcher geheimnisvoller Auftraggeber sein sollte?«

»Keine Ahnung.«

Sonja Ramlinger trat einen Schritt zurück und lehnte sich deprimiert gegen das Regal. Sie sah Karin Kelpp gegenüber stehen, die muskulösen Arme vor der Brust verschränkt. Hier im Gefängnis hatte sie niemanden außer Karin, der zu ihr hielt und sie beschützte. Und selbst wenn sie von jemandem den Auftrag bekommen hätte, sie auszuhorchen – was würde ihr das in dieser Situation schaden? Sie hielt ihr mögliche Erpresserinnen vom Leib, schützte sie vor Schlägen oder Schlimmerem und wollte dafür im Gegenzug ein paar Antworten von ihr. Wenn man es recht bedachte, war das kein schlechter Handel. Und schließlich entschied sie, dass sie in diesem Punkt nichts zu verlieren hatte und dass sie genauso gut offen sprechen konnte.

»Vorhin hat mich mein Anwalt angerufen«, sagte sie. »Er scheint mir nicht zu glauben.«

»Was glaubt er dir nicht?«

»Dass ich meinen Mann getötet habe.«

»Hä? Aber du hast doch ein Geständnis abgelegt.«

»Ja, hab ich. Aber er hält es wohl trotzdem für möglich, dass ich es nicht gewesen bin.«

»Na klar, ist ja auch dein Verteidiger. Der muss natürlich das Beste für dich rausholen, das ist schließlich sein Job.«

»Sein Job ist es aber nicht, mich als unschuldig hinzustellen, um mich hier gleich wieder herauszuholen. Ich will von ihm, dass er mich verteidigt, das schon – aber mein Geständnis, dass ich Ernst erstochen habe, soll er nicht anfechten. Er darf gern versuchen, für mich mildernde Umstände zu erreichen, aber das Geständnis steht. Punkt.«

Karin Kelpp blinzelte verwirrt.

»Du warst es doch, oder?«, fragte sie nach einer kurzen Pause. »Du hast deinen Mann doch erstochen?«

»Die Kripo hat mich neben seiner Leiche gefunden. Ich saß in seinem Blut, die Mordwaffe in der Hand. Da hätte es mein Geständnis gar nicht gebraucht, der Fall war für die Kripo so klar wie nur was.«

Auch für Karin Kelpp war es von dem Moment an, in dem sie davon erfahren hatte, ein klarer Fall gewesen. Aber wieso schilderte Sonja diesen Umstand so ... so teilnahmslos, fast wie auswendig gelernt? Und warum sollte ihr Anwalt ihr das Geständnis des Mordes an ihrem Ehemann nicht glauben? Und warum wiederum sollte Sonja das nicht recht sein?

»Mein Anwalt ist übrigens nicht der Einzige, der nicht glaubt, dass ich es war.«

»Wer denn noch?«

»Ein Kommissar vom LKA hat sich den Fall noch einmal vorgenommen und hat deswegen auch mit meinem Anwalt gesprochen. Der Kommissar wollte mich zu einem Gespräch treffen, deshalb hat mein Anwalt vorhin auch angerufen – aber ich habe abgelehnt.«

»Und warum? Ich meine, wenn der womöglich Argumente dafür findet, die dich schneller hier rausbringen ...«

»Nein, ich will mit dem LKA-Mann nicht reden. Ich will eigentlich mit keinem mehr über den Tod meines Mannes reden. Und trotzdem stehe ich hier im Kühlraum und rede genau darüber – mit dir.«

»Und warum mit mir und nicht mit ihm?«

»Dir vertraue ich. Und von dir scheine ich auch nicht befürchten zu müssen, dass du an meinem Geständnis herumkrittelst.«

»Das Geständnis ist deine Sache. So wie ich das sehe, war es vermutlich das Beste, gleich reinen Tisch zu machen. Vielleicht bringt dir das eine mildere Strafe.«

»So siehst du das?«

»Klar. Wie sollte ich es sonst sehen?«

»Gut.«

»Vorausgesetzt, du warst es wirklich ...«

Sonja Ramlingers Mundwinkel fielen förmlich herab, und sie funkelte die Frau vor ihr mit aufkeimendem Zorn an. Doch die lachte nur und klatschte ihr die Hand auf die Schulter, dass es nur so patschte.

»War nur Spaß, Mädchen!«

»Sehr witzig ...«

»Aber noch einmal zurück zu deinem Verdacht, jemand hätte mich auf dich angesetzt.«

»Ach, lass das doch, ich glaub dir ja, dass das nicht der Fall ist. Lass gut sein, und entschuldige bitte, dass ich dir das unterstellt habe.«

»Schon gut, kein Problem. Aber wir können gern drüber reden, wem du einen solchen Auftrag zutrauen würdest – es kann aus deiner Sicht kein Fehler sein, darüber mal nachzudenken.«

»Ich weiß nicht recht.«

»Und mir würde es für meine Nachforschungen vielleicht auch helfen. Komm, lass es uns mal durchspielen. Also ...«

Sonja Ramlinger zögerte. Eine Frau drückte die Tür zum Kühlraum auf. Doch als sie sah, wer da beisammenstand, zog sie den Kopf gleich wieder zurück und schloss die Tür. Karin Kelpp lachte leise, und schließlich zuckte Sonja mit den Schultern.

»Okay, versuchen wir es«, sagte sie.

»Gut. Dein Mann ist tot – er fällt also schon mal weg als möglicher Drahtzieher. Gibt es draußen jemanden, der dir schaden will – oder der ein Interesse daran haben könnte, dir ein Geheimnis zu entlocken?«

»Nicht, dass ich wüsste.«

»Was ist mit deinem Anwalt? Traust du ihm?«

»Natürlich!«

»Wie bist du an den gekommen? Hat er dich schon mal vertreten?«

»Er ist seit vielen Jahren unser Anwalt, kümmert sich um alles, was privat oder geschäftlich für Ärger sorgen könnte. Er ist teuer, aber jeden Cent wert – hat jedenfalls mein Mann immer gesagt.«

»Du meinst, er war jahrelang der Anwalt deines Mannes – und vertritt jetzt dich, nachdem du gestanden hast, seinen Mandanten ermordet zu haben?« Karin Kelpp pfiff leise. »Dann ist das entweder der eiskalte Superprofi – oder du musst darauf achten, dass er dich nicht reinlegt. Ich würde dir übel nehmen, wenn du einen Mann getötet hättest, an dem ich jahrelang ordentlich verdient habe.«

»Wie könnte er mich reinlegen?«

»Weiß ich nicht, aber ich würde an deiner Stelle genau drauf achten, was er dir vorschlägt, wie er dir gegenüber argumentiert und was er für eine Strategie zu deiner Verteidigung fährt.«

»Bisher wollte er das Gericht davon überzeugen, dass ich meinen Mann im Affekt getötet habe und dass mich Ernst zuvor im Verlauf eines heftigen Streits bis aufs Blut gereizt hat.«

»Okay, das klingt für mich eher nach Superprofi. Und? War es so?«

Sonja sah sie still an, und Karin hob schnell abwehrend die Hände.

»Sorry, dumme Angewohnheit – das muss ich gar nicht wissen, entschuldige.«

»Ist schon gut«, sagte Sonja und zögerte dann. »Aber ... aber ich kann mich gar nicht mehr erinnern.«

»Gut, nehmen wir mal an, dein Anwalt ist wirklich so auf deiner Seite, wie er es sein sollte – wer käme noch infrage, dich über einen Dritten aushorchen zu lassen?«

Sonja winkte ab und griff nach der Metallschüssel mit dem Salat. Karin Kelpp wartete, aber es kam keine Antwort mehr. Nun war es an der Zeit, Sonja Ramlinger mit ein paar unbequemen Wahrheiten zu konfrontieren – und vielleicht ja auch eine unbedachte Reaktion zu provozieren, die für Karin Kelpp hilfreich sein mochte.

»Ich habe heute mit einer der Exfreundinnen deines Mannes gesprochen«, sagte sie deshalb so beiläufig wie möglich.

»Du hast – was?«

»Sie wohnt in Esslingen, ist verheiratet – und dein Mann hat vor vier Monaten wieder Kontakt mit ihr aufgenommen.«

Sonja Ramlinger sah sie mit großen Augen an.

»Wie meinst du das, Kontakt aufgenommen? Er hatte mal was mit ihr – und vor vier Monaten begann die Affäre wieder?«

»Nicht ganz. Ja, er hatte mal was mit ihr – aber nein, das wurde nicht wieder aufgewärmt. Jedenfalls nicht nach den Informationen, die ich habe.«

»Nach den Informationen …«

»Die beiden haben sich vor vier Monaten gestritten, und dein Mann hat sich danach in einem Brief bei dieser Frau entschuldigt.«

»Ach? Und worüber haben sie sich gestritten?«

»Das weiß ich nicht. Aber den Brief hab ich gesehen.«

»Und den hat dir diese Frau so einfach gezeigt?«

»Nein, hat sie nicht, aber ich hab ihn trotzdem gesehen.«

Sonja stellte die Schüssel wieder ab, stemmte ihre Fäuste in die Hüften und stellte sich breitbeinig vor der anderen auf – was auf die durchtrainierte Karin Kelpp aber erwartungsgemäß nicht viel Eindruck machte.

»Was geht hier eigentlich ab?«, knurrte Sonja. »Du sagst mir jetzt sofort, warum du mir und meinem Mann hinterherspionierst!«

»Auch meine ... meine Freundin hatte mal was mit deinem Mann. Das endete nicht sehr schön, und das hat sie letztendlich das Leben gekostet.«

»Was? Mein Mann soll deine Freundin auf dem Gewissen haben? Er soll sie getötet haben?«

»Getötet nicht direkt, aber er hat sie auf dem Gewissen. Er ist für ihren Tod verantwortlich.«

»Und deshalb wolltest du dich an ihm rächen – und hättest ihn umgebracht, wenn sich dir die Möglichkeit geboten hätte?«

Karin Kelpp zuckte mit den Schultern.

»Soll ich mich jetzt bei dir entschuldigen, weil ich dir zuvorgekommen bin, oder was?«

Sonja schnappte sich die Schüssel wieder und wandte sich zum Ausgang.

»Hattet ihr eigentlich keine Kinder, weil er nicht konnte – oder lag es an dir?«

Sonja Ramlinger erstarrte und blieb stehen, den Rücken zu Karin Kelpp gewandt.

»Die meisten Frauen, mit denen dein Mann mal was hatte, haben Kinder«, fuhr Karin Kelpp fort. »Und einige dieser Kinder haben das passende Alter, um in der Zeit gezeugt worden zu sein, als dein Mann mit ihrer Mutter ins Bett stieg.«

Abrupt drehte sich Sonja wieder um und starrte Karin Kelpp zornentbrannt an. Ihr Gesicht hatte ein tiefes Rot angenommen, und ihre Lippen waren zu einem schmalen weißen Strich zusammengepresst. Karin Kelpp wappnete sich für einen unbesonnenen körperlichen Angriff, aber es kam keiner. Auch schrie Sonja sie nicht an, nicht einmal Tränen liefen ihr übers Gesicht – doch dass sie von Karins Andeutung ins Mark getroffen war, konnte man ihr ansehen. Dann wandte sich Sonja wieder ab und riss die Tür auf. Karin folgte ihr. In der Küche sah sie Sonja mit gesenktem Kopf und vorgeschobenen Schultern in Richtung des Beckens stapfen, in dem der Salat gewaschen wurde. Auf halbem Weg stand eine der Frauen, die sie im Kühlraum in die Mangel genommen hatten. Sonja machte keine Anstalten, ihr auszuweichen, sondern rempelte sie im Vorübergehen so heftig an, dass die andere mit einem schnellen Schritt nach hinten die Balance halten musste. Schon brauste sie auf und wollte auf Sonja losgehen, doch Karin Kelpps knappes und lautes »Nein!« ließ sie innehalten.

***

Lindners Handy klingelte, als er sich gerade auf den Weg ins Wohnzimmer machte. Seine Mutter war wieder bei ihrem Freund Eugen, also hatten Maria und er das Sofa und den Fernseher für sich. Nach dem zweiten Läuten blieb Lindner im Flur stehen und nahm das Gespräch an.

»Ferstner hier«, meldete sich der Anrufer. Im Hintergrund waren Fahrgeräusche zu hören. »Haben Sie einen Moment Zeit?«

»Ja«, log Lindner und legte sich in Gedanken schon Terminvorschläge für das Gespräch mit Sonja Ramlinger zurecht, das jetzt wohl bestätigt wurde. Doch er erlebte eine Überraschung.

»Es tut mir leid, Herr Lindner. Meine Mandantin möchte sich nicht mit Ihnen treffen.«

Die Stimme des Anwalts klang, als hätte auch er nicht mit dieser Ablehnung gerechnet.

»Okay ... und das, obwohl Sie ihr gesagt haben, worum es geht und was ich für möglich halte?«

»Ja, obwohl ich ihr das gesagt habe.«

»Gut, dann ... dann vielen Dank, dass Sie es versucht haben. Und sollte es sich Ihre Mandantin irgendwann anders überlegen, lassen Sie es mich bitte wissen.«

»Mach ich, aber im Moment ...« Ferstner ließ eine kleine Pause. In der eintretenden Stille waren nun keine Fahrgeräusche mehr zu hören. »... im Moment würde *ich* mich gern noch einmal mit Ihnen treffen.«

»Das können wir gern machen. Ich schau in den nächsten Tagen mal bei Ihnen vorbei. Sobald ich absehen kann, wann ich dafür Zeit finde, rufe ich Sie an.«

»Ich hatte eher an heute gedacht«, versetzte Ferstner. »Um genau zu sein: an jetzt gleich.«

»Jetzt? Seien Sie mir nicht böse, aber für heute reicht es mir. Ich mag mich heute Abend nicht mehr ins Auto setzen und nach Reichenbach fahren.«

»Müssen Sie auch nicht. Ich stehe mit dem Wagen direkt vor Ihrem Haus.«

Lindner stutzte. Er ging in sein kleines Arbeitszimmer und schaute auf die Gruibinger Straße hinaus. Dort stand ein Wagen, den er nicht kannte. Hinter dem Lenkrad saß ein Mann, der offenbar die Fassade des Lindner'schen Bauernhofs absuchte und der ihm, als er ihn hinter dem Fenster stehen sah, zuwinkte.

»Kommen Sie raus zu mir, ich nehm Sie mit. Sie schlagen die Kneipe vor, ich zahle.«

»Na, dann ...«, knurrte Lindner spöttisch.

»Jetzt geben Sie sich einen Ruck. Es wird sich für Sie lohnen – und damit meine ich nicht das Bier, das ich Ihnen ausgebe.«

Der Mann im Wagen beugte sich zur Beifahrerseite hinüber und hielt einen Umschlag oder eine Aktenmappe hoch. Lindner zögerte kurz, dann überlegte er sich auf dem Weg ins Wohnzimmer, wie er Maria die kurzfristige Planänderung erklären sollte.

»Ich hoffe für uns beide«, sagte er kurz darauf, als er sich auf den Beifahrersitz von Ferstners Limousine fallen ließ, »dass Sie mir etwas sehr Wichtiges mitzuteilen haben. Meine Freundin hat es nicht gut aufgenommen, dass ich mich mit Ihnen treffe, statt mit ihr wie geplant einen gemütlichen Fernsehabend zu verbringen.«

»Was wäre denn gekommen?«, fragte Ferstner und grinste. »Ein Krimi?«

Lindner verzog das Gesicht und winkte ab.

»Geht mir genauso«, pflichtete ihm der Anwalt bei. »Und wohin fahren wir jetzt?«

Lindner musterte Ferstner. Der maßgeschneiderte Anzug saß noch so perfekt wie am Mittag, und nichts an dem Anwalt ließ erkennen, dass er einen langen Arbeitstag hinter sich hatte. Kein

Wunder, dass Ferstner mehr Lust hatte auf ein abendliches Treffen als Lindner, der sich ziemlich ausgelaugt fühlte. Er konnte sich den Mann gut in einem Gourmettempel wie dem Canard in Gammelshausen vorstellen – und in einer plötzlichen Aufwallung von Boshaftigkeit überlegte er sich, ob er den Anwalt nicht zu irgendeiner besonders üblen Kaschemme lotsen konnte. Doch die einzige Kneipe, die Lindner kannte, war der Hirsch – ganz sicher keine Kaschemme, doch ein geschniegelter Anzugträger wie Ferstner würde sich vielleicht auch im gemütlichen, aber eher schlichten Ambiente fehl am Platz fühlen.

»Haben Sie schon zu Abend gegessen?«, fragte Lindner deshalb.

Ferstner schüttelte den Kopf.

»Mögen Sie Wurstsalat?«

Der Anwalt lachte und startete den Motor.

»Aber nur, wenn statt der Schwarzwurst luftgetrocknete Salami reingeschnitten wurde.«

Lindner war noch immer verblüfft, als Ferstner den Weg zum Hirschen ohne seine Beschreibung gefunden, den Wagen ganz in der Nähe abgestellt hatte und mit federnden Schritten bis vor die kleine Treppe vorausgegangen war, die zur Eingangstür des Gasthauses führte. Dort blieb der Anwalt stehen, grinste breit und gab ihm mit einer übertrieben galanten Geste den Vortritt.

»Bitte sehr, Herr Lindner, gehen Sie voraus. Sie haben ja hier quasi Heimspiel.«

Sie betraten den Gastraum. Der Hirsch war gut besucht, die meisten Gäste hatten etwas zu essen vor sich stehen, und Wirtin Chiara flitzte gerade durch die Pendeltür nach hinten in die Küche, um Nachschub zu holen. Am Stammtisch saßen drei ältere Pärchen, die in der Boller Ortsmitte wohnten. Lindner nickte ihnen grüßend zu und steuerte den letzten freien Tisch an, der etwas abseits in einer Ecke des Gastraums stand.

»Falls Sie sich wundern, Herr Lindner, dass ich Ihr Stammlokal kenne: Nachdem Sie um ein Gespräch mit meiner Mandantin gebeten hatten, habe ich einen freien Mitarbeiter meiner Kanzlei ein bisschen über Sie recherchieren lassen. Und nachdem ich wusste, dass Sie in Bad Boll zu Hause sind, habe ich einen alten Freund angerufen, der ebenfalls hier wohnt.«

Er unterbrach sich, denn nun stand Chiara an ihrem Tisch.

»Ah, Frau Aichele, die Wirtin, nehme ich an?«, fragte Ferstner und strahlte sie an. Mit leisem Ärger stellte Lindner fest, dass sein Begleiter offenbar Eindruck auf sie machte. Sie erwiderte das Lächeln und wirkte sogar ein wenig verlegen. Während der Malefiz-Abende versuchte immer mal wieder einer der männlichen Stammgäste, mit der hübschen Witwe zu flirten, was Chiara aber stets nur mit gespieltem Tadel oder mit freundlichem Spott quittierte. Und dieser Schnösel sitzt zum ersten Mal im Hirschen, und schon macht er ihr nicht nur schöne Augen, sondern wird dafür auch noch mit einem solchen Lächeln belohnt!

»Wir wollen zwei Bier«, meldete sich Lindner patziger als gewollt zu Wort, doch Chiara achtete gar nicht auf seinen Ton.

»Kommt sofort«, sagte sie nur und wollte schon zur Theke eilen, da hielt Ferstner sie mit einer flüchtigen Berührung am Arm auf. Lindner wartete gespannt auf Chiaras Reaktion – es war schon vorgekommen, dass sie einen aufdringlichen Verehrer allein für eine solche Berührung aus dem Lokal geworfen hatte. Doch diesmal verharrte sie nur und sah überrascht zu Ferstner hin.

»Und zwei Wurstsalat Speciale hätten wir auch gern, Frau Aichele.«

Er lächelte sie an, und sie schien unter seinem Blick förmlich dahinzuschmelzen. Erst jetzt wandte sich der Anwalt an Lindner und fragte: »Sie essen doch einen mit?«

»Sie kennen meinen Wurstsalat Speciale?«, fragte Chiara, sichtlich verdattert, ohne Lindner weiter zu beachten. »Waren Sie denn schon mal im Hirschen? Nein, oder? Daran würde ich mich sicher erinnern.«

Sie verstummte, räusperte sich und wurde jetzt doch tatsächlich ein bisschen rot.

»Ich meine ... ich ... ich kenne meine Gäste und ...«

Und dann hatte sie vollends den Faden verloren. Ferstner beeilte sich, ihr über die peinliche Situation hinwegzuhelfen.

»Nein, ich bin heute zum ersten Mal in Ihrem Lokal. Aber von Ihrem Wurstsalat habe ich schon viel Gutes gehört.«

Sie hob die Augenbrauen und sah nun doch Lindner an. Der konnte nur ratlos den Kopf schütteln.

»Ein Freund von mir ist bei Ihnen regelmäßig zu Gast«, erklärte Ferstner. »Volker Rummele heißt er, ein alter Schulkamerad, der seit etwa zwei Jahren in Boll wohnt. Er hat ein Häuschen an der Dürnauer Straße.«

»Ach, Sie waren mit Volker zusammen auf der Schule?«

»Ja, auf dem Gymnasium in Plochingen. Ist lange her.«

»Na ja«, versetzte Chiara, musterte ihren neuen Gast wohlwollend und zwinkerte ihm schließlich zu, »so lange kann das nun auch wieder nicht her sein ...«

Lindner räusperte sich. Chiara besann sich einen Moment, dann lächelte sie ihm zu, bevor sie sich wieder an Ferstner wandte.

»Sie müssen ja einen tollen Eindruck von mir als Wirtin haben«, scherzte sie und war wieder völlig unbefangen. »Da verquatsche ich mich mit Ihnen, anstatt zu verhindern, dass meine Gäste verdursten und verhungern!«

Und damit war sie auch schon auf dem Weg zum Tresen.

»Was war das denn?«, fragte Lindner mit gesenkter Stimme.

»Die Wirtin ist mindestens so nett, wie Volker sie mir beschrieben hat.«

»Ach? Volker Rummele hat ein Auge auf Chiara geworfen?«

»Nein, er ist nicht an ihr interessiert, aber trotzdem kann man ja einem alten Freund erzählen, dass jemand sehr nett ist. Und übrigens obendrein auch noch sehr hübsch.«

Er lächelte genießerisch. Chiara brachte ihnen zwei Gläser Bier und huschte in die Küche. Ferstner hob sein Glas und prostete Lindner zu.

»Auf Chiara Aichele und ihr schönes Gasthaus!«

Lindner nahm ebenfalls einen Schluck, aber dann drängte er darauf, dass ihm der Anwalt endlich erzählte, warum der ihn hatte treffen wollen. Ferstner griff nach der schmalen schwarzen Ledermappe, die er neben seinem linken Schuh an eines der Tischbeine gelehnt hatte. Er klappte die Mappe auf, zog einen Aktendeckel heraus – vermutlich jenen, den er Lindner vorhin durchs Fenster gezeigt hatte – und legte ihn auf den Tisch. Lindner wollte danach greifen, aber Ferstner legte eine Hand darauf.

»Sie können das mit nach Hause nehmen, aber hören Sie sich zuerst an, was ich Ihnen erzählen möchte.«

Chiara kam an den Tisch und runzelte die Stirn, weil sie nicht genug Platz hatte, die Teller vor ihren beiden Gästen abzustellen. Ferstner schob mit einer schnellen Bewegung die Unterlagen zur Seite und machte sich über die große Portion mit geschnittener Schinkenwurst, gerädelter Salami und grob hackten Zwiebeln her, kaum dass der Teller vor ihm abgestellt worden war und er sich bei der Wirtin bedankt hatte. Lindner musste wohl oder übel noch auf die ersehnte Erklärung warten, also begann er ebenfalls, seinen Wurstsalat zu essen. Etwas später rupfte Ferstner ein Stück von dem frisch gebackenen Bauernbrot und steckte es sich in den Mund. Dann spülte er mit Bier nach und spießte von nun an nur noch kleine Happen auf die Gabel, um zwischendurch mit Lindner reden zu können.

»Seit meinem Telefonat mit Frau Ramlinger heute am Nachmittag stelle ich mir vor allem zwei Fragen«, begann er. »Zum ersten: Warum will meine Mandantin nicht mit Ihnen reden – wo Sie doch womöglich auf Belege dafür stoßen könnten, dass Frau Ramlinger ihren Mann nicht getötet hat?«

Er schob etwas Wurstsalat nach und kaute genüsslich, bis Lindner die Pause zu lang wurde. »Und zweitens?«

»Und zweitens«, fuhr Ferstner mit vollem Mund fort: »Wie weit kann ich Ihnen vertrauen – beziehungsweise in welchem Umfang darf ich Ihnen Informationen geben, die Sie unter gewissen Umständen womöglich zum Schaden meiner Mandantin verwenden könnten?«

Lindner deutete mit dem Messer auf den Aktendeckel, bevor er neue Wurststücke auf die Gabel spießte.

»Und solche Informationen sind da drin?«

»Ja.«

»Dann haben Sie ja offenbar die Antwort auf Ihre zweite Frage schon gefunden. Nur – warum wollen Sie mir diese Infos geben, wenn Sie befürchten, ich drehe Ihrer Mandantin einen Strick daraus? Mir scheint das der zentralen Aufgabe eines Verteidigers ziemlich genau zu widersprechen.«

Ferstner lachte freudlos, kaute, schluckte und trank etwas Bier.

»Kommt drauf an«, sagte er schließlich. »Meine Mandantin bleibt zumindest bisher bei ihrem Geständnis, also muss ich als ihr Verteidiger im Moment davon ausgehen, dass sie ihren Mann erstochen hat. Bisher kann ich höchstens versuchen, dass meine Mandantin für die Tötung ihres Mannes nicht wegen Mordes verurteilt wird. Ich werde auf Totschlag plädieren – und mit etwas Glück kann ich für Frau Ramlinger aus verschiedenen Gründen mildernde Umstände geltend machen. Sollten Sie aber herausfinden, dass sie ihren Mann gar nicht getötet hat, sieht das natürlich noch einmal viel besser für sie aus. Das müsste daher voll und ganz im Interesse meiner Mandantin sein – und damit auch in meinem.«

Nun nahm Lindner einen Bissen und ließ sich mit seiner Erwiderung Zeit. Ferstner wartete geduldig, auch wenn sich allmählich ein spöttisches Grinsen auf sein Gesicht legte.

»Wie gut kennen Sie Frau Ramlinger?«, fragte Lindner, als er den Mund wieder leer hatte.

Ferstners Augen blitzten ganz kurz, aber sonst blieb er gelassen.

»Nicht so gut, wie Sie jetzt vielleicht meinen. Dass meine Mandantin außereheliche Beziehungen hatte, scheint Sie sehr zu beschäftigen – Sie haben das schon in der Kanzlei erwähnt.«

Lindner zuckte mit den Schultern.

»Um es kurz zu machen: Ja, die Ehe von Ernst und Sonja Ramlinger war nicht glücklich, und sie hat ihn betrogen, aber nicht mit mir.«

»Ich wollte Ihnen nicht zu nahe –«

»Geschenkt, Herr Lindner. Wir sind beide erwachsene Männer, da müssen wir nicht lange um den heißen Brei herumreden. Sonja Ramlinger ist eine attraktive Frau, aber ich fange grundsätzlich nichts mit Mandanten an. Meine Kanzlei vertritt sowohl die Familie als auch die Firma von Ernst Ramlinger seit vielen Jahren.«

Lindner stutzte.

»Moment mal. Ihr Klient war Ernst Ramlinger – und jetzt vertreten Sie die Frau, die ihn erstochen haben soll?«

Ferstner zuckte mit den Schultern.

»Ich habe schon Mandanten vertreten, deren Schuld erwiesen war oder die ich persönlich unsympathisch, einige sogar regelrecht abstoßend fand. Das bringt der Beruf manchmal mit sich.«

Er nahm einen Schluck und schob sich etwas Wurstsalat auf die Gabel.

»Sonja Ramlinger wiederum kann ich recht gut leiden, und ich kenne sie als Ehefrau eines unserer besseren Kunden seit Jahren. Sie wandte sich an mich, nachdem die Kriminalpolizei sie mitgenommen hatte. Leider hatte sie ihr Geständnis zu diesem Zeitpunkt schon unterschrieben – davon hätte ich ihr vermutlich abgeraten. Als wir uns wegen ihrer Angelegenheit besprachen, ging es ihr aber auch gar nicht darum, dass ich sie irgendwie rauspauke. Sie wollte nur, dass ich ihr vor dem Verfahren und währenddessen beistehe. Ich bot ihr unter anderem an, das Geständnis anzufechten, doch das wollte sie nicht. Immerhin war sie einverstanden, dass ich auf Totschlag und mildernde Umstände plädiere.«

Mit der nächsten Gabel verschwand der letzte Rest Wurstsalat Speciale in Ferstners Mund. Er kaute genüsslich, schob den leeren Teller von sich weg und trank etwas Bier nach. Dann grinste er Lindner an.

»Dass ich gerne die Hintergründe einer Angelegenheit kenne, wissen Sie ja inzwischen. So habe ich das auch gehalten, als mich Sonja Ramlinger um Hilfe bat. Ich bin eine Zeit lang nicht schlau geworden aus dem, was ich in Erfahrung bringen konnte. Das sieht jetzt, nachdem Sie es für möglich halten, dass sie ihren Mann nicht erstochen hat, ein wenig anders aus.«

***

»Heute Mittag hattest du dein Zumba, und jetzt habe eben ich meinen Frankreich-Stammtisch.«

Wolfram Hohmeyer hatte das in freundlichem Tonfall gesagt, aber seine Frau Sabine ließ sich davon nicht besänftigen. Sie hatte sich von ihrem Mann für diesen Abend gewünscht, dass sie zusammen ausgehen sollten: einen Kinofilm anschauen, etwas trinken, etwas essen – »meinetwegen auch irgendwas Französisches«, hatte sie noch hinzugefügt. Aber er hatte keine Lust, das regelmäßige Beisammensein seiner Esslinger Frankreich-Freunde gegen einen Abend zu zweit einzutauschen. Das nahm sie ihm übel, weil sie gerade heute gern jemanden zum Reden gehabt hätte – nicht über das, was sie umtrieb, sondern über alles mögliche andere, das sie hätte ablenken können.

Doch er ließ sich nicht von seinem ursprünglichen Plan abbringen. Er setzte im Flur seine Baskenmütze auf, schlüpfte in seinen dünnen Mantel und ging wie jeden Monat in das kleine Bistro in der Altstadt, um dort mit einigen Gleichgesinnten Pastis zu trinken, Gänseleberpastete auf Baguettescheiben zu essen und am Ende wieder so viel Bordeaux zu trinken, dass er für den Heimweg die doppelte Zeit wie tagsüber benötigte.

»Salut!«, rief sie ihm deshalb wütend hinterher und marschierte in die Küche. Die Tür schlug sie hinter sich zu, obwohl er schon längst das Treppenhaus erreicht hatte und das Türenschlagen vermutlich nicht mehr hören konnte. Dann drehte sie das Radio auf, schenkte sich ein Bier ein, zog das alte Kochbuch aus dem Regal und setzte sich damit an den Esstisch. Wenn sie sich schon nicht ablenken konnte, würde sie sich eben den Gedanken stellen, die ihr seit dem Gespräch in der Nähe der Inneren Brücke unablässig durch den Kopf gingen.

Sie wühlte in den losen Blättern, die zwischen den Einbanddeckeln eingeklemmt waren, zog eines der gefalteten Blätter heraus und hatte bald darauf alle Zettel in einem wüsten Durcheinander vor sich auf dem Tisch liegen. Bis auf den Bogen, auf den sie es abgesehen hatte, schob sie alles andere zu einem halbwegs bündigen Stapel zusammen und steckte es wieder hinter das Cover des Kochbuchs. Dann faltete sie das Blatt auf und schüttete den Inhalt des darin verborgenen Kuverts auf den Tisch.

Die beiden Fotos legte sie etwas seitlich neben sich, einen der Briefe faltete sie sorgsam auseinander und strich ihn mit der rechten Hand glatt. Leise murmelnd las sie sich den Brief vor. Eigentlich hätte sie ihn auch auswendig mit geschlossenen Augen aufsagen können, so oft hatte sie ihn schon gelesen. Ernst hatte sehr nett sein können, wenn er gewollt hatte. Und sehr harsch, wenn nicht.

Ab und zu hatte sie nachts wach gelegen, nachdem ihre Tochter Denise ihr erzählt hatte, was sich in Ramlingers Firma zugetragen hatte. Und hatte lange über alles nachgedacht, was ihr geschildert wurde. So unauffällig wie möglich hatte sie sich alles wieder und wieder erzählen lassen – in der bangen Hoffnung, heraushören zu können, ob er ihrer Tochter wirklich nicht mehr gesagt hatte als Sätze wie diese, die Denise ohne weiteres Hintergrundwissen natürlich für besonders plumpe Anmachsprüche halten musste: »Sie sind so schön, das haben Sie sicher von Ihrer Mutter.« Und: »Sie erinnern mich an jemanden, den ich mal sehr gemocht habe.«

Sie hatte auch Ernst danach gefragt, als er sie zwei Tage nach dem Gespräch mit Denise angerufen hatte. Er war angetrunken gewesen an diesem Tag, obwohl es erst früher Nachmittag war. Aber er wollte gar nicht darauf eingehen, er jammerte mit schwerer Zunge, dass seine Frau ihn nicht verstehe – und als sie ihn deshalb ziemlich barsch zur Ordnung rief, weil sie es irgendwann nicht mehr hören konnte, wurde er ausfällig und ordinär. Er fragte sie nach ihren aktuellen Lebensumständen und danach, ob sie denn mit ihrem Ehemann überhaupt glücklich sei. Und ob sie sich nicht lieber wieder mit ihm treffen wolle ...

An diesem Punkt ihres Gesprächs hatte sie aufgelegt. Warum sie wieder abgehoben hatte, als es kurz danach erneut klingelte, konnte sie sich später selbst nicht erklären. Sie hatte die Nummer ja auf dem Display gesehen, sie hätte wissen müssen, dass er es war. Doch was dann folgte, hatte sie nicht erwartet. Seine Stimme vibrierte vor unterdrückter Wut, und er malte ihr in den schrecklichsten Farben aus, was er in seiner Fantasie mit Denise anstellte, ihrer Tochter, die doch sicher auf keinen Fall erfahren dürfe, dass er schon mit ihrer Mutter im Bett gewesen war. Und dass er natürlich nicht garantieren könne, dass das alles nur seine Fantasie bleiben würde – dass er zwischen zerwühlten Kissen und Decken vielleicht doch mal unbedacht von ihrer alten Beziehung erzählen würde.

Sie war laut geworden, hatte ihn beschimpft mit Worten, die sie sich selbst nicht zugetraut hätte, die er aber allesamt verdient hatte, nicht erst in diesem Augenblick. Dann hatte sie aufgelegt, hatte seine nächsten beiden Anrufe ins Leere laufen lassen und war nach einer Stunde ohne ein weiteres Telefonklingeln erleichtert und verängstigt zugleich ins Wohnzimmer getaumelt, auf die Couch gesunken und in einen tiefen, traumlosen Schlaf gesunken.

Dann war der Brief gekommen, und dann nichts mehr. Bis einige Tage später die Zeitungen groß über den brutalen Mord an einem Fabrikanten aus Schlat bei Göppingen berichteten, an Ernst Ramlinger, dem großen Gönner zahlreicher Vereine, dem Funktionär in unzähligen Ämtern und Pöstchen, dem Unternehmer, der sich so gern im Rampenlicht sonnte. Den seine Frau nicht verstand. Und der sich schon kurz nach seiner Hochzeit die erste und kurz vor seinem Tod die letzte Geliebte genommen hatte.

Das alles rührte Ernsts Brief in ihr auf, dafür brauchte sie das zweite Schreiben gar nicht noch einmal lesen.

Im Radio endete gerade eine Ballade, und der Moderator hatte das wohl verpasst. In die plötzlich eintretende Stille hinein war es Sabine Hohmeyer, als wäre die Wohnungstür aufgegangen. Schnell verstaute sie den ausgebreiteten Inhalt wieder im Kuvert und den Umschlag im gefalteten Blatt. Das Blatt steckt sie genau in dem Moment zurück ins Kochbuch, als die Klinke der Küchentür gedrückt wurde. Mit zitternder Hand schob sie das Buch zur Seite und griff nach dem Bierglas, ohne es hochzuheben.

Die Tür schwang auf, und vor ihr stand ihr Sohn Eric.

***

Im Hirschen in Bad Boll hatte Chiara Aichele die Teller abgeräumt und die beiden leeren Biergläser durch volle ersetzt. Nach dieser kurzen Unterbrechung begann Ferstner endlich zu erklären, was er gerade gemeint hatte.

»Wie Sie wissen, hatte Sonja Ramlinger einige Affären. Nach allem, was mir bekannt ist, wusste ihr Mann nichts davon. Sie muss deswegen aber kein schlechtes Gewissen haben. Auch Ernst Ramlinger war ihr nicht treu, ich weiß von mindestens zwei Affären während der achtzehn Jahre seit der Hochzeit. In beiden Fällen ging es um Frauen, die damals entweder schon in Ernst Ramlingers Firma arbeiteten oder kurz nach dem ersten Treffen eingestellt wurden.«

Lindner verzog das Gesicht und nahm einen Schluck Bier.

»Keine der beiden Frauen arbeitete als seine Sekretärin – immerhin dieses Klischee hat er ausgelassen. Und nachdem die Affären zu Ende gingen, blieben sie auch nicht in der Firma – allerdings scheinen beide Frauen das Unternehmen aus freien Stücken verlassen zu haben. Ich konnte nichts über Kündigungen vonseiten Ernst Ramlingers oder Abmahnungen oder über die Zahlung von Abfindungen herausfinden.«

»Wenn ich das so höre ... Ein Motiv hätte Sonja Ramlinger also auf jeden Fall gehabt.«

»Sie scheint aber nichts von den Seitensprüngen ihres Mannes gewusst zu haben. Die beiden haben sich gegenseitig betrogen – und keiner hat es vom jeweils anderen gewusst.«

»Na ja, das wird sie Ihnen vielleicht einfach nur nicht erzählt haben.«

»Davon, dass sie ihrem Mann untreu war, hat sie mir gleich in ihrem ersten Gespräch in dieser Angelegenheit aus freien Stücken erzählt – wohl, um mir gegenüber zu unterstreichen, wie unglücklich sie in ihrer Ehe war. Als ich sie geradeheraus gefragt habe, ob sich ihr Mann mit anderen Frauen getroffen habe, stutzte sie erst, als wäre ihr so etwas noch gar nicht in den Sinn gekommen – und verneinte dann. Aber wenn sie mir doch verständlich machen wollte, warum sie ihren Mann erstochen hat, wäre ein Motiv wie rasende Eifersucht doch sehr passend gewesen, finden Sie nicht?«

Lindner zuckte mit den Schultern.

»Nein, glauben Sie mir, sie weiß nichts von Ernst Ramlingers Seitensprüngen, oder zumindest wusste sie nichts davon, als er starb. Ich habe sie daraufhin gefragt, warum sie ihren Mann getötet habe. Sie erzählte mir von einem heftigen Streit, in dem es darum gegangen sei, dass er sie finanziell an der kurzen Leine gehalten hatte. Sie wollte mehr Geld zur freien Verfügung, aber er lehnte ab, obwohl es ihm ums Geld selbst kaum gegangen sein konnte. Es war reichlich da, die Ramlingers mussten ganz gewiss nicht sparen. Er sah es auch nicht gern, wenn sie etwas ohne ihn unternahm. Sie war in keinem Verein aktiv, betrieb keinen Sport, traf sich nicht mit Freundinnen – das muss wohl vor der Hochzeit ganz anders gewesen sein. So wie meine Mandantin es mir schilderte, muss er die Hand vor allem deshalb auf den Finanzen gehabt haben, um sie von anderen geradezu abzuschirmen, um sie kleinzuhalten, um sie zu demütigen – wenn so etwas lange genug betrieben wird, kann das durchaus in einem tödlichen Streit gipfeln.«

Nun war es Lindner, der grinste.

»Wir sind ein gutes Team«, sagte er. »Erst zerpflücke ich meine eigenen Theorien – und jetzt beschreiben Sie Motive, die Ihre Mandantin für einen Mord an ihrem Ehemann hätte.«

»Für Totschlag«, korrigierte ihn Ferstner. »Wenn überhaupt.«

»Geschenkt. Aber warum, glauben Sie, wollte er seine Frau demütigen?«

»Sonja Ramlinger ist eine attraktive Frau, Ernst Ramlinger war ein gutes Stück älter, einige Kilo zu schwer und nicht besonders gut aussehend. Da er sich mit Frauen eingelassen hat, die für ihn arbeiteten oder denen er aus Gefälligkeit einen Job verschaffte, wird er es genossen haben, wenn er in einer Beziehung das Sagen hatte. Auch seine zahlreichen Ehrenposten und Vereinsaktivitäten lassen darauf schließen, dass er gern im Rampenlicht stand und gern die Fäden in der Hand hielt. Er galt selbst im Bekanntenkreis als Alphatier, das zu allem etwas zu sagen wusste – was nicht alle immer angenehm fanden. Ernst Ramlinger wollte ständig alle anderen übertrumpfen, und er schien sehr darauf bedacht, dass seine Frau nirgendwo mehr war als eben genau das: die schöne Frau an seiner Seite.«

»Das dürfte sie gestört haben – aber ob man deshalb jemanden tötet?«

Ferstner zuckte mit den Schultern.

»Vielleicht nicht sie, sondern jemand, der sie liebt? Und den sie liebt? Wäre das nicht auch ein Motiv für sie, die Tat auf sich zu nehmen und den anderen damit zu schützen?«

»An wen denken Sie?«

»In der Aktenmappe finden Sie ein paar Namen. Ich habe mich ein wenig umgehört und die Kontaktdaten von zwei Männern herausgefunden, mit denen sich meine Mandantin getroffen hat.«

Lindner sog scharf die Luft ein, weil ihm sofort Wolfgang Roeder in den Sinn kam. Ferstner bezog die Reaktion des Kommissars aber mehr auf die Tatsache, dass er solches Material besaß. Und Lindner fragte auch sofort: »Wie sind Sie denn an diese Informationen gelangt?«

Ferstner lächelte.

»Dafür habe ich ein, zwei erfahrene Leute, die freiberuflich für mich arbeiten und solche Aufträge verlässlich und diskret erledigen.«

»So, so. Dann will ich wahrscheinlich gar nicht so genau wissen, wie Sie an das Material gekommen sind, stimmt's?«

»Stimmt.«

Ferstner tippte auf den Aktenkarton und schob ihn dann ein Stück zu Lindner hin.

»Keiner der beiden Männer hat ein Alibi für die Tatzeit. Das steht alles da drin. Vielleicht ergibt sich daraus ein Ansatz für Ihre Ermittlungen.«

Lindner zog den Karton vollends zu sich her, widerstand aber der Versuchung, ihn sofort aufzuklappen. Stattdessen nickte er und bedankte sich für die Unterstützung.

»Das wäre dann schon fast alles, worüber ich mit Ihnen sprechen wollte«, sagte Ferstner.

»Fast alles?«

»Nur eins noch: Sie ermitteln offiziell, also mit dem Segen der Staatsanwaltschaft – das heißt, auch dort wird es für möglich gehalten, dass Frau Ramlinger unschuldig ist.«

»Ganz so optimistisch würde ich an Ihrer Stelle die Einschätzung der Staatsanwaltschaft zwar nicht sehen, aber falls Sie darauf anspielen, dass Ihre Mandantin aus der U-Haft entlassen werden soll – das hat der Staatsanwalt schon in die Wege geleitet. Morgen Vormittag dürfte Ihre Kanzlei benachrichtigt werden, und im Lauf des Tages soll Frau Ramlinger entlassen werden. Das ist jedenfalls mein Stand. Ist denn morgen, am Samstag, jemand bei Ihnen erreichbar?«

»Irgendjemand ist immer erreichbar, wir sind –«

Er unterbrach sich und lachte trocken.

»Was wollten Sie sagen?«, fragte Lindner.

»Ach, nichts. Mir wäre nur fast ein ›Wir sind ja keine Beamten‹ rausgerutscht. Nicht böse sein, ist nicht so gemeint.«

»Auch die Kollegen in der JVA, die Ihre Mandantin am morgigen Samstag rauslassen, sind Beamte.«

»Sie haben recht, ich werd mir diesen Spruch wohl abgewöhnen müssen«, sagte Ferstner, trank sein Bier aus und erhob sich. »Dann mach ich mich mal wieder auf den Weg. Soll ich Sie noch nach Hause fahren?«

Lindner dachte an seinen Oberschenkel, zog dann aber dem bequemen Heimweg die Möglichkeit vor, gleich hier im Hirschen nachzusehen, welche beiden Liebhaber von Sonja Ramlinger ihr Anwalt ausfindig gemacht hatte.

»Nein, danke, ich geh das kurze Stück zu Fuß«, antwortete er deshalb und deutete auf sein Glas. »Außerdem hab ich ja noch nicht leer getrunken.«

»Dann bis bald. Und falls Sie mit Ihren Recherchen mal nicht weiterkommen ... Vielleicht kann ich behilflich sein.«

Ferstner gab ihm die Hand und steuerte auf die Theke zu, wo er für sie beide bezahlte und dabei noch ein wenig mit Chiara Aichele plauderte. Lindner schaute dem Anwalt nach, bis sich die Tür hinter ihm geschlossen hatte. Und auch dann musste er sich noch einen Moment gedulden, bevor er die Unterlagen sichten konnte, denn Chiara kam lächelnd zu ihm an den Tisch.

»Der ist aber nett, dein Bekannter«, sagte sie. Und obwohl es beiläufig klingen sollte, war offensichtlich, dass die Wirtin gern etwas über Ferstner erfahren hätte.

»Das ist kein Bekannter«, versetzte Lindner etwas genervt. »Wir haben beruflich miteinander zu tun.«

»Ach, ein Kommissar? Auch vom LKA, wie du?«

»Nein, er ist Anwalt«, rutschte es Lindner heraus, und er wollte sich schon ärgern, dass ihm Chiara so geschickt die Zunge gelöst hatte, als er durch ihr perlendes Lachen wieder versöhnt war.

»Er hat eine eigene Kanzlei, ziemlich groß und ziemlich schick«, fuhr er daraufhin grinsend fort und zwinkerte Chiara zu. »Ich weiß aber nicht, ob er noch ledig ist ...«

Die Wirtin lachte erneut, diesmal wirkte es ein wenig aufgesetzt, und im Wegdrehen sah sie aus, als würde sich ihr Gesicht etwas kräftiger färben. Nun endlich konnte er nachsehen, zu welchen Männern Ferstners Mitarbeiter Informationen gesammelt hatte. Zwei Männer, die mit Sonja Ramlinger ein Verhältnis hatten oder gehabt hatten – und die dem Anwalt zufolge für die Tatzeit kein Alibi vorweisen konnten.

Der erste Mann war ein gewisser Ralph Muehlefeldt, Anfang vierzig, Angestellter in einem Sportstudio in Göppingen, über dem er auch ein kleines Appartment bewohnte. Er hatte wohl eine Schwäche für Pferdewetten und Pokerrunden, die er in einschlägigen Nachtbars in Göppingen, Ulm und Stuttgart auslebte. Offenbar brachte ihm das mehr Spaß als Erfolg, denn nebenbei handelte er noch mit Nahrungsergänzungsmitteln – und mindestens ab und zu hatte er für einen Escortservice gearbeitet. Bei ihm schien also das Geld gelegentlich knapp zu sein. An dem Tag, an dem Ernst Ramlinger in Schlat starb, hatte Muehlefeldt im Sportstudio freigenommen und war gegen halb acht Uhr morgens weggefahren, wie Ferstners Mitarbeiter von einer Nachbarin erfahren hatte. Das nächste Mal war er gegen vierzehn Uhr in einer Kneipe in der Göppinger Innenstadt gesehen worden, wo er sich zwei Stunden lang volllaufen ließ, mit zwei Stammgästen Streit anfing und schließlich nach Hause torkelte.

Der andere war – nicht Wolfgang Roeder, wie Lindner schon beim ersten Durchblättern erleichtert feststellte. Ferstners Schnüffler hatte einen Außendienstler namens Claas Selby ins Visier genommen, einen Mann Anfang fünfzig, der für eine Radebeuler Firma Holzpolitur und andere Möbelpflegemittel an Möbelhäuser und Fachgeschäfte verkaufte. Vor gut drei Jahren hatte er versucht, mit Ernst Ramlinger ins Geschäft zu kommen. Das hatte nicht geklappt, doch in den Unterlagen war notiert, dass er damals Sonja Ramlinger kennengelernt und sich fortan mit ihr getroffen hatte. Er wohnte in Wendlingen und hatte am Todestag von Ernst Ramlinger einem älteren Herrn in seiner Nachbarschaft zufolge gegen sieben Uhr morgens seine Tagestour begonnen, wie üblich. Doch zu einem Kundentermin in Reutlingen um acht Uhr morgens war er nicht erschienen, und weitere Vormittagstermine in Tübingen und Mössingen hatte er abgesagt. Erst um vierzehn Uhr hielt er den ersten Termin des Tages ein, er traf den Eigentümer eines kleinen Möbelgeschäfts in Blaubeuren, und dem kam er ungewohnt fahrig und unkonzentriert vor. Danach hatte Selby weitere Kundengespräche im Raum Ulm geführt und war gegen neunzehn Uhr wieder nach Hause gekommen.

War einer dieser beiden Männer der Mörder von Ernst Ramlinger? Und liebte Sonja Ramlinger ihn genug, um zu seinem Schutz ein falsches Geständnis abzulegen?

Lindner klappte den Aktendeckel zu, trank sein Bier aus und verließ den Hirschen so nachdenklich, dass er sich auf dem Weg zur Tür weder von Chiara Aichele noch von den anderen Gästen verabschiedete.

***

Eric Hohmeyer war nach seinem zweiten Bier auf Kaffee umgestiegen, seine Mutter nach ihrem ersten auf Rotwein. Sie unterhielten sich angeregt in der Küche und lauschten zwischendurch den Geräuschen, die in diesem Haus abends typisch waren. Die Streitigkeiten des Ehepaars über ihnen und die anschließende nicht weniger geräuschvolle Versöhnung. Die Marschmusik des Alten, die er gern bei geöffnetem Fenster hörte – Eric witzelte dann oft, wie gut er es sich vorstellen konnte, dass der Mann dazu im lauen Abendwind auf und ab exerzierte. Der abschwellende, aber nie ganz verebbende Verkehr auf den benachbarten Hauptstraßen und auf der hundertfünfzig Meter entfernten B10, Musik und gedämpftes Stimmengewirr aus den Nachbarhäusern und – weiter entfernt und nur bei entsprechenden Windverhältnissen – das Geräusch an- oder abfliegender Flugzeuge.

Eric und seine Mutter erzählten sich Anekdoten und amüsierten sich darüber, wie schon so viele Male zuvor. Sie brachte ihn aufs Laufende, wie es manchen Nachbarn und Bekannten seit ihrem letzten Gespräch ergangen war. Sie kamen auf Erics Schulfreunde zu sprechen und auf seine erste Jugendliebe, die mittlerweile als Moderatorin fürs Fernsehen arbeitete und nach Köln gezogen war. Dann stellte sich heraus, dass Eric eigentlich etwas ganz anderes mit seiner Mutter besprechen wollte – dass er aber um das Thema den ganzen Abend hindurch herumgeschlichen war wie eine Katze um den heißen Brei.

»Hast du zuletzt mal mit Denise gesprochen?«, fragte er.

Sabine Hohmeyer sah ihren Sohn an und versuchte, seine Miene zu deuten, versuchte zu erraten, was er gleich von seiner Schwester erzählen würde – aber er sah sie nicht weniger forschend an, deshalb unterdrückte sie ihre aufkommende Nervosität und antwortete so beiläufig wie möglich: »Ich hab sie vor zwei Wochen mal angerufen, davor war eine ganze Weile Funkstille. Aber als ich fragte, wie es ihr gehe, meinte sie nur, dass alles super sei und so. Kennst sie ja, mir gegenüber lässt sie ja schon seit Jahren nichts mehr raus, wenn sie irgendetwas bedrückt. Alles immer super und wunderbar.«

Dass sie seit Ernst Ramlingers widerwärtigen Anrufen zwar mit ihrer Tochter gesprochen, sich aber nicht getraut hatte, hartnäckig nachzufragen, ob sie irgendetwas belaste; dass sie ganz froh war, dass ihre Tochter sie mit Allgemeinplätzen abgespeist hatte, anstatt ihr die Wahrheit zu sagen, sie eventuell mit Details zu der alten Geschichte mit Ernst zu konfrontieren, die er ihr womöglich anvertraut hatte und die sie ihr nun vielleicht vorhalten würde – das schwirrte ihr in diesem Moment wie ein wild gewordener Bienenschwarm durch den Kopf, doch das war das Letzte, was sie ihrem Sohn erzählen würde.

»Hast du in den vergangenen Tagen mit ihr gesprochen?«, fragte sie stattdessen und wartete, angespannt und ängstlich, auf seine Antwort.

»Ja, hab ich. Jetzt, vor ein paar Tagen erst … und vor einer ganzen Weile. Ich hab ein ganz schön schlechtes Gewissen, dass ich bisher nicht mit dir drüber gesprochen habe – aber ich musste ihr versprechen, dir nichts zu sagen. Sie hatte Angst, dass du dir sonst Sorgen um sie machst.«

Ihre Furcht wurde stärker und schnürte ihr fast die Kehle zu. Entsprechend brüchig klang ihre Stimme während der nächsten Frage.

»Sorgen? Welche Sorgen denn?«

Eric lächelte nachsichtig und legte ihr die linke Hand auf den rechten Unterarm.

»Wir bleiben halt immer deine kleinen Kinder, oder? Auch, wenn wir längst erwachsen sind ...«

»Was für Sorgen?«, drängte sie. »Jetzt red schon!«

»Siehst du? Denise hatte recht.« Er lachte. »Kaum deute ich was an, schon machst du dir Sorgen. Aber es ist alles in Ordnung. Es geht um ihren neuen Job. Das war eine Weile blöd, aber jetzt ist alles wieder gut.«

Sabine Hohmeyer nahm einen Schluck Rotwein. Sie trank etwas zu hastig und verschluckte sich. Eric wartete, bis sie fertig gehustet hatte, dann fuhr er fort.

»Sie hatte sich bei einem Möbelhersteller in Süßen beworben. Die fertigen dort sauteure Sitzmöbel, und der Laden läuft wohl wie geschmiert. Denise hatte von einer offenen Stelle im Marketing gelesen und sich beworben. Mit ihren Zeugnissen und Referenzen kam sie natürlich in die engere Wahl, und schließlich saß sie dem Firmenchef gegenüber, der dort offenbar die Bewerbungsgespräche noch selbst führt und auch sonst ganz den alten Patriarchen gibt. Mit allen Facetten. Leider auch den unangenehmen.«

Er hatte die letzten beiden Sätze mit etwas gesenkter Stimme ausgesprochen. Nun stand er auf, goss sich Kaffee aus der Kanne nach, gab Milch und Zucker dazu und rührte so gründlich um, als wollte er den Moment hinauszögern, in dem er die restliche Geschichte erzählen musste. Sabine Hohmeyer platzte schier vor Ungeduld, aber sie beherrschte sich mühsam und nahm noch einen Schluck von ihrem Rotwein, diesmal nur einen ganz kleinen.

»Er hat recht lange mit Denise gesprochen, und er hat keinen Zweifel daran gelassen, dass er sie einstellen will. Dann hat er – es war inzwischen fast fünf Uhr nachmittags – sich einen Cognac eingeschenkt und auch Denise einen angeboten. Sie hat aber dankend abgelehnt.«

Cognac am späten Nachmittag. Sabine Hohmeyer verkrampfte innerlich. Als sie schon mit Ernst zusammen war und er ihr nach ein paar Treffen gönnerhaft eine ordentlich bezahlte Stelle in seiner Buchhaltung zugeschustert hatte, musste sie der Form halber auch zum Bewerbungsgespräch antanzen. Damals war die Sekretärin in der Regel kurz nach sechzehn Uhr in den Feierabend gegangen, auch (oder gerade) wenn der Chef Besuch hatte, und danach hatte sich Ernst einen Cognac eingeschenkt, um sich in Stimmung zu bringen. Das »Bewerbungsgespräch« hatte dann noch eine ganze Weile gedauert. Sie hatte das damals nicht gestört, es war sogar aufregend gewesen, mit Ernst in seinem Büro intim zu werden – allein schon durch die Gefahr, dass womöglich jemand ins Zimmer kommen und sie entdecken konnte. Aber sich dasselbe für ihre Tochter vorzustellen, war etwas ganz anderes.

»Dieser Ramlinger, so heißt der Firmenchef, hat seinen Cognac gekippt, hat sich nachgeschenkt und hat mit Denise rumgeflirtet. Erst eher dezent, er hat sich auch nach unserer Familie erkundigt – ob Denise Geschwister hat, was Vater und Mutter beruflich so machen, ob sie noch zu Hause wohnt und so weiter. Anfangs ging das noch, meinte Denise, aber dann wurde es zunehmend abstoßend. Vielleicht hat ihn der Alkohol mutiger gemacht, jedenfalls kamen die üblichen Anmachsprüche. Er fragte Denise, ob sie eigentlich wisse, was sie für eine Schönheit sei – und dass sie das doch sicher von ihrer Mutter habe –, und dass sie ihn an jemanden erinnerte, den er früher mal geliebt hatte. All dieses Zeug, das man sonst nur in schlechten Filmen hört, wenn die entsprechende Figur mal so richtig unsympathisch wirken soll.«

Sabine Hohmeyer hatte die Luft angehalten und war blass geworden.

»Alles gut mit dir, Mama? Soll ich aufhören mit der Geschichte?«

»Nein, nein, erzähl weiter, bitte. Aber dass mich das aufregt, wird dich nicht überraschen, oder?«

»Nein, natürlich nicht. Aber geht's wirklich?«

»Ja, red weiter.«

»Okay. Denise hat sich das eine Zeit lang angehört, dann hat sie gesagt, dass ihr Mann, der sie abholen wollte, vermutlich schon unten auf dem Firmenparkplatz stehe und auf sie warte. Das hat Ramlinger geschluckt, und sie hat sich bei ihm verabschiedet. Erst hatte sie noch Angst, dass er sie nach draußen bringen und dabei merken würde, dass kein Mann mit dem Wagen auf sie wartete – aber Ramlinger blieb in seinem Büro und ließ sie einfach allein durch seine Firma zum Parkplatz gehen. Sie hätte sich sonstwo umschauen können, da war keiner, der ein Auge auf sie gehabt hätte. Nur an der Pforte saß ein älterer Mann, der aber auch nur freundlich grüßte, als sie rausging, und sich danach wieder um seine Zeitung kümmerte.«

Sabine Hohmeyer saß wie erschlagen auf der Eckbank und stützte sich schwer auf dem Esstisch ab. Als sie erneut nach ihrem Weinglas griff, zitterte ihre Hand leicht.

»Ist ja nichts passiert, Mama!«, beruhigte Eric sie. »Es gibt diese Männer halt auch heute noch: schmierige ältere Typen, die glauben, von ihrem Chefsessel aus könnten sie sich nehmen, was sie wollen. Man sollte meinen, dass sich das mit den Jahren erledigt hat – aber offenbar haben ein paar Dinosaurier den Einschlag noch nicht gehört.«

Stille breitete sich in der Küche aus. Die Marschmusik war inzwischen verstummt, und das wieder versöhnte Ehepaar schlief offenbar. Ein paar johlende Rufe zwei Häuser weiter deuteten auf eine ausgelassene Party hin, ansonsten war die Geräuschkulisse der Pliensauvorstadt auf das übliche nächtliche Niveau gedämpft.

»Und wie hat Denise das weggesteckt?«, fragte sie nach einer Weile.

»Sie hat mich noch am selben Abend angerufen, und ich bin sofort zu ihr gefahren. Wir haben ein paar Fläschchen darüber aufgemacht, und ich bin dann lieber über Nacht bei ihr geblieben – ich brauch meinen Führerschein noch. Als ich am nächsten Morgen zur Arbeit ins Fitnessstudio musste, war sie wieder in der Spur. Etwas müde und zerzaust zwar noch, aber die Sache mit dem Ramlinger hatte sie soweit verdaut.«

»Gut.«

Mehr brachte sie in diesem Moment nicht heraus, aber ihr Sohn war noch nicht fertig mit seiner Geschichte.

»Für diesen Tag meldete sie sich krank, und als sie am nächsten Tag wieder zur Arbeit ging, hatte sie die Bewerbung innerlich schon abgehakt und sah sich nach der nächsten interessanten Stelle um. Aber dann kam eine Mail von Ramlinger. Darin entschuldigte er sich sehr blumig für sein Benehmen, ohne allzu konkret zu werden – klar, er kann Denise ja schlecht schriftlich einen Grund liefern, ihn zu verklagen. Er habe einen schlechten Tag gehabt, würde sich aber sehr freuen, wenn sie trotzdem die Stelle im Marketing seiner Firma annehmen würde. Falls sie weiterhin interessiert sei, solle sie ihn doch bitte unter seiner Durchwahl anrufen, dann könne man alles Weitere besprechen, und er würde den Arbeitsvertrag aufsetzen und ihr schicken lassen. Denise hat sich darauf eingelassen und hat ihn angerufen – diesmal benahm er sich ihr gegenüber tadellos, er entschuldigte sich noch einmal wortreich und bot ihr die Stelle noch ein bisschen besser dotiert an als eigentlich besprochen. Leider hat mich Denise erst wieder angerufen, als sie ihre ersten Arbeitstage in Ramlingers Firma schon hinter sich hatte – ich hätte ihr sonst natürlich abgeraten, bei diesem schmierigen Typen anzuheuern!«

Sabine Hohmeyer horchte auf. Aus Ernsts Brief war nicht hervorgegangen, dass ihre Tochter nun doch in seiner Firma arbeitete. Nun ärgerte sie sich, dass sie einem Gespräch mit Denise über ihre Bewerbung aus dem Weg gegangen war.

»Das erste Bewerbungsgespräch hatte Anfang Juni stattgefunden, seine Mail mit der Entschuldigung folgte zwei Tage später – und als danach alles besprochen und der Vertrag unterschrieben war, kündigte Denise ihren bisherigen Job zum 31. Juli und fing am 1. August in der Möbelfabrik an.«

»Wie hat sich … wie hat sich der Chef ihr gegenüber verhalten?«

»Erst mal tadellos, grad so, als wäre nie etwas vorgefallen. Dann wurde sie zur Besprechung ins Chefbüro gerufen – es ging um ein Projekt, das sie vorgeschlagen hatte und das Ramlinger mit ihr durchgehen wollte. Der Termin war an einem Freitagnachmittag, und entgegen der anfänglichen Bedenken von Denise lief alles korrekt ab. Auch während der nächsten Besprechung – wieder an einem späten Nachmittag, die Sekretärin war schon gegangen – fiel nichts vor, keine anzügliche Bemerkung, nichts. Denise war ganz happy, dass sich das jetzt offenbar doch alles in Luft aufgelöst hatte, und rief mich an. Dadurch erfuhr ich erst, dass sie diesen Job angenommen hatte.«

»Also alles gut, da bin ich froh. Danke, dass du mir das erzählt hast.«

Sie zwinkerte ihm zu.

»Und vielleicht war es auch besser, dass ich das alles erst gehört habe, als sich das Problem schon wieder erledigt hatte.«

Eric wirkte bedrückt, sie stutzte.

»Was ist denn?«

»Na ja ... es fiel schon noch was vor ... Zwei Tage später wurde Denise am späten Nachmittag wieder in Ramlingers Büro gerufen – und da wollte er ihr an die Wäsche. Sie konnte sich befreien und ist rausgeflitzt, hat ihr Zeug gepackt und ist nach Hause gefahren. Von dort aus hat sie mich angerufen, ich habe im Studio früher Schluss gemacht und habe mir alles angehört.«

»Ach du Scheiße ...«, murmelte Sabine Hohmeyer.

»Das dachte ich damals auch. Sie hat sich dann allmählich wieder beruhigt, wollte aber im ersten Schock gleich mal ihren Job kündigen. Davon habe ich ihr abgeraten, schon weil die Stelle so gut bezahlt war. Natürlich sollte sie sich was Neues suchen – aber das findet man leichter, wenn man noch eine Anstellung hat. Ich habe ihr versprochen, dass sie sich wegen Ramlinger keine Sorgen mehr machen muss – dass ich das für sie regeln werde.«

Sabine Hohmeyer sah ihren Sohn mit aufgerissenen Augen an, doch der redete einfach weiter.

»Also bin ich am nächsten Morgen zu dieser Möbelfabrik gefahren, hab den Pförtner nach Ramlingers Büro gefragt, bin oben an der Sekretärin vorbei ins Chefbüro gestürmt und hab mir diesen Schmierlappen vorgeknöpft. Anfang sechzig, Bauchansatz, nur noch ein paar Haare auf dem Schädel und die auch noch größtenteils grau – direkt eklig, wenn man sich vorstellt, dass so einer Denise angemacht hat!«

»Und … dann?«

»Hab ich ihn am Kragen gepackt und hab ihm klargemacht, dass er sich an Denise besser nicht noch mal vergreift.«

Eric trank seinen Kaffee aus und grinste.

»Das hat er, glaube ich, verstanden.«

»Und danach gab's keinen Ärger mehr?«

»Nein. Und Anfang September wurde er von seiner Frau abgestochen, die hat er also wohl auch nicht so toll behandelt. Wobei: Pack verträgt sich, Pack schlägt sich.«

»Wie meinst du das?«

»Na ja, er als Schürzenjäger in der Firma – und sie hat auch nichts anbrennen lassen, was ich so gehört habe.«

Im Reflex griff sie nach dem Kochbuch, drückte den Umschlagdeckel etwas fester auf die eingelegten losen Blätter und das Kuvert dazwischen. Eric sah sie fragend an, schaute auf ihre Finger, die so fest auf das Kochbuch gedrückt waren, dass sie an den Spitzen weiß wurden.

»Du hast gesagt, dass du das gehört hast, Eric. Aber so etwas hört man doch nicht einfach so über jemanden – hast du diese Familie beobachtet? Oder kennst du die Frau?«

»Nein, wo denkst du hin! Ich kenn die nicht persönlich, und beobachtet habe ich den Ramlinger natürlich auch nicht! Nein, ein Kollege aus dem Fitnessstudio hat mir mal von seiner neuen Freundin erzählt und hat mir ein Bild von ihr gezeigt. Ganz hübsch, für ihr Alter …«

Ihm fiel ein, dass seine Mutter noch ein paar Jahre älter war als Sonja Ramlinger – deren Alter hatte ihm der Kollege verraten.

»Sorry, Mama, aber du weißt ja, wie ich das meine. Auf jeden Fall hat mein Kollege ein bisschen mit seiner Affäre geprahlt und hat mir auch ihren Namen gesagt. Damit konnte ich damals nichts anfangen, aber als Denise an diesen schmierigen

Ernst Ramlinger geriet, musste ich ja nur noch eins und eins zusammenzählen.«

»Und dein Kollege – ist der noch mit dieser Fabrikantenfrau zusammen?«

»Nein, das ging krachend zu Ende. Das hat mir der Kollege natürlich nicht mehr so brühwarm erzählt, aber es war wohl ein eher hässlicher Schluss. Übrigens war das Ende August, und zwei Wochen später war Ramlinger tot.«

Am liebsten hätte Sabine Hohmeyer ihren Sohn noch nach dem Namen des Kollegen gefragt, aber das wäre ihm sicher ungewöhnlich vorgekommen, also behielt sie ihre Frage einstweilen für sich. Vielleicht konnte sie das mal ganz nebenbei in einem Gespräch aufschnappen – die Information jedenfalls würde gut zu dem passen, was sie aus dem zweiten Brief in ihrem Kochbuch erfahren hatte.

Samstag, 13. Oktober

»Guten Morgen, Stefan!«

Lindner hatte das Handy noch im Halbschlaf vom Nachttisch geklaubt und dabei fast auf den Boden fallen lassen. Ein kurzer Blick zur Seite verriet ihm, dass Maria längst aufgestanden war – er dagegen hätte gut und gerne noch zwei Stunden schlafen können. Wolfgang Roeder jedenfalls klang durchs Telefon frisch wie der junge Morgen.

»Kann ich dich gleich abholen?«, fragte er schon, noch bevor sich Lindner vernünftig hatte melden können.

»Wie abholen? Wohin fahren wir denn?«

»Erzähl ich dir unterwegs. Kannst du in fünf Minuten los?«

»Fünf Minuten? Du brauchst doch gut fünfzehn Minuten von dir zu Hause bis zu mir!«

»Ich stehe schon vor deinem Haus.«

Schon wieder einer! Diese überraschenden Besuche zu unchristlichen Zeiten schienen zur Gewohnheit zu werden.

»Fünf Minuten werden nicht ganz reichen«, brummte Lindner, schlug die Decke zurück und schwang die Beine über die Bettkante. Vorsichtig schlüpfte er in die Hausschuhe, die dort bereitstanden. Noch immer verspürte er ein ganz leichtes Ziehen an der Rückseite seines rechten Oberschenkels – es war nicht mehr so deutlich wahrzunehmen wie gestern, aber er hatte Übung darin, in seinen Körper hineinzuhorchen. »Ich muss langsam gehen, ich habe mir, glaube ich, was am Bein gezerrt. Aber dann wartest du halt ein bisschen – hättest mir ja vorher Bescheid geben können.«

Er hörte unterdrücktes Lachen am anderen Ende. Schon wollte er protestieren, weil sich Roeder nun wirklich nicht über seine Schmerzen lustig machen musste, doch da hörte er außerdem eine gedämpfte Frauenstimme wie aus einiger Entfernung, die er sofort erkannte. Dann klang es, als würde eine Tür an Roeders Wagen aufgerissen, und seine Mutter rief Roeder zu: »Hallo, Wolfgang, komm doch rein. Wenn du eh schon auf meinen verschlafenen Sohn warten musst, kannst du genauso gut einen Kaffee dazu trinken.«

»Du hörst es ja, Stefan«, sagte Roeder noch ins Handy. »Deine Mutter hat mich gerade auf einen Kaffee eingeladen. Ich warte also in ihrer Küche auf dich. Bis nachher!«

Dann legte er auf, und Lindner ließ sich seufzend noch einmal aufs Bett sinken. Als er nach einer Weile doch die Treppe hinunterging, vorsichtig, um nur ja nichts im Oberschenkel zu verschlimmern, hörte er aus der Küche herzhaftes Lachen. Seine Mutter und Roeder amüsierten sich offensichtlich prächtig – und den Blicken nach zu urteilen, mit denen sie ihn willkommen hießen, war er der Grund für ihre Heiterkeit.

»I han dem Wolfgang grad von deim Versuch vrzählt, wie du domols die Henna hosch eifanga wella, nochdem du's Gatter vergessa hosch zom zuamacha!«

Sie war wieder in ihren breiten Dialekt verfallen, ein sicheres Zeichen dafür, dass sie in Erinnerungen an alte Zeiten schwelgte – an die Geschichte mit den Hühnern erinnerte er sich nur ungenau. Und ungern. Er war zehn oder elf Jahre alt gewesen, schon damals keine Sportskanone, und seit dem Tod seines Vaters fast zwei Jahre zuvor hatte er die Aufgabe bekommen, den Hühnerstall zu besorgen. Ab und zu vergaß er, das Gatter richtig zu schließen, und einige Male schon hatte seine Mutter das für ihn nachgeholt und auch die Tiere, die bis dahin ausgebüxt waren, wieder zurück ins Gehege gescheucht. Irgendwann hatte sie davon aber die Nase voll und ließ das Gatter so offen stehen, wie es der Sohn zurückgelassen hatte.

»Freut mich ja, dass ihr beide so einen Spaß mit Geschichten aus meiner Jugend habt!«, versetzte er etwas schärfer als gewollt. »Was hast du Wolfgang alles erzählt?«

»Ällas!«

Ruth Lindner gluckste, und Roeder räusperte sich und widmete sich auffällig konzentriert seinem Kaffee. Er musste sich offenbar sehr beherrschen, nicht vor Lachen loszubrüllen. Lindner tappte zur Küchenzeile, holte eine Bechertasse aus dem Schrank und füllte sie aus der Warmhaltekanne.

»Na, prima«, knurrte er, während er sich zu den beiden an den Tisch setzte. »Vielen Dank auch, Mama ...«

Soweit er es noch wusste, waren die Hühner damals in alle Richtungen auseinandergestoben, als er sie hatte zurückjagen wollen. Und anfangs war er mal den einen und mal den anderen hinterhergerannt, hatte einigen Hennen mit einem Stock den Weg weisen wollen und dann wieder nach den Federn der anderen geschnappt. Irgendwann hatte er sich auf die Lektüre einiger Karl-May-Romane besonnen, die er damals so liebte, und er hatte begonnen, sich an einige Hühner anzuschleichen. Das brachte auch wirklich mehr Erfolg, und nach etwa zwanzig Minuten hatte er die meisten Vögel wieder ins Gehege zurückgeschafft.

Nur auf dem Misthaufen, der sich bis Ende der achtziger Jahre vor dem Haus befand und Platz für Hühnerdreck, Schweine- und Kuhmist bot, stolzierten noch der Hahn und drei seiner Verehrerinnen hin und her und pickten in dem trockenen Stroh herum, das obenauf lag. Also näherte er sich auch den letzten vier frei laufenden Tieren in weitem Bogen, beugte sich im Anschleichen vor und breitete beide Arme aus, um im ersten Anlauf möglichst gleich mehrere der flüchtigen Vögel zu fassen zu bekommen. Als er noch zwei, drei Schritte von der niedrigen Steinumrandung des Misthaufens entfernt war, machte er zwei schnelle Sätze und warf sich dann im Hechtsprung den Tieren entgegen. Der Hahn flog auf, zwei Hennen entkamen im letzten Moment, nur ein altes Huhn, das kaum den Weg hinauf auf den Haufen geschafft hatte, konnte sich nicht mehr rechtzeitig vor dem heranfliegenden Buben in Sicherheit bringen. Doch noch während er das hilflos flatternde Hühnervieh triumphierend vor sich in den zusammengekrallten Fingern hielt, gefror ihm das Siegerlächeln auf dem Gesicht: Er war zwar der Länge nach auf die trockene oberste Strohschicht gefallen, aber unter seinem Gewicht gab die luftige Masse schnell nach, und er sank gut zur Hälfte in die Exkremente der Hoftiere ein.

Wütend rappelte er sich auf, trug das alte Huhn ins Gehege, scheuchte danach auch die restlichen Tiere zurück durchs Gatter – sie hatten wohl begriffen, dass mit diesem stinkenden und vor Dreck triefenden Jungen jetzt kein Spaß mehr zu machen war. Doch indem sie sich gackernd und flatternd hinter den Zaun zurückzogen, wirbelten sie all die Federn auf, die zuvor durch die Verfolgung kreuz und quer im Hof verstreut worden waren. Und als der kleine Stefan endlich – völlig außer Puste, aber doch zufrieden, weil er es geschafft hatte – das Gattertor zudrückte, sich umdrehte und aufatmend und mit geschlossenen Augen mit dem Rücken gegen das Tor lehnte, hörte er das Klicken eines Fotoapparats und sah dann, als er seine Augen wieder öffnete, seine lachende Mutter vor sich stehen, die noch weitere Fotos machte. Die Bilder, die er später zu sehen bekam, zeigten ihn zwar in der Art eines Wildwestmotivs, aber auf eine Weise, die Old Shatterhand nie hatte erdulden müssen: Auf seiner mit Mist und Jauche beschmierten Vorderseite hatten Federn und Strohhalme so gut Halt gefunden, dass er aussah wie geteert und gefedert.

»Willsch au a Oi? Des dät grad gut zu derra Gschicht bassa …«

Ruth Lindners Stimme holte ihn in die Gegenwart zurück – und brachte ihr einen bitterbösen Blick ihres Sohnes ein, den sie aber nur mit entspanntem Grinsen quittierte. Er stürzte seinen Kaffee hinunter, griff nach einem Stück Hefezopf, der auf einem Holzbrett in der Tischmitte lag, und wandte sich zur Tür.

»Kommst du, Wolfgang?«, rief er, zog Schuhe und Jacke an und verließ das Haus.

***

Roeder hatte ihn abgeholt, um nach Süßen zu fahren. Er wollte mit Lindner die Chefsekretärin der Firma Ramlinger besuchen, die dort in Sichtweite des Unternehmens wohnte. Roeder hatte mit ihr während der Sokoermittlungen ein paar Mal gesprochen, und nun versprach er sich von einer Unterhaltung zwischen Lindner und ihr weitere Hinweise.

»Nicht wahr, Herr Roeder, Sie beweisen schon noch, dass es die Frau vom Chef nicht war?«

Romy Schreiner redete nicht lange um den heißen Brei herum. Noch bevor sie ihre Besucher an den gedeckten Kaffeetisch im Esszimmer führte, hatte sie ihre Sicht der Dinge schon dargelegt: Ernst Ramlingers Tod hatte auf gar keinen Fall etwas mit seiner Frau, dafür aber sicher irgendwie mit einem der zahlreichen »Flittchen, mit denen er sich eingelassen hat«, zu tun.

»Ich habe ja immer große Stücke auf den Chef gehalten – bis auf die Tatsache, dass er sich immer irgendwelche jungen Dinger angelacht hat«, sagte sie, während sie reihum ungefragt Kaffee einschenkte und dazu fettarme Milch und Süßstoff reichte. »Aber er war halt auch ein überaus stattlicher Mann, wenn ich das so sagen darf.«

Lindner rief sich das Bild von Ernst Ramlinger vor Augen: Anfang sechzig, Bauchansatz, lichtes Haar, das obendrein in Strähnen ergraut war. Romy Schreiner musste ihn durch eine sehr rosafarbene Brille betrachtet haben, um zu diesem Urteil zu gelangen.

»Und mit seiner Frau zusammen – das war ein wirklich schönes Paar, Herr Kommissar!«

Sie redete in einem fort, wandte sich mal an Roeder, der ihr wohl verraten haben musste, dass er Sonja Ramlinger für unschuldig hielt, mal an Lindner, den sie in dieser Frage offensichtlich noch nicht so richtig einzuschätzen wusste.

»Frau Ramlinger ist eine feine Frau. Sie wusste immer, wo ihr Platz war. Wenn ihr Mann im Rampenlicht stand, war sie die Frau an seiner Seite – sowohl auf Firmenveranstaltungen als auch während der verschiedenen Termine, die er für seine Vereine oder die IHK oder für wen sonst auch immer wahrnahm. Wenn er sprach, hörte sie zu. Nie hat sie sich ungebührlich in den Vordergrund gedrängt, immer hat sie ihm den Vorrang gelassen, der ihm gebührte. Wie gesagt: Sie kannte ihren Platz und ihre Rolle. Das hat man heutzutage ja nicht mehr so oft, nicht war?«

Lindner sah sich um. Es gab einige Fotos, auf denen Romy Schreiner zu sehen war, als junge Frau mit einem älteren Paar, vermutlich ihren Eltern, und einem jungen Mädchen, eventuell ihre Schwester; später mit einer etwa gleichaltrigen Frau, in der sich die Züge des Mädchens widerspiegelten. Nirgendwo war sie zusammen mit einem Mann oder eigenen Kindern zu sehen. Sie war seinem Blick gefolgt, räusperte sich und rührte angelegentlich in ihrem Kaffee.

»Ich war nie verheiratet, Herr Kommissar. Mein Beruf war immer das Wichtigste für mich, da hat es sich halt nie ergeben, dass ich jemanden kennengelernt habe, der gepasst hätte. Und dass man mit seinem Chef etwas anfängt, das geht ja schließlich gar nicht.«

Das Bedauern, mit dem sie den letzten Satz ausgesprochen hatte, war überdeutlich herauszuhören. Sie war keine Schönheit und den Fotos zufolge auch nie eine gewesen. Eher Beißzange als graue Maus, mit fahler Haut, streng zurückgekämmtem Haar und einem bitteren Zug um den schon faltig werdenden Mund. Den Unterlagen nach war sie 54 Jahre alt, er hätte sie aber älter geschätzt. Ihre Stimme schnarrend, der Blick unstet und immer wieder streng aufflackernd, die Hände an der Tischkante aufeinandergelegt – sie entsprach fast schon schmerzhaft deutlich vielen Klischees einer alten Jungfer.

»Ich bin schon seit 36 Jahren im Betrieb«, erzählte sie unterdessen, »war schon die Sekretärin von Herrn Ramlinger senior, und sein Sohn hat mich gern übernommen. Ich bin, wenn ich das sagen darf, eine sehr gute Sekretärin.«

Ein Schatten huschte über ihr hageres Gesicht.

»Ich hoffe, dass das im Unternehmen auch weiterhin so gesehen wird.«

»Haben Sie da Bedenken?«, fragte Lindner eher aus der Gewohnheit heraus, dass gerade solche nebensächlich scheinenden Themen gelegentlich interessante Informationen erbrachten.

»Ja, die muss ich leider haben. Falls die Frau vom Chef nicht bald wieder in Freiheit kommt und die Firma übernehmen kann, steht ein zahlungskräftiger Konkurrent schon in den Startlöchern. Eine Möbelfabrik aus der Gegend von Mailand hat schon ein Auge auf unsere Produktion geworfen, und einige unserer leitenden Angestellten versprechen sich von einem Besitzerwechsel höher dotierte Verträge und vielleicht auch einen Schritt nach oben auf der Karriereleiter.«

»Könnte Frau Ramlinger den Betrieb denn leiten?«

»Nun, wie soll ich sagen …« Sie räusperte sich und wirkte plötzlich ein wenig verlegen. »Natürlich kann dem verstorbenen Chef keiner das Wasser reichen. Er war einfach der Beste für das Unternehmen. Und seine Frau ist immer nur an seiner Seite in Erscheinung getreten. Eine Geschäftsführerin im engeren Sinne wäre sie vermutlich nicht, aber sie müsste auch nicht viel mehr machen, als mit ihrem Namen für Kontinuität sorgen. Für das Tagesgeschäft haben wir gute Leute, das läuft alles. Doch es sieht halt schon besser aus, wenn jemand mit dem richtigen Namen an der Spitze des Betriebs steht – und notfalls eben auch mit dem privaten Vermögen einspringt, wenn es mal eng wird.«

»Ist es denn eng geworden zuletzt?«

»Nein, wo denken Sie hin! Aber wenn eine neue Produktlinie auf den Markt gebracht werden soll oder auch mal ein langjähriger Kunde abspringt, da kann es immer mal nötig sein, dass die Firmenleitung bei der Hausbank vorspricht und dort noch einmal deutlich macht, wie gut beide Seiten seit Jahrzehnten mit ihrer Geschäftsbeziehung fahren.«

»Musste Herr Ramlinger in den vergangenen Jahren also nie sein Privatvermögen einsetzen, um die Firma liquide zu halten?«

Romy Schreiner wand sich und trank etwas Kaffee, bevor sie antwortete.

»Einmal musste er schon ein wenig privates Geld zuschießen, das war vor vierzehn Jahren. Aber nach sechs oder sieben Monaten hatte er alles wieder zurückbekommen, und die kleine Krise war überstanden.«

»Noch einmal die Frage: Würden Sie Frau Ramlinger zutrauen, dass auch sie den Betrieb unbeschadet durch eine solche Krise bringen würde, sollte mal wieder eine auf das Unternehmen zukommen?«

»Ich hoffe es. Wobei ich natürlich vor allem hoffe, dass es nicht wieder zu einer Krise kommen wird. Im Moment stehen wir gut da. Und wie gesagt, ums Tagesgeschäft kümmern sich fähige Mitarbeiter, und für das Große und Ganze hätte sie ja mich – ich bin ja seit 36 Jahren im Betrieb, kenne das Unternehmen wie meine Westentasche und würde sie schon gut durch den Tag bringen.«

»Sie haben in den vielen Jahren als Sekretärin von Herrn Ramlinger sicher auch mitbekommen, wenn er mal mit jemandem Ärger hatte. Fällt Ihnen denn jemand ein, der ihm hätte schaden können, der ein Motiv gehabt hätte, ihn umzubringen?«

»Um Himmels willen, nein! Wer könnte denn einen Menschen so sehr hassen, dass er ihn ermorden will! Herr Ramlinger hatte einige Neider, manche Konkurrenten, dem einen oder anderen ist er schon auch mal mit harten Bandagen begegnet – aber ich hatte immer den Eindruck, dass da am Ende nicht Hass oder Feindschaft zurückblieben, sondern dass der jeweils andere eben einsehen musste, dass Herr Ramlinger ihm überlegen war.«

Roeder schaltete sich ein.

»Wir haben alle geschäftlichen Beziehungen, die unter diesem Gesichtspunkt interessant waren, geprüft und nirgendwo Anhaltspunkte gefunden, dass jemand aus diesem Bereich mit Ramlingers Tod zu tun gehabt haben könnte. Was du dazu in den Unterlagen gefunden hast, war alles, was in dieser Richtung irgendwie hätte infrage kommen können.«

»Gut«, sagte Lindner, obwohl es ihm nicht gefiel, dass ihm Roeder auf diese Weise dazwischengrätschte. Er verkniff sich aber jeden Kommentar und wandte sich wieder an die ältliche Sekretärin: »Und im Privatleben? Gab es da jemanden, der Herrn Ramlinger hätte den Tod wünschen können?«

»Wie gesagt: Frau Ramlinger können Sie von Ihrer Liste der Verdächtigen streichen – die wusste, was sie an ihrem Mann hatte. Auch ihre Eltern haben Herrn Ramlinger sicher sehr geschätzt, so eine gute Partie, nicht wahr? Und von sonstiger Verwandtschaft habe ich nichts mitbekommen – der Chef hatte da, soweit ich weiß, kein großes Interesse.«

Lindner hatte keine Lust, sie darüber aufzuklären, wie wenig zumindest Sonja Ramlingers Mutter von ihrem Schwiegersohn hielt, zumal das einstweilen wenig zur Sache tat.

»Wer könnte es denn Ihrer Meinung nach sonst gewesen sein?«, fragte er stattdessen. »Sie haben die jungen Frauen erwähnt, mit denen Ihr Chef … Verhältnisse unterhielt.«

»Da müssen Sie mir gegenüber nicht so drumherum reden – ich bin ja nicht von gestern, Herr Kommissar. Immer wieder hatte er eine Freundin. Aber das war nie was Ernstes, nur so nebenbei – auch wenn manche Geschichten über einen längeren Zeitraum liefen. Aber, wie gesagt, nie was Ernstes. Er war ja schließlich auch verheiratet.«

»Und das hat Sie nicht gestört?«

»Wie meinen Sie das?«

»Dass er seine Frau betrog, die Sie gerade so gelobt haben?«

»Das muss man doch trennen können! Frau Ramlinger kannte ihren Platz, und den konnte ihr auch nie eines der jungen Dinger streitig machen. Wissen Sie, Frau Ramlinger ist eine richtig feine Frau, sehr elegant, wenn es drauf ankam, und auch eine attraktive Erscheinung, wenn ich das sagen darf. Und diese anderen Frauen … das waren alles nur Bettgeschichten, verstehen Sie?«

»Aha …«, machte Lindner und versuchte, diese eigenwillige Sicht der Dinge zu verarbeiten. »Und … und haben Sie immer mitbekommen, wenn er sich wieder mit einer neuen Freundin traf?«

»Natürlich. Jemand musste ja die Tische in den Restaurants und die Hotelzimmer reservieren.«

»Das haben Sie gemacht?«

»Selbstverständlich. Als Sekretärin gehören auch solche Dinge zu meinem Job.«

»Okay …«

Lindner dachte nach, aber eine Namensliste von Ramlingers Freundinnen hatte er in den Unterlagen der Soko Schlat nicht gefunden. Um Roeder nicht bloßzustellen, sprach er ihn nicht darauf an, sondern fragte die Sekretärin: »Könnten Sie mir eine Liste mit den Namen und Adressen der Frauen zusammenstellen, mit denen Herr Ramlinger in den vergangenen Jahren zusammen war?«

»Nein«, sagte sie knapp.

»Und warum nicht?«

»Weil ich zwar alle Reservierungen für Herrn Ramlinger vorgenommen habe, aber nie direkt Kontakt mit den Damen aufgenommen habe. Da war er mir gegenüber diskret.«

Das Bemühen der Sekretärin darum, keine Details zu den Liebschaften ihres verehrten Chefs preiszugeben, war so offensichtlich, dass er sich wunderte, dass Roeder und die anderen Mitglieder der Soko Schlat an dieser Stelle nicht weiter nachgehakt hatten. Sie musste mehr wissen, als sie zugeben wollte – und deshalb zog Lindner nun die Daumenschrauben an und erhob ein wenig die Stimme.

»Wollen Sie mich auf den Arm nehmen, Frau Schreiner? Herr Ramlinger hatte über die Jahre zahlreiche Affären, Sie buchten für ihn und die jeweilige Dame Tische und Zimmer – und Sie wollen in keinem einzigen Fall einen direkten Kontakt mit einer dieser Frauen gehabt haben?«

Romy Schreiner presste ihre Lippen zusammen und schwieg.

»Ich weiß, dass mindestens zwei seiner Geliebten auch in dieser Firma arbeiteten – entweder waren sie schon vor Beginn der Affäre hier angestellt, oder sie bekamen kurz danach einen Posten verschafft.«

In der Sekretärin arbeitete es sichtlich, und sie starrte auf den Tisch vor sich. Roeder warf ihm einen überraschten Seitenblick zu, und Lindner gönnte sich ein flüchtiges Grinsen – diese Info, die ihm Sonja Ramlingers Anwalt gestern Abend im Hirschen anvertraut hatte, hatte er offenbar noch nicht. Romy Schreiner hatte nichts davon bemerkt. Sie nahm ihre Tasse auf und nippte am Kaffee, stellte die Tasse wieder ab und räusperte sich.

»Frau Schreiner«, nahm Lindner einen neuen Anlauf, diesmal mit einer fast schon schmeichelnden Stimme. »Ich weiß ja, dass

Sie Ihrem Chef über all die Jahre eine loyale Sekretärin waren. Ich glaube Ihnen auch, dass das für Sie immer ein sehr wichtiger Punkt war: Dass sich Ihr Chef blind darauf verlassen konnte, dass nichts, was er Ihnen unter vier Augen anvertraute, von Ihnen jemand anderem gegenüber ausgeplaudert wurde.«

Sie bedachte ihn mit einem dankbaren Blick, weil sie sich endlich verstanden fühlte, senkte den Kopf jedoch gleich wieder.

»Aber Ihr Chef ist tot, er wurde ermordet – und Sie sind überzeugt, dass seine Frau, seine Witwe zu Unrecht von der Polizei verdächtigt wird, ihn auf geradezu bestialische Weise mit unzähligen Messerstichen getötet zu haben. Wenn ich Sie vorhin richtig verstanden habe, halten Sie nicht viel von den ›jungen Dingern‹, mit denen sich Ihr Chef getroffen hat. Wäre es da nicht denkbar, dass die Polizei den Mörder im Umfeld einer dieser Frauen finden könnte? Dann wäre Ihre falsch verstandene Loyalität zu Ihrem toten Chef schuld daran, dass die Witwe von Herrn Ramlinger und damit – wenn aus Ihrer Sicht alles gut läuft – Ihre künftige Chefin unnötig lange im Gefängnis sitzt.«

Dass Sonja Ramlinger noch an diesem Samstag aus der U-Haft entlassen werden würde, ließ er jetzt einfach mal unerwähnt. Er wartete. Nach einer Weile zuckte Romy Schreiner mit ihren schmalen Schultern, aber sie sagte noch immer keinen Ton.

»Ich könnte mir das etwa so vorstellen«, fuhr er fort: »Eine dieser Frauen ist vielleicht selbst verheiratet oder hat einen Verehrer, einen Freund, was weiß ich – und als der erfährt, dass seine Traumfrau eine Affäre mit Ernst Ramlinger hat, brennen ihm die Sicherungen durch, er ruft ein paar Mal an oder kommt womöglich sogar vorbei, lauert Ihrem Chef vielleicht auch auf dem Heimweg auf. Die beiden streiten sich, sie gehen wütend auseinander, möglicherweise hat der Mann Ihren Chef bedroht. Eventuell will er ihm etwas antun, wenn er seine Freundin oder Verlobte oder Frau noch einmal anfasst. Und dann passiert genau das, der Mann schäumt vor Wut und rast vor Eifersucht, dringt in die Villa in Schlat ein und sticht solange völlig außer sich vor Zorn auf Ernst Ramlinger ein, bis der tot am Boden liegt.«

Die Sekretärin hatte den Kopf gehoben und schaute Lindner jetzt mit großen Augen an.

»Das ist nur eine Hypothese, und ich könnte mir den Ablauf auch auf einige andere Arten vorstellen – aber immer hängen wir davon ab, dass Sie, Frau Schreiner, sich wirklich loyal zur Familie Ramlinger verhalten und uns alles sagen, was Sie über die Frauen wissen, mit denen sich Herr Ramlinger eingelassen hat. Alles, was mit diesen Frauen zu tun hat – und außerdem alle Anrufe, die Ihnen als erfahrener Sekretärin eigenartig vorkamen, alle Besuche bei Ihrem Chef, die Ihnen ungewöhnlich erschienen oder die Sie mit einer von Herrn Ramlingers Freundinnen in Beziehung setzen können. Und sei es nur gerüchteweise oder dass Sie ›so ein Gefühl haben‹, dass es in irgendeiner Form damit zu tun haben könnte.«

Romy Schreiner schluckte, sie dachte nach.

»Eine routinierte Sekretärin wie Sie hat doch ein Gespür für so etwas«, raunte er dann noch. »Sie merken doch, wenn eine oder einer etwas im Schilde führt, das Ihrem Chef schaden könnte!«

Sie fühlte sich wirklich geschmeichelt, der Hauch eines Lächelns spielte um ihre faltigen Mundwinkel. Lindner überlegte fieberhaft, was er noch sagen konnte, ohne allzu dick aufzutragen und damit alles wieder zu verderben – aber vielleicht konnte man dieser Frau gegenüber gar nicht zu dick auftragen.

»Um es kurz zu machen, Frau Schreiner: Wir alle – die Kripo, die Staatsanwaltschaft, das LKA – wir alle sind aufgeschmissen, wenn wir nicht von Ihnen diese eine Information bekommen, die uns weiterhilft. Die uns dazu bringt, endlich die richtige Spur aufzunehmen, mit der wir Herrn Ramlingers Mörder dingfest machen und seiner unschuldigen Witwe zur verdienten Freiheit verhelfen können!«

Roeder wand sich, und auch Lindner mochte sich kaum zuhören. Aber die Sekretärin war offenbar zufrieden mit dem flammenden Appell. Sie öffnete den Mund, schloss ihn aber wieder, ohne etwas gesagt zu haben.

»Bitte!«, fügte Lindner deshalb noch hinzu, und er beugte sich dabei ein wenig über den Esstisch und sah ihr fast flehend in die Augen. Romy Schreiner räusperte sich erneut, dann knetete sie ihre Finger, und schließlich …

»Natürlich haben Sie recht, Herr Kommissar. Ich habe natürlich schon von der einen oder anderen Frau mitbekommen, wie sie heißt und wo sie wohnt.«

Lindner sagte nichts, nickte ihr aber ermunternd zu.

»Es waren aber wirklich nicht viele, von denen ich das weiß. Herr Ramlinger war wirklich sehr diskret, wenn es um diese Frauen ging – auch mir gegenüber. Aber wenn jemand bei uns arbeitete oder neu bei uns anfing, für den Herr Ramlinger sich interessierte … Da konnte er so heimlich tun, wie er wollte, das bekommt eine Sekretärin wie ich natürlich doch irgendwie mit.«

»Das hatte ich gehofft, Frau Schreiner. Bitte erzählen Sie weiter.«

»Ich kann Ihnen gern von drei der Frauen die Adresse raussuchen – es ist halt nur die damalige Anschrift. Die Geschichten liegen ja teils einige Jahre zurück, und ich weiß natürlich nicht, ob die Frauen umgezogen sind, nachdem sie aus unserer Firma ausgeschieden sind. Oder ob sie heute anders heißen, weil sie geheiratet haben.«

»Das ist kein Problem, Frau Schreiner, darum kümmern wir uns.«

»Die Daten habe ich aber natürlich nicht hier bei mir zu Hause. Das ist alles in der Firma, in der Personalabteilung.«

»Aber Sie haben ja sicher einen Schlüssel, und wir können vielleicht gleich jetzt zusammen hinfahren …?«

»Natürlich habe ich einen Schlüssel, aber zu den Daten der Personalabteilung habe nicht einmal ich einfach so Zugang. Sie wissen schon, Datenschutz.«

»Gut, dann holen wir jemanden aus der Personalabteilung dazu. Sie können uns sicher sagen, wo wir den Leiter der Abteilung erreichen können.«

»Natürlich, die Nummer unserer Personalchefin kann ich Ihnen gern geben.«

»Die Namen der Frauen können Sie uns vielleicht auch jetzt schon aus dem Gedächtnis sagen?«

»Das müsste gehen, ja. Wobei – von der allerersten Frau, mit der sich der Chef meines Wissens nach seiner Hochzeit mit Frau Ramlinger getroffen hat, kenne ich den Namen wirklich nicht. Ich habe für ihn mehrmals einen Tisch für zwei Personen in diversen Restaurants reserviert, tagsüber, meistens in einem kleinen Lokal in Cannstatt. Und …«

Sie räusperte sich.

»Und für die Zeit danach buchte ich für ihn ein Zimmer in einem Hotel um die Ecke. Damals war ich davon ziemlich schockiert – ich meine, er und Frau Ramlinger waren gerade mal ein Jahr verheiratet, als das mit dieser anderen losging. Ich habe aber natürlich nichts gesagt, und irgendwann habe ich mir das dann damit erklärt, dass der Chef so gerne Kinder gehabt hätte, dass seine Frau aber einfach nicht schwanger geworden ist. Sie haben ja bis heute keine Kinder. Was hat der Chef darunter gelitten!«

»Das hat er Ihnen erzählt?«

»Nein, aber als gute Sekretärin spürt man das. Wann immer eine Mitarbeiterin aufhörte oder pausierte, um sich eine Zeit lang ausschließlich um ihr Baby zu kümmern … Da stand der Chef manchmal ganz nachdenklich am Fenster. Mich hat's da jedesmal schier zerrissen, das kann ich Ihnen sagen!«

Lindner hatte keine Lust, sich die Rechtfertigungen einer verblendeten Sekretärin für einen notorisch untreuen Ehemann ausführlicher als unbedingt nötig anzuhören.

»Sie wollten uns Namen nennen, Frau Schreiner«, fiel er ihr ins Wort.

»Eine hieß Sabine Wieda, mit der war er zusammen, nachdem das mit der Frau, die er oft in Cannstatt ausgeführt hat, vorbei war. Sie war etwas älter als die anderen – er lernte sie kennen, als sie schon Anfang dreißig war. Mit ihr war Herr Ramlinger zusammen … warten Sie … Anfang oder Mitte der Neunziger.«

»Und welche Namen haben Sie noch für uns?

»Marlene hieß die Nächste, Marlene Fürbringer. Die war Anfang zwanzig, gewissermaßen die Nachfolgerin von Frau Wieda. Die kam den Chef ziemlich teuer zu stehen, wollte immer nur in die besten Restaurants ausgeführt werden – und da reichte auch ein normales Hotelzimmer nicht, das musste schon eine Suite sein. Manchmal habe ich für die beiden auch gleich zwei Nächte buchen müssen, damit die Dame noch etwas länger schick wohnen konnte, auch wenn der Chef nur einmal mit ihr dort übernachtete!«

Ihr Tonfall war ätzend geworden, und Lindner konnte sich gut vorstellen, wie gern sich Romy Schreiner an der Stelle einer dieser Frauen gesehen hätte.

»Aber was will man machen! Er war ganz vernarrt in diese Marlene ... Zeitweise hatte ich fast Bedenken, ob er für sie seine Ehe hinwirft, aber dazu ist es dann zum Glück nicht gekommen. Frau Fürbringer war übrigens meines Wissens die Einzige, die von sich aus Schluss gemacht hat, nach knapp drei Jahren. Der Chef war völlig am Boden zerstört, und kurz darauf hat er sich in die nächste Affäre gestürzt – da habe ich gestaunt, das kann ich Ihnen sagen!«

Lindner hatte sich alle Namen und die Infos notiert, die hilfreich sein konnten, den heutigen Aufenthalt der Frauen herauszufinden. Nun hielt er inne und schaute die Sekretärin an – mit einem Blick, der hoffentlich interessiert wirkte, während er eigentlich nur genervt war von dem Getue der alten Jungfer.

»Die war Mitte zwanzig und sehr hübsch, soweit hat das gepasst. Aber sie war ... wie soll ich sagen ... sie war ein richtig dummes Stück, auch ordinär – verzeihen Sie bitte, wenn ich da etwas direkter werde, aber ... Dass sich der Chef auf so eine eingelassen hat ...«

Sie schüttelte den Kopf, als könne sie es noch immer nicht fassen.

»Nun gut«, fügte sie dann schnippisch hinzu, »sie wird ihre Qualitäten gehabt haben! Und ihre Figur war auch etwas fraulicher als bei den anderen.«

Es wäre nicht nötig gewesen, aber Romy Schreiner hielt zur Verdeutlichung beide Hände ein ansehnliches Stück vor ihre flache Brust.

»Und diese Dame hieß ...?«, versuchte Lindner sie wieder zum eigentlichen Thema zu lotsen.«

»Doris hieß die, Doris Kelpp. Der Chef hat ihr damals einen Posten in der Buchhaltung verschafft, sie war wohl vorher arbeitslos gewesen. Die Kollegen in ihrer Abteilung haben aber nur die Augen verdreht, weil sie nichts verstanden und alles falsch angepackt hat. Sie wurde dann ins Lager versetzt, wo sie nicht mehr so viel Unheil anrichten konnte. Und nach eineinhalb, eindreiviertel Jahren war sie auch schon wieder weg.«

»Weil Herr Ramlinger mit ihr Schluss gemacht und sie dann auch gleich entlassen hat?«

»Also hören Sie mal!«, empörte sich Romy Schreiner. »Wie stellen Sie den Chef denn hin! Er hat keine dieser Frauen entlassen, die sind alle von sich aus gegangen!«

»Wie praktisch«, rutschte es Lindner heraus. Prompt zeigte der Gesichtsausdruck der ältlichen Sekretärin, dass sie nun eingeschnappt war.

»Ach, wissen Sie was, Herr Kommissar?«, versetzte sie schnippisch. »Ich muss Ihnen gar keine Namen mehr nennen! Rufen Sie doch die Personalchefin an und lassen Sie sich die damaligen Adressen dieser Damen geben!«

Sie stand auf und sah ungnädig auf ihre beiden Besucher hinunter.

»Und ich muss jetzt auch wieder ... wenn Sie also sonst nichts mehr haben, wäre ich gern wieder allein.«

Roeder machte ebenfalls Anstalten aufzustehen, aber Lindner blieb sitzen.

»Das können wir natürlich gern machen«, sagte er. »Aber stellen Sie sich nur das Aufsehen vor, das wir damit erregen! Wir rufen samstags die Personalchefin an, bitten sie um die Adressen von mehreren Frauen, die damals recht jung waren und kurz darauf die Firma verließen – ich könnte mir vorstellen, dass sich seit damals ohnehin schon der eine oder andere so seine Gedanken gemacht hat. Da protegiert der Chef eine offensichtlich unfähige Mitarbeiterin, hält sie sogar noch im Unternehmen, nachdem sie an ihrem ursprünglichen Posten nur Mist gebaut hat – das nährt sicher Gerüchte, die dem Ansehen Ihres toten Chefs nicht förderlich sind.«

Romy Schreiner war sichtlich verunsichert, sie gab sich aber alle Mühe, trotzdem ihre abweisende Miene beizubehalten.

»Außerdem sind das doch alles alte Geschichten«, fügte Lindner in versöhnlicherem Ton hinzu. »Glauben Sie wirklich, der Grund für Herrn Ramlingers Tod ist so weit in seiner Vergangenheit zu finden?«

Die Sekretärin dachte nach, und Roeder, der ihre Verunsicherung ebenfalls spürte, setzte sich wieder.

»Hatte er denn zuletzt keine Affären mehr?«

»Doch, er …«

»Na, sehen Sie, Frau Schreiner! Ich wusste doch, dass Ihnen auch das nicht entgangen ist. Und wenn Sie uns da jetzt noch Namen nennen können, können wir einstweilen den Spuren nachgehen, die sich daraus ergeben – und vielleicht ist es dann auch nicht mehr notwendig, die Personalabteilung zu bemühen. Und falls doch, lässt sich das werktags sicher mit weniger Aufhebens angehen als am Wochenende.«

Sie knetete ihre Finger, dann ließ sie sich langsam wieder auf ihren Platz sinken.

»Es gibt da eine junge Frau …«

»Ja?«

»Ein hübsches Ding mit langen blonden Haaren, das vor kurzem im Marketing angefangen hat. Denise Hohmeyer heißt sie, und …«

Sie rang mit sich.

»Über die junge Frau kann ich wirklich nichts Schlechtes sagen. Sie ist blitzgescheit, auch ihre Referenzen waren wohl erstklassig, und nach allem, was ich höre, ist sie ausgezeichnet in ihrem Job. Sie hat ihre Stelle bei uns am 1. August angetreten, kam schnell mit allen gut zurecht – und und schon kurz danach hat sie ein Konzept vorgestellt, das alle Kollegen und auch den Chef sehr beeindruckt hat. Mit ›kurz danach‹ meine ich übrigens nach ein paar Tagen. Am zweiten Freitag, nachdem sie bei uns angefangen hat, rief sie der Chef zu sich, damit sie ihm ihr Konzept noch einmal vorstellt. Mir war schon aufgefallen, dass er ihr ab und zu nachschaute, wenn sich die beiden zufällig im Flur begegneten – aber Denise Hohmeyer schien es nicht zu bemerken. Ohnehin habe ich, seitdem sie bei uns ist, nie gesehen, dass sie mit einem Vorgesetzten oder Kollegen geflirtet hätte – wie gesagt, eine sehr anständige und sympathische junge Frau. Als sie am Freitagnachmittag ihren Termin bei Herrn Ramlinger hatte, bin ich extra ein bisschen länger geblieben. Ich habe …«

Sie seufzte, bevor sie fortfuhr.

»Ich muss zugeben, ich habe drauf geachtet, dass ich immer wieder direkt neben der Tür zum Chefbüro zu tun hatte. Und ja, ich habe ein bisschen gelauscht. Aber die beiden haben sich tatsächlich die ganze Zeit nur über das Konzept unterhalten, es gab auch keine … keine Gesprächspausen wie früher ab und zu. Sie verstehen?«

Lindner nickte und fragte sich, warum die Sekretärin so ausführlich von dieser jungen Frau erzählte, wenn doch nichts vorgefallen war.

»Sie hatte noch zwei weitere Termine mit dem Chef, weil das Konzept recht komplex war und zügig umgesetzt werden sollte. Von der nächsten Besprechung – sie fand am Dienstag nach dem ersten Meeting statt und etwa eine halbe Stunde, nachdem ich nach Hause gegangen war – habe ich erst am Morgen danach erfahren. Ich war erst irritiert, weil es nicht oft vorkommt, dass der Chef solche Termine persönlich verabredet. Aber als Frau Hohmeyer und der Chef sich Mittwochmittag in der Kantine begegneten – was ich ganz zufällig beobachtet habe –, benahmen sie sich so unbefangen, dass am Nachmittag zuvor unmöglich etwas vorgefallen sein konnte.«

»Was meinen Sie mit ›vorgefallen‹? Hatten Sie denn damit gerechnet, dass Herr Ramlinger zudringlich geworden war?«

Sie schwieg und kaute auf ihrer Unterlippe.

»Hatten Sie damit gerechnet, weil das auch früher schon vorgekommen war?«

»Es …« Sie räusperte sich. »Es gab schon mal den einen oder anderen Fall, in dem die Initiative zu einer … zu einer Annäherung … nun ja … sehr deutlich vom Chef ausgegangen ist. Ich …«

»Frau Schreiner! Wenn Herr Ramlinger in den vergangenen Jahren Mitarbeiterinnen bedrängt hat, dann ist das kein Kavaliersdelikt – das ist Ihnen schon klar, oder?«

»Ach, so wie Sie das sagen, klingt das natürlich … Schauen Sie, Herr Ramlinger war eben ein Mann, der wusste, was er wollte, und …«

»Frau Schreiner!«

»Und er wurde auch nie wegen irgendetwas in dieser Richtung belangt oder auch nur bezichtigt! Und vergessen Sie bitte nicht: All diese Frauen waren – selbst wenn er sich ihnen aus eigener Initiative genähert hat – danach aus freien Stücken mit ihm zusammen. Manche ja auch über Jahre.«

Roeder und Lindner wechselten einen vielsagenden Blick.

»Vielleicht erzählen Sie lieber weiter von Frau Hohmeyer«, schlug Lindner vor. »Sie hatten also befürchtet, Herr Ramlinger könnte sie bedrängt haben – und kamen dann doch zu dem Eindruck, dass das nicht der Fall war. War das alles?«

»Leider nicht. Schon zwei Tage nach dem zweiten Treffen gab es ein drittes. Es war am Donnerstag, dem 16. August, am späten Nachmittag. Ich hatte Frau Hohmeyer für 16.30 Uhr zum Chef bestellt – ich weiß noch, dass sie fünf Minuten zu spät kam. Aber Herr Ramlinger, der sonst Unpünktlichkeit nicht besonders mochte, machte ihr keinen Vorwurf deswegen. Die beiden setzten sich in die Besprechungsecke, ich servierte Wasser, Kaffee und Kekse und zog mich dann in mein Büro zurück. Soweit ich es aufschnappen konnte, ging es wieder ausschließlich um das

Konzept von Frau Hohmeyer, und weil ich an diesem Tag noch dringende Besorgungen zu machen hatte, klopfte ich gegen siebzehn Uhr, öffnete die Tür und fragte den Chef, ob ich jetzt Feierabend machen könne.«

Lindner hörte gespannt zu.

»Die beiden saßen sich am Besprechungstisch gegenüber, beide hatten noch Kaffee in ihren Tassen, und der Chef machte sich gerade Notizen zum Konzept. Frau Hohmeyer wirkte ganz entspannt und schien sich zu freuen, dass der Chef ihre Arbeit so schätzte. Also verabschiedete ich mich und schloss die Tür hinter mir.«

Romy Schreiner verstummte und sah vor sich auf den Tisch. Sie hatte wieder damit begonnen, ihre Finger zu kneten.

»Und was ist dann passiert, Frau Schreiner?«, fragte Lindner, als ihm die Pause zu lang wurde.

»Das weiß ich nicht, ich war ja nicht mehr da an diesem Tag.«

»Und warum –«, brauste Lindner ein wenig auf, weil er sich ärgerte, dass sie sich diese ganze ausschweifende Geschichte hatten anhören müssen – die sich nun womöglich in der Andeutung eines Verdachts erschöpfte.

»Am nächsten Morgen fiel mir auf, dass Herr Ramlinger etwas verkatert war. Er musste in der Nacht zuvor zu viel getrunken und zu wenig geschlafen haben. Und gleich um acht Uhr morgens klingelte das Telefon. Die Rufnummer war unterdrückt, und eine Männerstimme, die ich nicht kannte, verlangte in ziemlich rüdem Ton den Chef zu sprechen. Dem hatte ich aber gerade erst ein Glas Wasser und eine Kopfschmerztablette gebracht – vor Ablauf einer halben Stunde hätte ich ohnehin niemanden zu ihm durchgestellt. Außerdem war der Anrufer ziemlich unverschämt. Er pampte mich förmlich an, da habe ich aufgelegt – so lasse ich nicht mit mir reden!«

»Fällt Ihnen zu der Stimme etwas ein?«

»Sie klang jung, sonst fiel mir kein besonderes Merkmal auf. Wie gesagt, gekannt habe ich den Anrufer nicht.«

»Und dann?«

»Innerhalb der nächsten Stunde rief der Mann noch weitere vier Mal an, jedesmal im selben wütenden Tonfall, jedesmal ohne seinen Namen zu nennen, nach dem ich ihn natürlich gefragt habe. Also habe ich ihn auch nicht durchgestellt – und gegen neun Uhr war dann Ruhe. Zunächst ...«

Sie ließ wieder eine kleine Pause, Lindner musste sich sehr beherrschen, sie nicht zu drängen.

»Kurz nach halb zehn wurde dann die Tür zum Sekretariat aufgestoßen, ach, was sage ich! Die Tür knallte nur so gegen die Wand! Ein Mann von etwa Anfang zwanzig stürmte mit wutverzerrtem Gesicht ins Zimmer, sah nur ganz kurz zu mir hin und hatte dann auch schon die Klinke der Tür zum Chefbüro in der Hand. Ich konnte noch aufspringen, aber da war er auch schon drin beim Chef – aufhalten können hätte ich den Mann ohnehin nicht: Das war ein durchtrainierter Muskelprotz, dem es schier das Hemd über den Oberarmen zerriss. Der also rein ins Büro vom Chef, Herr Ramlinger stand grad am Fenster, und dann hat er ihn an den Schultern gepackt und herumgewirbelt, als wär das gar nichts! Wissen Sie, Herr Ramlinger war ein stattlicher –«

»Das sagten Sie schon. Und wie ging's weiter?«

»Ich stand in der offenen Tür und wusste gar nicht, was ich machen sollte. Man fühlt sich da so wehrlos, wenn man wie ich nicht besonders sportlich ist und dann körperlicher Gewalt gegenübersteht. Eigentlich hätte ich sofort übers Telefon den Werkschutz rufen müssen, aber ich stand da wie angewurzelt und sah nur zu. Der junge Mann hat den Chef am Kragen gepackt, ihn gegen die Wand gedrängt und dabei wie von Sinnen auf ihn eingeschimpft. Alles habe ich nicht verstanden, aber aus den Drohungen, die er ausgestoßen hat, konnte ich mir zusammenreimen, dass Herr Ramlinger am Abend zuvor wohl versucht hatte, sich Denise Hohmeyer zu nähern.«

»Was für Drohungen waren das?«

»Dass er ihn davor warne, Frau Hohmeyer noch einmal zu bedrängen, sonst würde er es bereuen. Dann hat er ihn noch einmal gegen die Wand geschubst, hat ihm mit dem Zeigefinger ein paar Mal auf den Brustkorb getippt und hat gesagt, dass der Chef auch gefälligst darauf verzichten soll, Frau Hohmeyer zu entlassen oder sie im Job zu drangsalieren. Er hat das natürlich in weniger schönen Worten ausgedrückt, aber sinngemäß hat er es so gesagt. Außerdem hat er erwähnt, dass er Frau Hohmeyers Bruder sei.«

»Ach, ihr Bruder? Können Sie sich an den Wortlaut der Drohungen noch erinnern?«

»Ungern ...«

»Bitte, Frau Schreiner!«

»Er hat den Chef ein widerliches Schwein genannt, ein ...« Sie schluckte. »... ein notgeiles Ekel und ... wenn er seine Drecksfinger in Zukunft nicht von Denise Hohmeyer lassen würde, dann würde er ihn abstechen.«

***

Sonja Ramlinger hatte sich kaum von Karin Kelpp verabschieden können, so schnell ging es auf einmal. Vor dem Tor der JVA Schwäbisch Gmünd wartete der silbergraue Mercedes ihres Anwalts, und sie machte noch vorsichtig die ersten Schritte in den sonnigen Oktobertag hinaus, als er schon ausstieg und ihr entgegenkam.

»Was ist eigentlich los?«, fragte sie ihn, kaum dass er sie erreicht hatte. »Wieso werde ich entlassen?«

»Die Staatsanwaltschaft hält es für möglich, dass Sie ein falsches Geständnis abgelegt haben, außerdem besteht in Ihrem Fall auch offensichtlich keine Fluchtgefahr, also kann sie Sie nicht länger in U-Haft halten.«

»Haben Sie das gedeichselt?«

»Nein, das war ja nicht mein Auftrag. Mir gegenüber haben Sie immer betont, dass Ihr Geständnis der Wahrheit entspricht und dass ich es auch nicht anfechten soll.«

»Warum bin ich dann draußen?«

»Ich habe Ihnen von dem LKA-Beamten erzählt, diesem Kommissar Lindner, der mit Ihnen reden wollte – und der geht

Spuren nach, die möglicherweise zu einem anderen Täter führen. In solchen Fällen wird die Staatsanwaltschaft von sich aus aktiv, wir leben schließlich in einem Rechtsstaat.«

Sie hatten inzwischen den Wagen erreicht, waren eingestiegen, und Ferstner hatte den Motor gestartet.

»Und was jetzt?«, fragte sie und schaute etwas ratlos nach draußen.

»Sie sind nicht mehr im Gefängnis, und Sie können gehen, wohin Sie wollen. Na ja, solange Sie die nähere Umgegend nicht verlassen. In diesem Fall würde ich Ihnen raten, mir das vorher zu sagen. Ich klär das dann für Sie.«

»Gut, dann ... dann möchte ich jetzt gern nach Hause. Fahren Sie mich?«

»Natürlich fahre ich Sie. Aber wollen Sie wirklich schon wieder nach Schlat?«

»Ja, wieso nicht? Ist denn die Villa noch nicht wieder freigegeben von der Polizei?«

»Doch, längst – aber nach all dem, was dort vorgefallen ist, könnte ich mir vorstellen ...«

Sonja Ramlinger erschauderte kurz, aber dann zuckte sie mit den Schultern.

»Hilft ja nichts, irgendwann muss ich ohnehin ...«

»Wenn Sie mögen, kann ich Sie auch für ein paar Tage anderswo unterbringen. Meine Kanzlei unterhält ein schön gelegenes Gästehaus bei Manolzweiler, einem kleinen Ort auf dem Schurwald. Das haben wir vor gut einem Jahr günstig kaufen können – zumindest für heutige Verhältnisse –, als klar war, dass dort ganz in der Nähe drei Windräder aufgestellt werden.«

Sie sah ihn verwundert an, er lachte.

»Keine Sorge, die werden Sie nicht stören. Aus dem Gästehaus geht der Blick in die andere Richtung, und im Dorf gibt es ein sehr gutes Gasthaus, in dem ich es mir selbst gern schmecken lasse.«

»Danke für das Angebot, aber ich glaube, ich will erst mal lieber nach Schlat. Wenn es Ihnen nichts ausmacht, würde ich

Sie bitten, mich in die Villa zu begleiten – dann schauen wir, ob ich mit allem zurechtkomme. Falls ich mich dort dann doch nicht wohlfühle, schau ich mir Ihr Gästehaus gern mal an. In Ordnung?«

»Selbstverständlich, ganz wie Sie möchten. Mir ist einfach wichtig, dass es Ihnen gut geht.«

Er fuhr los. Über die Freisprecheinrichtung ließ er sich von seinem Handy ansagen, ob er noch Termine hatte. Demnach stand nur ein einziger an, ein Treffen mit Jupp Schreber – dass Schreber als Privatermittler für ihn arbeitete, war im Terminkalender natürlich nicht hinterlegt. Er befahl dem Handy, Schrebers Nummer zu wählen, und während sie nach Straßdorf hinauffuhren, meldete sich der Detektiv. Er klang müde.

»Herr Schreber, könnten wir unseren heutigen Termin bitte verschieben? Ich werde hier noch ein wenig aufgehalten, vielleicht treffen wir uns stattdessen am Montag – würde Ihnen der ganz frühe Vormittag passen?«

»Ich könnte mir den Montagvormittag zwar einrichten, aber ich habe dringende Neuigkeiten für Sie. Eigentlich hätte ich Ihnen die lieber schon gestern Abend durchgegeben, aber da wir uns ja nachher treffen wollten …«

Es entstand eine kleine Pause, dann fuhr Schreber fort: »Sind Sie allein im Wagen?«

»Nein, warum fragen Sie?«

»Ich sollte allein mit Ihnen reden können.«

»Verstehe. Warten Sie bitte kurz, ich rufe gleich noch einmal an.«

Damit beendete er das Gespräch. In Straßdorf fuhr er an der ersten passenden Stelle rechts ran.

»Entschuldigen Sie mich bitte kurz, Frau Ramlinger? Herr Schreber hat einen Hang zur Dramatik, er will unbedingt allein mit mir sprechen.«

Er lächelte sie an, nahm das Handy aus der Halterung und drückte die Fahrertür auf.

»Bin gleich wieder da.«

Er schloss die Tür hinter sich. Ein paar Schritte vom Wagen entfernt, rief er Schreber erneut an.

»Haben Sie Frau Ramlinger im Wagen?«, fragte der Detektiv ohne Umschweife.

»Ja. Gewusst oder geraten?«

»Gewusst, natürlich, Herr Dr. Ferstner«, sagte der Detektiv und lachte rau. »Wo bringen Sie sie hin?«

»Sie will erst mal in die Villa, dann schauen wir weiter. Was haben Sie denn so Dringendes?«

»Ich bin ja, wie Sie wissen, der Meinung, dass Ihre Mandantin sehr wohl von den Seitensprüngen ihres Mannes weiß.«

»Ja, ich weiß.«

»Ich kann es jetzt beweisen.«

Ferstner dachte nach. In seinem Wagen saß die Witwe eines Mordopfers. Sie hatte den Mord an ihrem Mann gestanden, hatte dafür in U-Haft gesessen und war nun freigekommen, weil alles möglicherweise auch ganz anders gewesen sein konnte. Sollte sie wirklich von der Untreue ihres Mannes gewusst haben, hätte sie ein Motiv mehr gehabt, ihn umzubringen – und dass sie dieses Wissen ihrem Anwalt gegenüber vehement abgestritten hatte, ergab nun noch weniger Sinn als zuvor. Er traf eine Entscheidung, und er teilte sie Schreber auch sofort mit. Dann kehrte er in seinen Wagen zurück.

»Können wir einen kleinen Umweg fahren? Ich müsste dringend noch einmal in die Kanzlei.«

Sonja Ramlinger sah ihn fragend an.

»Dauert nicht lange«, versprach er ihr, und schließlich war sie einverstanden. Von unterwegs beorderte Ferstner seinen Assistenten ins Büro, und als er den Mercedes auf dem reservierten Parkplatz direkt neben dem Eingang der Kanzlei einparkte, stand auf der asphaltierten Fläche vor dem modernen Bürogebäude schon ein weiteres Auto: der betagte Kombi von Jupp Schreber.

Ferstner führte Sonja in sein Büro. In der Besprechungsecke erwarteten sie Ferstners persönlicher Assistent und ein sportlich, aber etwas verlebt wirkender Mann Anfang sechzig. Der Assistent sprang auf, noch bevor die beiden das Zimmer betreten hatten, bot ihnen Plätze an und sorgte anschließend dafür, dass alle ausreichend mit Mineralwasser und Kaffee versorgt waren. Der andere, den Sonja Ramlinger noch nie gesehen hatte, erhob sich nur kurz zur Begrüßung und wurde von Ferstner als jener Jupp Schreber vorgestellt, der vorhin mit ihm telefoniert hatte. Dann fläzte sich Schreber wieder auf seinen Platz.

Vor Ferstner lag eine dünne Aktenmappe auf dem Tisch. Der Anwalt klappte den Deckel auf und überflog nach und nach die Blätter, die darin lagen. Dann nickte er Schreber zu, murmelte ein »Danke« und fixierte seine Mandantin mit forschendem Blick.

»Herr Schreber war so freundlich, einige Erkundigungen für mich einzuziehen, die Ihre Angelegenheit betreffen. Aus dem, was er bisher für mich herausfand, und dem, was Sie mir gegenüber aussagten, ergab sich für mich ein halbwegs schlüssiges Bild. Nun ist er an weitere Informationen gekommen – und nun passt vieles nicht mehr so richtig zusammen. Nun bräuchte ich Ihre Hilfe, Frau Ramlinger. Deshalb sind wir hier.«

Sie sah sich verwundert um.

»Ich weiß nicht recht, was das hier soll«, sagte sie, leicht gereizt. »Erst werde ich aus dem Gefängnis entlassen, obwohl ich den Mord an meinem Mann gestanden habe – und dann sitze ich in Ihrem Büro wie zu einem Verhör, obwohl Sie mich eigentlich nach Hause bringen wollten. Ich bin mir nicht sicher, ob mir das gefällt. Vor allem nicht, wenn ich an das Honorar denke, das Sie mir für Ihre Dienste berechnen.«

Ferstner lächelte dünn und hob abwehrend die Hände.

»Es wird nicht lange dauern, Frau Ramlinger, und es wird letztlich zu Ihrem Besten sein. Schließlich bin ich Ihr Anwalt.«

»Dann schießen Sie schon los mit Ihren Fragen, damit wir hier zu einem Ende kommen.«

»Es geht um Ihre Ehe, Frau Ramlinger. Leiden Sie noch unter der Tatsache, dass Sie und Ihr Mann nie Kinder bekamen?«

»Was soll das jetzt?«, empörte sie sich, aber Ferstner blieb ruhig und wartete auf ihre Antwort. Schließlich zuckte sie mit den Schultern. »Manchmal tut es mir noch weh. Mal mehr, mal weniger. Aber jetzt ist es nicht mehr zu ändern.«

»Ihr Mann scheint auch darunter gelitten zu haben. Er ist fremdgegangen – glauben Sie, dass Ihre Kinderlosigkeit ein Grund dafür gewesen sein könnte?«

Sonja Ramlinger sprang auf, ballte ihre Fäuste und funkelte ihren Anwalt zornig an.

»Sagen Sie mal, sind Sie noch ganz dicht? Wie kommen Sie dazu, mir solche unverschämten Fragen zu stellen?«

»Weil ich stinksauer bin«, erwiderte Ferstner, nun auch mit leicht erhobener Stimme.

»So? Sie sind sauer? Was geht mich das an? Und vor allem: Was haben solche Themen in einer Runde wie dieser zu suchen – mit Ihrem Assistenten und diesem ominösen Herrn Schreber?«

»Ob mein Assistent anwesend oder nicht, muss Sie nicht kümmern – er ist Teil meines Teams und damit automatisch in all Ihre Angelegenheiten involviert, soweit meine Kanzlei mit ihnen zu tun hat. Und Herr Schreber weiß ohnehin schon alles, was hier zur Sprache kommt: Er hat es selbst recherchiert, wie ich eingangs schon sagte.«

»Mir egal – ich habe keine Lust, mir weiterhin solche Unverschämtheiten gefallen zu lassen!«

»Gut, Frau Ramlinger«, sagte Ferstner, nun wieder die Ruhe selbst, und erhob sich. »Das ist Ihre Entscheidung. In diesem Fall lege ich hiermit mein Mandat mit sofortiger Wirkung nieder. Mein Assistent fährt Sie, wohin Sie wollen. Oder ich rufe Ihnen ein Taxi, wenn Ihnen das lieber ist.«

Er gab ihr die Hand, ging zur Tür und zog sie auf.

»Wie jetzt? Sie werfen mich raus? Geht's noch? Sie sind mein Anwalt, verdammt noch mal!«

»Sie machen reinen Tisch, Frau Ramlinger, oder ich bin nicht länger Ihr Anwalt.«

Ihr wurde klar, dass Ferstner meinte, was er sagte. Sie setzte sich wieder und starrte eine Weile stumm vor sich auf den Tisch. Ferstner blieb an der Tür stehen, die Klinke in der Hand. Nach mehreren Minuten hob Sonja Ramlinger ihren Blick, schaute zu Ferstner hinüber und ließ schließlich die Schultern sinken.

»Jetzt kommen Sie schon an den Tisch zurück, ich sag Ihnen ja alles.«

Der Anwalt drückte die Tür zu, kam ohne Eile zum Tisch und nahm seinen Platz wieder ein.

»Aber wozu soll es gut sein, mir so intime Fragen zu stellen?«

»Sie haben gestanden, Ihren Mann erstochen zu haben. Etwas viel Intimeres gibt es meiner Meinung nach nicht.«

»Meinetwegen, also ... was wollten Sie wegen der Affären meines Mannes wissen?«

Ferstner blinzelte und warf Schreber einen kurzen Seitenblick zu. Der nickte nur.

»Manchmal bin ich nicht besonders froh darüber, wenn ein Trick funktioniert hat«, sagte Ferstner, und er klang wirklich ein wenig traurig. »Ich wollte Sie mit meiner vorigen Frage vor allem provozieren, was ja geklappt hat. Und jetzt haben Sie mir ungewollt bestätigt, was ich lange nicht wahrhaben wollte.«

»Was meinen Sie denn jetzt schon wieder?«

»Sie haben gerade von den Affären Ihres Mannes gesprochen – und zwar auf eine Weise, die nahelegt, dass Sie von diesen Affären wussten. Bisher haben Sie mir gegenüber immer abgestritten, dass sie davon Kenntnis hatten. Ja, Sie hatten mir sogar stets widersprochen, wenn ich sagte, dass Ihr Mann Ihnen nicht treu gewesen war.«

Sonja Ramlinger schnaubte.

»Und?«

»Ich bin nicht Ihr Anwalt, damit Sie mich anlügen!«, herrschte er sie an. »Und bitte erklären Sie mir endlich, was ich ums Verrecken nicht verstehe: Sie gestehen, Ihren Mann erstochen zu haben – und ich schlage Ihnen vor, dass wir auf Totschlag in einem minder schweren Fall plädieren. Sie stimmen zu, aber mit Details dazu, womit Ihr Mann Sie zur Weißglut gebracht oder gedemütigt oder sonstwie in Rage versetzt haben könnte, bevor Sie zustachen, können Sie mir nicht dienen. Auch als ich Sie konkret darauf anspreche, dass Ihr Mann mehrere Affären hatte, tun Sie so, als würden Sie nichts davon wissen – obwohl es mir die Argumentation deutlich erleichtert hätte, wenn ich ein Gefühl wie rasende Eifersucht hätte ins Feld führen können. Wie passt das zusammen?«

»Als Sie mich auf die Untreue meines Mannes ansprachen, wusste ich noch nichts von seinen Seitensprüngen. Inzwischen weiß ich da mehr.«

Ferstner nickte, nahm ein Blatt aus dem Aktendeckel, drehte es um und schob es ihr hin.

»Was ist das?«, fragte sie ohne hinzusehen.

»Das ist eine Liste mit Namen von Frauen, mit denen Ihr Mann ein Verhältnis hatte, Die Liste ist sehr wahrscheinlich nicht vollständig. Einen Teil davon hat Herr Schreber von dieser Frau erfahren.«

Der Anwalt holte ein Foto aus der Mappe und legte es neben die Liste. Darauf war eine breitschultrige, muskulöse Frau zu sehen, die gerade aus einem Ladengeschäft auf den Gehweg trat. Die Schrift auf dem Schaufenster und die Auslagen deuteten auf eine Bäckerei hin.

»Warum haben Sie Karin fotografiert?«, fragte Sonja Ramlinger.

Ferstner deutete auf Schreber, der setzte sich etwas aufrechter hin.

»Ich habe Frau Kelpp beobachtet. Sie hat mir Informationen über Frauen gegeben, mit denen Ihr Mann Affären hatte. Informationen, die sie in Ihrem Auftrag gesammelt hat.«

»Und warum«, ergriff Ferstner das Wort wieder, »sollten Sie diese Frau mit einem solchen Auftrag betrauen, wenn Sie doch angeblich gar nichts davon wussten, dass Ihr Mann mehrere Geliebte hatte?«

»Das ist doch absurd! Ich habe Karin keinen Auftrag erteilt! Sie hat mich in der JVA vor einigen inhaftierten Frauen beschützt, die mich angreifen wollten, dafür war ich ihr dankbar – mehr war da nicht!«

Ferstner schob ihr das nächste Blatt hin. Sie überflog die von Karin Kelpp unterzeichnete Bestätigung, dass sie ihre Recherchen im Auftrag von Sonja Ramlinger angestellt habe.

»Aber das ist ja …!«

Sie lief puterrot an.

»Wieso unterschreibt Karin so etwas? Das ist doch glatt gelogen!«

Sie wandte sich an Schreber.

»Ist das auf Ihrem Mist gewachsen?«

»Ich hab die Bestätigung aufgesetzt, ja – aber unterschrieben hat Frau Kelpp, übrigens nachdem sie sie sich in Ruhe durchgelesen hat. Und das hätte sie ja wohl nicht getan, wenn sie keinen Auftrag von Ihnen gehabt hätte.«

»Ich habe keine Ahnung, warum sie das unterschrieben hat – von mir hat sie jedenfalls nie einen Auftrag bekommen, welcher Art auch immer. Sie hat mir Informationen über Geliebte meines Mannes gegeben, eigentlich waren es eher Andeutungen, und ich hatte sie zwischenzeitlich im Verdacht, dass jemand von außerhalb des Gefängnisses sie auf mich angesetzt haben könnte.«

Sie unterbrach sich, sah Ferstner an.

»Waren Sie das? Haben Sie Karin auf mich angesetzt? Oder haben Sie ihr die Infos zugesteckt, die sie mir weitergegeben hat?«

»Nein«, sagte der Anwalt.

Schreber schwieg, aber ihn hatte Sonja Ramlinger ja auch nicht gefragt.

»Sie bleiben also dabei, dass Sie Frau Kelpp nicht beauftragt haben?«, fragte Ferstner noch einmal.

»Ja.«

»Gesetzt den Fall, Sie sagen jetzt die Wahrheit – welchen anderen Grund könnte Frau Kelpp denn haben, sich für die früheren Geliebten Ihres Mannes zu interessieren?«

»Sie deutete mal an, dass auch eine Freundin von ihr mal was mit meinem Mann hatte. Die Freundin lebt wohl nicht mehr, und Karin Kelpp macht meinen Mann für ihren Tod verantwortlich.«

»Was genau wirft sie ihm vor?«

»Da ist sie nicht konkret worden, aber mein Mann soll wohl eher indirekt für ihren Tod verantwortlich sein. So habe ich sie jedenfalls verstanden.«

Sonja Ramlinger zog die Namensliste zu sich her und sah sie sich genauer an. Es gab sechs Einträge, einige mit Jahreszahlen versehen, andere nicht. Sie ging die Liste langsam durch und begann dann noch einmal von vorn zu lesen.

»Sind das … sind das alle?«, fragte sie schließlich, als sie zum zweiten Mal mit der Liste durch war.

»Ich fürchte: nein«, sagte Schreber.

»Die Jahreszahlen, die neben den Namen stehen …«

»… bedeuten Beginn und Ende der jeweiligen Beziehung. Das habe ich nicht für alle Frauen in Erfahrung bringen können.«

»Und hier steht ein Fragezeichen und dazu die Jahreszahlen 1991/1992 …«

»Von dieser Dame kenne ich den Namen nicht.«

»Und mit der hatte er schon im Jahr nach unserer Hochzeit eine Affäre?«

Schreber zuckte mit den Schultern. Sonja Ramlinger schluckte und sah dann an allen Anwesenden vorbei aus dem Fenster.

»Herr Schreber«, meldete sich Ferstner wieder zu Wort. »Haben Sie denn schon etwas zu Frau Kelpp herausgefunden?«

»Nicht viel. Sie sitzt, wie Sie wissen, in der JVA Schwäbisch Gmünd, führt sich dort gut und hat gute Aussichten, bald vorzeitig entlassen zu werden.«

»Was halten Sie von der Geschichte, dass sich Frau Kelpp wegen ›einer Freundin‹ so sehr für Herrn Ramlinger und seine Vergangenheit interessiert?«

»Das ist Quatsch, würde ich sagen. Vielleicht hatte sie selbst mal was mit ihm?«

»Nein, hatte sie nicht«, widersprach Sonja Ramlinger. »Mir hat sie gesagt, dass sie meinen Mann nicht persönlich kennt.«

»Falls das stimmt, würde ich eher auf eine Schwester von ihr als auf eine Freundin tippen«, sagte Schreber. »Frau Kelpp trägt noch ihren Geburtsnamen, Herr Ramlinger traf sich in der Regel mit unverheirateten Frauen, aber auf meiner Liste steht keine Frau Kelpp.«

»Vielleicht war sie die Erste, mit der sich mein Mann einließ?«, schlug Sonja Ramlinger vor. »Das Fragezeichen ganz oben auf der Liste?«

»Ja – oder ihre Affäre mit Ihrem Mann passt in eine der zeitlichen Lücken auf dieser Liste.«

Sonja Ramlinger unterhielt sich ganz sachlich über das ehemals geheime Doppelleben ihres toten Mannes, aber Ferstner merkte ihr an, dass sie das einige Beherrschung kostete. Trotzdem musste er ihr noch eines zumuten – in der Hoffnung, dass sie das so weit aufwühlen würde, dass sie ihr womöglich falsches Geständnis widerrief.

»Darf ich noch einmal auf den unerfüllten Kinderwunsch von Ihnen und Ihrem Mann zurückkommen?«

»Meinetwegen, darauf kommt es nun auch nicht mehr an. Aber was wollen Sie denn damit bezwecken?«

»Nur mal angenommen, Ihr Geständnis wäre so falsch, wie es dieser LKA-Kommissar für möglich hält ...«

»Ich ...«, brauste sie auf, aber Ferstner brachte sie mit einer knappen Geste zum Schweigen und sprach weiter.

»Wie gesagt: nur mal angenommen ... Dann wäre die Frage, warum Sie eine Tat gestehen, die Sie nicht begangen haben. Mir kommt da nur ein Grund in den Sinn: Sie wissen, wer es wirklich war – und wollen diese Person schützen.«

»Nein, ich will niemanden schützen!«

»Gut. Ich habe mich nämlich schon gefragt, wer das sein könnte. Sie haben keine Kinder. Bliebe einer der Männer, mit denen Sie in den vergangenen Jahren eine Beziehung hatten.«

Ferstner hielt kurz inne und musterte seine Mandantin.

»Hat eine dieser Beziehungen noch Bestand?«, fragte er dann.

»Nein. Und ich würde das auch nicht Beziehungen nennen. Mein Mann zeigte sich schon wenige Monate nach unserer Hochzeit nicht mehr besonders an Sex interessiert ...« Sie lachte bitter. »Offenbar nur mir gegenüber, wie ich inzwischen weiß. Mir fehlte die körperliche Nähe dagegen sehr, und deswegen habe ich ihn gelegentlich betrogen. Das war aber in der Regel nichts Festes, es ging wirklich nur um Sex. Und wenn ich den Eindruck hatte, dass es mehr werden könnte, habe ich Schluss gemacht. Mir wäre das sonst zu kompliziert geworden. Also nein, es hat keine Beziehung mit einem anderen Mann Bestand.«

»Hatten Sie noch einen … Freund, als Ihr Mann starb?«

»Nichts Festes. Es gab in den Monaten vor seinem Tod nur sporadische Treffen, mal mit dem einen, mal mit dem anderen.«

»Keinen dieser Männer würden Sie mit einem falschen Geständnis schützen wollen?«

»Nein, sicher nicht.«

»Gut. Denn Sie müssen wissen, dass Sie – wenn Sie freiwillig unschuldig für einen Mord büßen, den Sie nicht begangen haben – in gewisser Weise den Weg für andere freimachen.«

»Für andere? Wie meinen Sie das?«

»Wer, glauben Sie, erbt das Vermögen Ihres Mannes, wenn Sie als seine Mörderin ins Gefängnis gehen?«

»Keine Ahnung. Und das ist mir, ehrlich gesagt, auch egal. Ich bin vor meiner Hochzeit ohne viel Geld ausgekommen, und das werde ich nach meiner Zeit im Gefängnis wohl auch wieder schaffen. Da hängt mein Herz nicht dran.«

»Aber vielleicht wäre es Ihnen nicht egal, wer das Erbe antritt.«

»Worauf wollen Sie hinaus?«

»Herrn Schrebers Nachforschungen zufolge haben mindestens zwei der Frauen, mit denen Ihr Mann ein Verhältnis hatte, Kinder. Und deren Alter würde zu dem Zeitraum passen, in dem ihre Mutter mit Ihrem Mann zusammen war.«

Sonja Ramlinger nickte und wirkte nun viel nachdenklicher als zuvor.

»Haben Sie das schon gewusst?«, fragte Ferstner, überrascht von ihrer Reaktion.

»Ich weiß es, aber noch nicht lange.«

Ferstner beobachtete sie ruhig. Aufkeimende Wut zeichnete sich auf ihrem Gesicht ab.

»Seine Flittchen schwängert er, und wir wollen Kinder und haben keine!«

Sie beruhigte sich wieder etwas, nun schienen ihr Tränen in die Augen zu steigen.

»Wissen Sie, ob diese Kinder wirklich von meinem Mann sind?«, fragte sie bang.

Ferstner zuckte mit den Schultern.

»Seit ich erfahren habe, dass es diese Möglichkeit gibt, lässt mir der Gedanke daran keine Ruhe mehr.«

»Das kann ich gut verstehen. Vor allem, da Sie sich selbst ebenfalls Kinder gewünscht haben. Aber Sie sollten auch nicht das Vermögen außer acht lassen, dass Ihr Mann hinterlässt.«

»Wie gesagt, mir ist das Geld nicht das Wichtigste. Außerdem könnte ich mir gut vorstellen, dass diese Kinder – falls sie von meinem Mann sind – gar nicht wissen, wer ihr leiblicher Vater ist«, wandte sie ein. »Wenn ihre Mutter sie ihrem damaligen Freund und heutigen Ehemann untergeschoben hat und nun natürlich alles daran setzen würde, dass das nach so langer Zeit nicht doch noch herauskommt?«

»Das Vermögen Ihres Mannes ist beträchtlich. Wer weiß, vielleicht wägt eine der Frauen das Geld und den möglichen Ärger gegeneinander ab – und entscheidet sich dafür, ihrem Kind ein stattliches Erbe zu verschaffen?«

Sie dachte nach, und Ferstner legte die letzte Schippe obenauf, die er noch parat hatte.

»Immerhin wäre das vermutlich im Sinne Ihres verstorbenen Mannes. Firma und Vermögen würden an seine leiblichen Nachkommen übergehen ...«

Sonja Ramlinger senkte den Kopf und fixierte die Tischplatte. Sie versuchte, die Namensliste auszublenden, aber da lag sie und schrie ihr die Namen mehrerer Frauen entgegen, mit denen ihr Mann im Bett gewesen war und die, so wie es aussah, ein Kind von ihm hatten. Ein Kind, auf das sie vergeblich gehofft hatte.

Ferstner zog ein weiteres Blatt aus dem Aktendeckel.

»Das, Frau Ramlinger, sind die Namen und Geburtsjahre der Kinder von einigen dieser Damen. Wenn Sie die beiden Listen miteinander vergleichen, sehen Sie: In zwei oder drei Fällen könnte Ihr Mann der Vater dieser Kinder sein.«

Fünf Minuten lang war es ganz still im Raum, dann hob sie den Blick wieder und sah Ferstner an.

»Wie geht das eigentlich, so ein Geständnis zu widerrufen?«

***

Gleich nach dem Gespräch mit Ernst Ramlingers Sekretärin hatte Roeder seine Kollegen von der Göppinger Kripo informiert, die sich sofort darum kümmerten, dass alles für eine Befragung von Eric Hohmeyer geregelt war. Und er erfuhr, dass sie Claas Selby, den Außendienstler, mit dem Sonja Ramlinger ein Verhältnis gehabt hatte, von der Liste der Verdächtigen streichen konnten. Der hatte an dem Vormittag, an dem Ernst Ramlinger erstochen wurde, eine verheiratete Frau in Unterlenningen besucht – deren Mann kam überraschend dazu, verpasste ihm eine Abreibung und warf ihn aus dem Haus. Selby hatte aus nachvollziehbaren Gründen nichts dagegen, dass die Polizei den Ehemann wegen des Alibis fragte.

Unterdessen machten sich Roeder und Lindner auf den Weg zu Erics Schwester Denise. Deren Adresse hatten sie schnell herausgefunden. Romy Schreiner wusste, dass die junge Frau im übernächsten Dorf wohnte, in Kuchen. Dort gab es nur einen Eintrag mit diesem Namen, und der führte sie in eine kleine, nördlich der Bahnlinie gelegene Siedlung, die aus drei parallel zur Bahn verlaufenden Straßen bestand. Vor ihrem Ziel, einem hübschen Häuschen in der Tegelbergstraße, stand ein schmucker Zweitürer. Denise Hohmeyers Name stand auf dem Türschild der Einliegerwohnung, und auf ihr Klingeln hin öffnete ihnen eine Frau in Jogginghose und Shirt. Sie wirkte ein wenig genervt, als sie erfuhr, wer da vor ihr stand und dass es um Ermittlungen rund um den Tod von Ernst Ramlinger ging, aber sie bat die beiden Kommissare dann doch herein und ging ihnen ins Wohnzimmer voraus.

»Wie kann ich Ihnen helfen, meine Herren?«, fragte sie, setzte sich und wies den beiden zwei freie Sessel zu. »Ich arbeite erst seit August in dieser Firma, und von einigen Meetings abgesehen hatte ich mit Herrn Ramlinger nicht viel zu tun. Ich fürchte also, dass ich Ihnen keine große Hilfe sein kann.«

Sie sprach gewandt und ließ nicht erkennen, dass ihr das Thema sehr unangenehm sein dürfte. Lindner versuchte einzuschätzen, ob die junge Frau das nur überspielte, aber falls ja, machte sie das sehr gut.

»Außerdem habe ich in der Zeitung gelesen, dass der Fall gelöst sei und Frau Ramlinger auch schon in U-Haft sitze. Welche Fragen könnten Sie da noch an mich haben?«

»Routine, Frau Hohmeyer. Es haben sich einige weitere Details ergeben, denen wir natürlich nachgehen müssen.«

Sie lehnte sich zurück und wartete scheinbar gelassen ab, was die beiden Beamten von ihr wollten.

»Sie sagten, dass Sie mit Herrn Ramlinger nur während einiger Meetings zu tun hatten. Gab es denn kein Einstellungsgespräch? Uns wurde berichtet, dass Herr Ramlinger die meistens persönlich führte.«

Denise Hohmeyer behielt ihre freundliche Miene bei, aber ihr Lächeln wurde ein wenig frostiger.

»Stimmt, da hatte ich auch noch eine Begegnung mit ihm. Aber inwieweit könnte das für Sie von Interesse sein?«

»Ich hatte mich nur gewundert ... aber gut, dann passt das ja. Sie hatten einen guten Start in der Firma in Süßen?«

»Ja, ich kann nicht klagen. Ich wurde von den Kollegen durchweg gut aufgenommen, und inzwischen wurde auch schon ein Konzept umgesetzt, das ich in meinen ersten Arbeitstagen skizziert und später dann fertig entwickelt habe.«

»Sehr schön, ich gratuliere.«

»Danke, aber könnten wir vielleicht auf das Thema zu sprechen kommen, das Sie zu mir geführt hat?« Sie zupfte an ihrer

Jogginghose. »Ich wollte grad los, zum Training. Unter der Woche lässt mir der Job leider oft nicht genug Zeit, da muss ich am Samstag einiges nachholen. Wenn Sie also kurz sagen könnten, worum es wirklich geht?«

»Herr Ramlinger ist während eines dieser Meetings am späten Nachmittag des 16. August Ihnen gegenüber zudringlich geworden.«

Sie schluckte, stand auf, setzte sich wieder.

»Stimmt das so, Frau Hohmeyer?«

»Das ist eine rhetorische Frage, richtig?«

»Würden Sie bitte meine Frage beantworten?«

Erneut stand sie auf, verschwand in der Küche und kehrte mit einer Plastikflasche zurück. Sie trank sie zur Hälfte leer und blieb stehen, die linke Faust in die Hüfte gestemmt, die rechte Hand so fest um die Flasche geschlossen, dass der Kunststoff nachgab.

»Warum interessiert Sie das denn, Herr …?«

»Lindner.«

»Und? Warum?«

»Stimmt es oder stimmt es nicht?«

»Es stimmt, leider.«

»Wie weit ging Herr Ramlinger an diesem Nachmittag?«

»Zu weit. Ich habe ihm das auch gezeigt, und als er es noch immer nicht begreifen wollte …«

Sie deutete eine schnelle Bewegung mit dem linken Knie an.

»Dann hat er von mir abgelassen, und ich bin gegangen. Ich habe meine Sachen aus dem Schreibtisch geholt und bin nach Hause gefahren. Das war alles.«

»Aber Sie arbeiten noch immer für die Firma.«

»Ja. Mein Job ist gut bezahlt, die Aufgabe sehr reizvoll, und wie gesagt, meine Kollegen haben mich gut aufgenommen.«

»Und der Chef hat Sie sexuell belästigt.«

»Erstens habe ich ihm sofort seine Grenzen aufgezeigt, und zweitens … ist er ja nun nicht mehr der Chef.«

Lindner forschte in ihrem Gesichtsausdruck, konnte aber nur das darin lesen, was zu erwarten war: Das Thema war ihr lästig, der Tod ihres früheren Chefs tat ihr nicht leid, und letztendlich war sie erleichtert, dass sie ihren Posten hatte behalten können.

»Haben Sie nie daran gedacht zu kündigen? Immerhin war Herr Ramlinger damals noch am Leben, und es war ja durchaus möglich, dass er sich für die verdiente Abfuhr rächen würde.«

Sie lächelte dünn.

»Danke für das ›verdiente‹ – Sie sollten mal mit Herrn Ramlingers Sekretärin sprechen, die sieht das vermutlich anders. So treu ergeben, wie sie ihrem Chef ist, bin ich vermutlich das Luder und er mein armes Opfer …«

»Sie hat nur gut über Sie gesprochen.«

»Ach? Schön, das zu hören.«

Roeders Handy klingelte. Er entschuldigte sich mit einer Geste, stand auf, ging in den Flur hinaus und nahm das Gespräch an. Ab und zu gab er ein leises »Ja« oder »Ach was« von sich, sonst hörte er nur zu.

»Noch einmal zurück zu meiner Frage«, sagte Lindner unterdessen. »Dachten Sie nach diesem Zwischenfall nicht daran, zu kündigen?«

»Doch, habe ich. Eigentlich eine Sauerei, oder? Da wird man unverschuldet Opfer eines übergriffigen Vorgesetzten – und dann muss man selbst gehen und auf einen gut dotierten Job verzichten!«

»Aber Sie sind geblieben.«

»Zum Glück. Es hat sich ja jetzt alles recht günstig für mich gefügt.«

Sie lächelte etwas breiter.

»Aber nicht, dass Sie mir daraus jetzt einen Strick drehen und mir den Mord an Herrn Ramlinger in die Schuhe schieben!«

»Wir wollen Ihnen nur ein paar Fragen stellen, mehr nicht.«

»Gut, dann wären wir durch, oder? Wie gesagt, ich muss los.«

Roeder hatte aufgelegt und kam zu ihnen zurück. Lindner sah ihn an, Roeder schüttelte nur kurz den Kopf und setzte sich wieder.

»Sie haben also daran gedacht, ihren Job in Süßen hinzuschmeißen«, fragte Lindner. »Und wer hat Sie davon abgebracht?«

Sie blinzelte irritiert.

»Worauf wollen Sie hinaus?«

»Am nächsten Morgen kurz nach halb zehn hatte Herr Ramlinger unangenehmen Besuch. Sie wissen, wen ich meine?«

Denise Hohmeyer wurde blass. Sie ließ die Hand mit der Flasche sinken, und auch die Faust in der Hüfte rutschte langsam an ihrem Oberschenkel hinunter.

»Was wollen Sie meinem Bruder da anhängen?«, brauste sie nach einer kurzen Pause auf. »Ich habe ihm abends erzählt, was vorgefallen ist und dass ich am liebsten sofort kündigen und gar nicht mehr in diese Firma zurückgehen würde. Er hat mir abgeraten – so spannende und gut bezahlte Jobs wachsen auch für mich nicht auf den Bäumen. Er meinte, er würde mal mit Herrn Ramlinger reden.«

»Nun, er hat nicht nur geredet …«

»Dazu kann ich nichts sagen, ich war nicht dabei. Aber mein Bruder ist ein lieber Kerl, der keiner Fliege was zuleide tut.«

»Mag sein, trotzdem hat er sich mit seinem Auftritt verdächtig gemacht.«

»Ach, Quatsch, Eric doch nicht! Wann starb Herr Ramlinger denn?«

»Am Freitag, 7. September, am Vormittag.«

»Na also! Da war Eric mit mir zusammen. Wir hatten beide frei an diesem Morgen, und wir sind … wir sind in Göppingen erst ziemlich spät frühstücken gegangen, danach hat er mich in den Schuhladen in der Schillerstraße begleitet – ich weiß noch, wie er die Augen verdreht hat, weil ich immer noch ein Paar anprobieren wollte. Und danach sind wir zum Italiener essen gegangen. Gegen halb drei hat er mich daheim abgesetzt und ist dann ins Fitnessstudio zum Arbeiten gefahren.«

»Das kam ja jetzt wie aus der Pistole geschossen. Respekt, Frau Hohmeyer, dass Sie das nach fünf Wochen noch so genau wissen …«

»Ich habe halt ein gutes Gedächtnis. Jedenfalls hat Eric damit ein Alibi, und Sie müssen sich einen anderen Verdächtigen suchen!«

»Schaun wir mal«, meldete sich Roeder zu Wort. »Der Haken daran ist nur: Ihr Bruder hatte schon ein Alibi. Die Kollegen in Göppingen, die ihn gerade befragen, haben mir das soeben berichtet.«

Denise Hohmeyer wurde noch etwas blasser.

»Das bedeutet wiederum, dass Sie erst mal keines haben.«

»Aber …«

»Würden Sie uns bitte nach Göppingen ins Kommissariat begleiten? Wir hätten noch ein paar Fragen an Sie.«

Ihr Handy klingelte.

»Es wäre schön«, sagte Lindner, »wenn sie da jetzt nicht drangehen würden. Wir möchten gern mit Ihnen reden, ohne dass Sie sich vorher noch mit jemandem absprechen können. Das ist doch nicht Ihr Anwalt, der da anruft, oder?«

Sie schaute aufs Display.

»Nein, meine Mutter.«

Lindner nickte und deutete zum Flur.

»Können wir dann?«

***

Es war Zufall gewesen, dass Sabine Hohmeyer ihre Tochter genau in dem Moment auf dem Handy anrufen wollte, als Denise von Roeder und Lindner gebeten wurde, sie nach Göppingen zu begleiten. Sie hinterließ eine kurze Nachricht und rief als Nächstes ihren Sohn Eric an, erreichte aber auch diesmal nur die Mailbox. Bei ihm zu Hause in Göppingen nahm seine Freundin ab. Sie sagte, dass Eric zur Arbeit gefahren war, er habe bis zum frühen Abend Dienst im Fitnessstudio – und dort wiederum erfuhr sie, dass Eric vor etwa einer Stunde von zwei Streifenpolizisten abgeholt worden war.

Als sie überlegte, wie sie wohl am schnellsten herausfinden könnte, wohin genau die Polizisten ihren Sohn gebracht hatten, klingelte ihr Telefon. Ein Kriminalhauptkommissar Roeder fragte sie, ob sie die Mutter von Denise und Eric Hohmeyer sei – jedenfalls habe das Display der Handys der beiden als Anrufer »Mama«

angezeigt, mit ihrer Festnetznummer. Die Handys habe er vor sich liegen, und ihre Kinder würden gerade vernommen.

»Wieso werden meine Kinder von der Polizei vernommen?«

»Wir ermitteln im Mordfall Ernst Ramlinger. Ich nehme an, der Name sagt Ihnen etwas.«

Sabine Hohmeyer schluckte, räusperte sich, wollte etwas sagen, musste sich aber noch einmal räuspern, bevor sie ihre Stimme wieder unter Kontrolle hatte.

»Ja, der Name sagt mir etwas. Aber was haben meine Kinder mit Ernst Ramlingers Tod zu tun?«

»Das wollen wir herausfinden.«

»Und deshalb haben Sie sie verhaftet?«

»Wir haben sie nicht verhaftet. Wir haben beide gebeten, freiwillig zur Befragung ins Kommissariat zu kommen, und sie waren so freundlich.«

»Ich komme sofort nach Göppingen und nehme die beiden wieder mit! Das wird doch kein Problem sein?«

Roeder zögerte, sagte dann aber nur: »Dann sehen wir uns nachher. Ich gebe an der Pforte Bescheid. Bis später, Frau Hohmeyer.«

Damit legte er auf.

Ihren Mann, auf den sie sauer war, weil er gestern Nacht ziemlich betrunken nach Hause gekommen, ohne ein weiteres Wort neben ihr ins Bett gesunken und sofort eingeschlafen war und seit dem späten Vormittag Besorgungen machte, informierte Sabine Hohmeyer nur mit einer SMS über den Stand der Dinge. Dann schnappte sie ihre Handtasche und flitzte aus der Wohnung. Auf dem Weg zum Wagen fiel ihr die Frau auf, die sie gestern auf dem Weg zum Zumbakurs in der Maille angesprochen hatte. Erst wollte sie so tun, als hätte sie sie nicht bemerkt, aber die andere kam mit schnellen Schritten auf sie zu und würde sie erreichen, bevor sie die Fahrertür öffnen konnte.

»Warten Sie bitte einen Moment!«, rief sie ihr zu.

»Keine Zeit, ich muss los«, erwiderte Sabine Hohmeyer und riss die Fahrertür auf.

»Entschuldigen Sie bitte den Überfall«, fuhr die andere Frau fort. »Ich bin so froh, dass ich Sie noch erwische – Sie fahren nach Göppingen, nehme ich an?«

Jetzt hatte sie die volle Aufmerksamkeit von Sabine Hohmeyer.

»Woher wissen Sie das denn jetzt schon wieder?«

»Ich hatte gestern ganz versäumt, mich vorzustellen: Karin Kelpp.«

Der Name kam Sabine Hohmeyer nicht bekannt vor, und als sie deswegen mit den Schultern zuckte und die andere weiterhin fragend ansah, schien diese erleichtert zu sein. Da kramte sie noch einmal in ihrer Erinnerung, konnte aber auch im zweiten Anlauf keine Verbindung herstellen.

»Ich wurde vorhin von einem Bekannten angerufen«, erzählte Karin Kelpp, die sich noch immer wunderte, wie schnell Jupp Schreber davon erfahren hatte. »Er sagte mir, dass Ihre Tochter und Ihr Sohn in Göppingen von der Polizei vernommen werden. Und ich dachte mir, dass Sie auch dorthin fahren wollen, sobald sie davon erfahren. Um ehrlich zu sein: Ich hätte Ihnen diese Information am liebsten als Erste mitgeteilt, um mich bei Ihnen etwas besser einzuführen als bisher.«

»Und wieso sollten Sie das wollen?«

»Wegen Ernst Ramlinger, das hatte ich Ihnen ja gestern schon gesagt. Wir sind da ein Stück weit auf eine ähnliche Weise betroffen.«

Sabine Hohmeyer musterte die Frau, die sich vor ihr aufgebaut hatte: breites Kreuz, mächtige Oberarme, Muskeln überall und ein nicht besonders hübsches Gesicht. Sie sah nun wirklich nicht so aus, als würde sie in Ramlingers Beuteschema passen. Karin Kelpp erriet ihre Gedanken und lächelte traurig.

»Nein, ich hatte keine Affäre mit ihm, aber meine Schwester. Und das ist nicht gut für sie ausgegangen.«

»Was soll das heißen?«

Karin Kelpp griff in ihre Jacke und zog ein mehrfach gefaltetes Blatt Papier hervor. Sie faltete es auseinander und hielt es Sabine Hohmeyer hin.

»Das wollte ich Ihnen zeigen. Deshalb war ich schon zu Ihnen unterwegs, als ich das mit Ihren Kindern erfuhr. Und zumindest Ihre Tochter Denise müsste alt genug sein, um …«

Sie unterbrach sich, und Sabine Hohmeyer hob verwundert die Augenbrauen.

»Egal, lesen Sie das. Und dann würde ich Sie gern nach Göppingen begleiten. Ich kann Ihnen unterwegs noch einiges andere erzählen, was Sie interessieren dürfte – und vielleicht kann ich Ihnen auch in Göppingen behilflich sein.«

Sabine Hohmeyer nahm das Blatt. Es war die Kopie eines handgeschriebenen Briefs. Die Handschrift war etwas verhuscht und nicht immer leicht zu lesen, aber als sie sich an die offenbar eilig aufs Papier geworfenen Buchstaben gewöhnt hatte, ging es ganz gut.

»*Liebe Karin*«, begann der Brief, »*wenn Du das hier liest, dann nimm bitte als Allererstes meine Entschuldigung entgegen. Dafür, dass ich Dir diesen Kummer bereite. Dafür, dass mal wieder Du Dich um alles kümmern musst, Du große kleine Schwester! Dafür, wie Du mich gefunden hast – wobei ich meinen letzten Weg auf eine Art gehen will, der Dir nicht mehr zumutet als unbedingt nötig. Aber so leid es mir schon jetzt tut: Es muss sein. Ich sehe keinen Ausweg mehr, mag nicht länger mit dem Gefühl leben, einen jungen Menschen getötet zu haben, ihm ein ganzes Leben gestohlen zu haben, noch bevor es überhaupt begonnen hat. Heute wäre mein Junge zehn Jahre alt geworden, und es zerreißt mich gerade an solchen Jahrestagen, dass ich mich dazu habe überreden lassen, ihn … wie soll ich das ausdrücken? Wegmachen, meinte Ernst immer – aber wie das klingt! Ihm scheint das alles nichts auszumachen, was mich immer wieder wütend macht. Und mir noch deutlicher vor Augen führt, dass ich ihm niemals hätte nachgeben dürfen. Ich meine: Was hat ein Mann über ein Leben zu bestimmen, für das er sich schon kurz danach nicht mehr interessiert? Aber nun ist es zu spät, das ist es schon seit*

mehr als zehn Jahren. Deshalb werde ich nun gehen, werde meinem Schmerz ein Ende machen – und wünsche Dir alles Gute für die Zukunft. Pass auf Dich auf! In Liebe, Doris«
Karin Kelpp hatte geduldig gewartet, bis die andere mit dem Brief fertig war. Nun ließ Sabine Hohmeyer das Blatt langsam sinken und sah ihr Gegenüber mitfühlend an.

»Ihre Schwester hat sich umgebracht?«

»Ja, genau zehn Jahre nach dem errechneten Geburtsdatum des Sohnes, den sie abgetrieben hat. Ich habe sie gefunden. Das ist vier Jahre her.«

Sabine Hohmeyer gab ihr die Kopie des Briefs zurück.

»Dann war Ihre Schwester vor vierzehn Jahren mit Ernst Ramlinger zusammen?«

»Ja, für gut ein Jahr. Als sie ihm verriet, dass sie von ihm schwanger war, hat er sie unter Druck gesetzt, hat ihr versprochen, für sie seine Frau zu verlassen, und hat ihr schließlich Geld gegeben, bis sie einverstanden war abzutreiben. Seine Firma steckte damals in einer Krise, das schob er als Grund vor, warum er jetzt kein Kind gebrauchen und warum er gerade jetzt seine Frau noch nicht verlassen konnte. Meine Schwester ist drauf reingefallen, und als er sie wenig später hat fallen lassen wie eine heiße Kartoffel, erlitt sie einen Nervenzusammenbruch. Sie war danach nie mehr ganz die Alte, verlor ihren Job, gab nach und nach alle Freundschaften auf und verkroch sich regelrecht in ihrer kleinen Wohnung.«

»Das hat sie Ihnen alles erzählt?«

»Nein, aber sie hat Tagebuch geführt. Das habe ich nach ihrem Tod in ihrer Wohnung gefunden. Dort gab es auch Unterlagen, aus denen ich erfuhr, wer dieser Ernst war, der meine Schwester auf dem Gewissen hatte. Sofort habe ich begonnen, Informationen über ihn zu sammeln. Aber bevor ich meinen ersten Plan, ihm den Hals umzudrehen, umsetzen konnte, geriet ich mal wieder in eine wüste Schlägerei. Das ging ziemlich schief damals, ich habe zwei meiner Gegner recht übel erwischt, und am Ende kam ich wegen der Sache ins Gefängnis.«

»Klingt nicht so, als sollte man sich mit Ihnen anlegen …«

Karin Kelpp grinste und drückte den Rücken etwas durch.

»Das traut sich eh keiner mehr. Aber was den toten Ramlinger betrifft: Wenn alles ein bisschen anders gekommen wäre, könnte ich jetzt durchaus in der Situation sein, in der sich seine Frau Sonja bis vorhin befand – und in der sich jetzt vermutlich Ihre Kinder befinden.«

»Meine Kinder? Wie meinen Sie das?«

»Sonja Ramlinger wurde heute früh aus der U-Haft entlassen, und Ihre Tochter und Ihr Sohn werden von der Polizei vernommen – ich halte das nicht für einen Zufall. Und Sie auch nicht, sonst hätten Sie es jetzt nicht so eilig, nach Göppingen zu kommen.«

Sabine Hohmeyer erinnerte sich an das Gespräch vom Vorabend, und die Angst, die ihr schon in der Nacht und mehr noch nach dem Anruf des Kommissars den Magen mulmig gemacht hatte, stieg ihr sauer die Kehle hinauf.

»Und? Nehmen Sie mich mit?«, fragte Karin Kelpp.

»Meinetwegen. Steigen Sie schon ein.«

***

Zum Glück fuhr Sabine Hohmeyer zwar sportlicher als Schreber, aber dafür deutlich besser. Nebenbei ließ sie sich von ihrer Beifahrerin aufs Laufende bringen, was die Frauen betraf, die Karin Kelpp bisher als Geliebte von Ernst Ramlinger ausfindig gemacht hatte. Danach wäre sie eigentlich so weit gewesen, auch ihr Wissen mit Kelpp zu teilen – doch dann erzählte diese noch etwas anderes, und daran hatte sie erst einmal ordentlich zu kauen.

»Ich habe Ihnen doch vorhin erzählt, dass ich ein interessantes Telefonat hatte«, sagte Karin Kelpp. »Mich rief ein Privatdetektiv an, den irgendjemand mit Recherchen zu Ernst Ramlingers Doppelleben beauftragt hat.«

Dabei schaute sie starr geradeaus auf die Autos, die vor ihnen auf der B10 in Richtung Osten unterwegs waren. Sie wollte für diese Beichte der Frau neben sich nicht ins Gesicht sehen – und verpasste so, dass deren Miene in diesem Moment versteinerte und dass sie ihre Finger schmerzhaft fest um das Lenkrad schloss.

»Dieser Detektiv glaubte, dass ich meine Erkundigungen im Auftrag von Sonja Ramlinger einzog – was aber nie stimmte. Und er wollte einzelne Infos, die er herausgefunden hatte, durch mich an Sonja Ramlinger weiterleiten lassen.«

Jetzt warf sie der Fahrerin doch einen Seitenblick zu. Sabine Hohmeyer saß stocksteif da und war blass geworden.

»Alles gut mit Ihnen?«, fragte sie deshalb.

»Es geht. Aber ich frage mich schon, woher Sie das alles wissen … und warum Sie mir das so umständlich auftischen …«

»Wieso umständlich? Und vor allem: Wieso wissen Sie von diesem Detektiv?«

»Ich? Ich weiß von gar nichts!«, entfuhr es ihr, aber ihre Empörung wirkte aufgesetzt. »Jetzt reden Sie halt weiter!«

Karin Kelpp schaute Sabine Hohmeyer einen Augenblick lang verwundert an, dann fuhr sie fort.

»Dieser Detektiv, ein gewisser Jupp Schreber …«

Sabine Hohmeyer blinzelte, als sie den Namen hörte, und sah ganz überrascht zu ihrer Beifahrerin hin. Weil sie dabei aber den Fuß nicht vom Gas nahm, rief Karin Kelpp kurz darauf: »Schauen Sie gefälligst nach vorn, wir krachen gleich in diesen Lieferwagen!«

Mit einer abrupten Lenkbewegung brachte sie ihren Wagen in eine kleine Lücke auf der Überholspur, reagierte auf das laute Hupen ihres Hintermanns mit einer entschuldigenden Geste und fädelte sich weiter vorn wieder auf die rechte Spur ein.

»Was war das denn gerade?«, fragte Karin Kelpp.

»Ach, nichts. Ich dachte nur, Sie erzählen mir von jemandem, den ich kenne. Aber Schreber – nie gehört.«

»Warum sollten Sie diesen Mann kennen? Ach … haben Sie ihn beauftragt?«

»Nein. Wie gesagt, ich kenne den Mann ja nicht. Also, was wollten Sie erzählen?«

Karin Kelpp musterte sie eine Weile, dann redete sie weiter.

»Schreber ist gestern Vormittag bei Ihnen eingebrochen.«

»Der ist – was?!«

»Er hat gesehen, wie Sie in Richtung Stadtmitte gingen und wie ich Ihnen folgte.«

»Aber warum – mir ist nicht aufgefallen, dass etwas gefehlt hätte oder auch nur durcheinander gebracht worden wäre …«

»Er hat in Ihren Sachen gestöbert, und er hat etwas gefunden. Zwei Fotos und … und einen sehr persönlichen Brief.«

Jetzt war Sabine Hohmeyer wieder blass geworden. Sie ging etwas vom Gas, zuckelte hinter einem Lastwagen her und starrte dabei durch die Windschutzscheibe.

»*Einen* Brief?«, fragte sie nach einer Weile.

»Ja, einen. Warum: Sollte er noch andere gefunden haben?«

Sabine Hohmeyer versank wieder in brütendes Schweigen. Kurz darauf hatten sie die Ausfahrt erreicht, an der sie die Bundesstraße verlassen mussten. Sie fuhr rechts raus, nahm im nächsten Kreisverkehr die erste Abfahrt, steuerte den Wagen knapp zweihundert Meter weiter an den Straßenrand und blieb quer zu einem Seitensträßchen stehen, das dort abging. Dort kuppelte sie aus und starrte ihre Beifahrerin bei laufendem Motor aufgewühlt an.

»Was hat dieser Mann in meinen Sachen zu wühlen?«, brachte sie wütend hervor.

Sie schien schwer getroffen, dass jemand in ihren privaten Unterlagen herumgeschnüffelt hatte.

»Wie gesagt«, erwiderte Karin Kelpp, »er sammelt Informationen über die Affären von Ernst Ramlinger. Für wen auch immer. Und bei Ihnen hat er zwei alte Fotos gefunden, eines konnte er einer Frau namens Marlene Fürbringer zuordnen …«

»Ja, das habe ich auch herausgefunden. Haben Sie das Foto gesehen?«

»Ja.«

»Und ist Ihnen an dieser Marlene etwas aufgefallen?«

»Sie war schwanger.«

Sabine Hohmeyer nickte.

»Wenn er schon an meine Sachen geht – hat dieser Schreber denn etwas zu der Frau auf dem anderen Foto herausgefunden?«

»Nein, da stand nur eine Jahreszahl und der Vorname der Frau, aber ich –«

Über Sabine Hohmeyers Gesicht huschte ein wehmütiges Lächeln.

»Ach so, klar. Doris. Das war Ihre Schwester, richtig? Sie haben es Schreber gegenüber für sich behalten, und er weiß es bis heute nicht.«

»Richtig.«

»Schön, dass Sie es mir erzählen. Und … hat er … noch etwas gefunden außer diesen Fotos?«

»Einen Brief hat er noch mit dem Handy fotografiert, den hat er mir gezeigt.«

Sabine Hohmeyer wartete gespannt darauf, dass Karin Kelpp weiterredete.

»Es war ein Entschuldigungsbrief von Ernst Ramlinger an Sie, vermutlich eher neueren Datums, stimmt's?«

»Ja, nur etwa vier Monate alt«, bestätigte Sabine Hohmeyer. Seltsamerweise wirkte sie ähnlich erleichtert wie vor Kurzem, als sie Schrebers Namen genannt hatte.

»Was hatte es mit dem Brief auf sich? Wofür genau hat sich Ramlinger bei Ihnen entschuldigt?«

Sabine Hohmeyer kaute auf ihrer Unterlippe, dann gab sie sich einen Ruck.

»Das ist der Grund, warum meine Kinder jetzt von der Polizei vernommen werden, nehme ich an.«

Sie erzählte in groben Zügen von den Erlebnissen, die ihre Tochter Denise mit Ramlinger hatte – und davon, was daraufhin ihr Sohn Eric unternahm.

»Und … glauben Sie, dass Ihr Sohn Ramlinger erstochen haben könnte?«

»Nein, natürlich nicht!«

Ruppig legte sie den Gang ein und fuhr wieder los. Bis sie einen freien Parkplatz in der Nähe des Kriminalkommissariats gefunden hatte, redeten sie kein Wort. Und auch den Fußweg zum Kommissariat legten sie schweigend zurück. Sie hatten noch zwanzig Meter bis zum Eingang des Gebäudes, da trat ihnen ein Mann Anfang sechzig in den Weg.

»Ah, Herr Schreber!«, sagte Karin Kelp und nahm sofort eine kampfbereite Abwehrhaltung ein. Schreber lachte kurz, als er ihre Vorsichtsmaßnahme bemerkte.

»Das können Sie bleiben lassen. Ich habe Ihnen vorhin am Telefon Bescheid gestoßen, weil Sie mich reingelegt haben – damit ist das für mich erledigt. Sonst hätte ich Ihnen ja auch nicht die Info mit den Kindern von Frau Hohmeyer gegeben, nicht wahr? Ich bin nicht nachtragend. Und so blöd, mich mit Ihnen anlegen zu wollen, bin ich ganz gewiss auch nicht.«

Karin Kelp nickte und lockerte ihre Muskeln wieder, dann stellte sie ihre Begleiterin und den Detektiv einander vor.

»Na ja, zumindest mich kennen Sie ja inzwischen besser, als mir lieb ist«, versetzte Sabine Hohmeyer bissig. »Was fällt Ihnen eigentlich ein, in meine Wohnung einzubrechen und in meinen Sachen zu wühlen?«

»So, so«, sagte er gedehnt. »Die Damen haben sich aufs Laufende gebracht – sehr schön. Können wir?«

Er deutete zum Kommissariat hinüber, und Sabine Hohmeyer sah ihn fragend an.

»Was soll das jetzt? Wieso wollen Sie uns begleiten? Und woher wissen Sie überhaupt, dass ich auf dem Weg hierher bin?«

Schreber grinste.

»Mein Auftraggeber ist schon drin, von ihm weiß ich, dass auch Ihre Kinder im Gebäude sind – da darf die Mutter natürlich nicht fehlen.«

»O ja, der geheimnisvolle Auftraggeber – meine Güte, was für eine Schmierenkomödie!«

»Sie haben recht, Ihnen und Frau Kelp kann ich natürlich verraten, für wen ich arbeite: Für Dr. Rupert Ferstner, den Anwalt von Frau Ramlinger. Er hat seine Mandantin zur Polizei begleitet, weil sie ihr Geständnis widerrufen und eine neue Aussage zu Protokoll geben wollte.«

Karin Kelpp sah ihn verblüfft an, was Schreber mit einem noch breiteren Grinsen quittierte.

»Ich hab auch gleich noch eine Überraschung für Sie, Frau Kelpp. Auch Frau Hohmeyer hat einen Privatdetektiv engagiert, der sich mit Ramlingers Vergangenheit beschäftigte. Ein Kollege, den ich schon seit einigen Jahren kenne – ein guter Mann, und das hat er auch mit seinem Bericht an Frau Hohmeyer bewiesen. Ich habe nämlich in Frau Hohmeyers Unterlagen versteckt noch einen zweiten Brief gefunden. Eben jenen Bericht meines Kollegen. Außerdem eine Speicherkarte mit Fotos, die der Kollege zur Ergänzung seines Berichts mit seinem Handy gemacht hat.«

Sabine Hohmeyer sah aus, als wäre sie jetzt lieber ganz woanders, als wollte sie sofort zur Tür des Kommissariatsgebäudes stürmen – aber gleichzeitig auch kein Wort von dem verpassen, was der Detektiv zu sagen hatte, der vielleicht Informationen hatte, die über den Bericht seines Kollegen hinausgingen.

»Er hat sich vor allem mit Marlene Fürbringer und ihrem Sohn befasst. Frau Fürbringer hatte von 1994 bis 1996 ein Verhältnis mit Herrn Ramlinger, 1996 wurde sie schwanger und brachte Anfang 1997 einen Sohn zur Welt, Marcel. Da war die Beziehung mit Ramlinger schon beendet, und diesmal machte nicht Ramlinger Schluss, sondern seine Geliebte. Wenn die Informationen stimmen, die der Kollege zusammengetragen hat, hat Frau Fürbringer Schluss gemacht, nachdem sie von ihrer Schwangerschaft erfuhr – aber zugleich so früh, dass Ramlinger ihr diesen Zustand noch nicht ansah. Falls sie ihm also nicht gesagt hat, dass sie ein Kind von ihm erwartete, hat es Ramlinger vielleicht nie erfahren – oder zumindest damals nicht. Das Foto, das ich in Frau Hohmeyers Küche gefunden habe, entstand jedenfalls nach der Trennung der beiden.«

Schreber grinste Sabine Hohmeyer böse an.

»Auch Ihr Privatermittler ist in eine fremde Wohnung eingestiegen – in Ihrem Auftrag, was es natürlich viel besser macht als meinen Einbruch, nicht wahr? Der Kollege hat dieses Foto aus einem alten Fotoalbum genommen, er hat im Badezimmer von

Frau Fürbringer einige Haare aus ihrer Bürste gezupft und aus dem Rasierapparat ihres Sohnes Bartstoppeln sichergestellt. Das hat er Ihnen gebracht, und irgendwie müssen Sie auch an Haare von Ernst Ramlinger gekommen sein ...«

»Ich hatte noch eine Strähne von Ernst«, erklärte Sabine Hohmeyer kleinlaut und zuckte mit den Schultern. »Die habe ich ihm während unserer Affäre mal im Schlaf abgeschnitten und sie seither aufbewahrt.«

»Für diese drei Proben haben sie dann via Internet in einem Labor einen Vergleich des DNA-Materials bestellt – mit dem vermuteten Ergebnis: Marcel ist der gemeinsame Sohn von Marlene Fürbringer und Ernst Ramlinger.«

***

Wolfgang Roeder hatte Lindner zu einem Büro gelotst, von dessen Fenster aus sie bequem auf die Schillerstraße hinunterschauen konnten. Dort stand ein Mann mit zwei Frauen zusammen, und Lindner und Roeder konnten sich in etwa denken, was die drei gerade miteinander zu besprechen hatten. Sie hatten mit Anwalt Ferstner gesprochen und seine Mandantin nach kurzer Zeit an Maria überstellt, die inzwischen dabei war, zusammen mit einem Kollegen die neue, korrigierte Aussage von Sonja Ramlinger aufzunehmen. Ferstner hatte ihnen alle Infos weitergegeben, die Schreber für ihn gesammelt hatte, er hatte ihnen ein Foto seines freien Mitarbeiters gezeigt und eines von Karin Kelpp – das Gesicht von Sabine Hohmeyer kannte Lindner schon aus den Unterlagen, die ihm Ferstner im Hirschen übergeben hatte.

»Was meinst du, Wolfgang, kann Frau Hohmeyer ihre Kinder gleich wieder mitnehmen, wie sie es vorhat?«

Roeder zuckte mit den Schultern. »Denise hat ein Alibi für den Vormittag, an dem Ramlinger starb – sie hat wirklich spät in Göppingen gefrühstückt, hat Schuhe gekauft und später beim Italiener zu Mittag gegessen, nur war ihr Bruder halt nicht mit dabei. Und Eric hat Ramlinger zwar bedroht, aber das mit dem ›ich stech dich ab‹ ist ihm entweder nur so rausgerutscht oder die treu ergebene Sekretärin hat sich verhört oder falsch erinnert. Und auch er hat für den betreffenden Vormittag ein Alibi – genau zu dieser Zeit hat ihm ein Kollege aus dem Fitnessstudio sein Herz ausgeschüttet, ein gewisser Ralph Muehlefeldt. Muehlefeldt hatte an diesem Tag frei und fuhr nach eigenen Angaben am Morgen gegen halb acht zum Fußballplatz der Sportfreunde Jebenhausen, stellte dort seinen Wagen ab und ging im benachbarten Wald joggen. Für kurz vor neun war er in einem Bistro in der Nähe des Fitnessstudios mit Eric Hohmeyer verabredet. Dort klagte er ihm sein Leid wegen einer frisch beendeten Liebesaffäre. Ironie der Geschichte: Der Kollege hatte diese Affäre mit Frau Ramlinger, wollte sie – wie wir inzwischen wissen – damit erpressen, dass er alles ihrem Mann erzählt, wenn er kein Geld von ihr bekommt, und wurde daraufhin von ihr abserviert. Seither sinnt er auf Rache – wobei er im Moment vermutlich andere Sorgen hat. Eine Streife hat ihn im Studio abgeholt, er wird noch wegen der Erpressung befragt. Aber für den Mord an Herrn Ramlinger kommt auch er nicht infrage, er und Eric geben sich gegenseitig ein Alibi. Eric mag ihn übrigens nicht besonders, deshalb kann ich mir nicht vorstellen, dass er für den Kollegen lügen würde.«

»Und warum hat er sich dann mit ihm getroffen, um sich dessen private Sorgen anzuhören?«

»Eric Hohmeyer ist wohl ein netter Kerl, der für jeden ein offenes Ohr hat und unter den Kollegen sehr beliebt ist.«

»Und die Mutter? Sie musste sich von Ramlinger ja einiges anhören in dem Gespräch, für das er sich in seinem Brief entschuldigte.«

»Ist noch nicht fertig überprüft, aber was wir schon wissen, ist: Sie nimmt freitags um elf Uhr an einem wöchentlichen Zumbakurs teil – der war auch an dem Freitag, an dem Ramlinger starb, zum ersten Mal nach der Sommerpause; und Frau Hohmeyer war anwesend. In dieser Woche hatte ihr Wagen einen Marderschaden, das Auto stand von Donnerstag bis Dienstag in der Werkstatt. Und mit Regionalbahn und Bus wäre die Hin- und

Rückfahrt eventuell bis 11 Uhr zu schaffen, aber nur knapp. Und müsste sie nicht blutbefleckt gewesen sein, wenn sie so oft auf Ramlinger eingestochen hätte? So setzt man sich eher nicht in den Bus, oder?«

»Gut, nehmen wir sie einstweilen mal raus. Wer bleibt dann noch – außer deiner Freundin Sonja?«

Roeder warf ihm einen kurzen bösen Seitenblick zu.

»Mir kommt dieser Marcel Fürbringer verdächtig vor. Ferstners Detektiv hat den Bericht eines anderen Privatschnüfflers fotografiert, den Frau Hohmeyer engagiert hatte – wie immer er an diesen Bericht gekommen ist. Ich könnte mir gut vorstellen, dass der bei ihr eingebrochen ist, aber davon hat Ferstner natürlich nichts gesagt. Jedenfalls hat Frau Hohmeyers Detektiv herausgefunden, dass Marcel wirklich der gemeinsame Sohn von Marlene Fürbringer und Ernst Ramlinger ist. Wir wissen aber nicht, ob er das selbst ebenfalls weiß. Kollegen aus Cannstatt haben jedenfalls gerade schon ein Auge auf die Wohnung, die er zusammen mit seiner Mutter bewohnt. Was der alles schultern muss … da kann einem schon mal die Hutschnur reißen!«

Lindner schauderte. Ferstner hatte ihnen natürlich den Bericht von Sabine Hohmeyers Detektiv zugänglich gemacht. Ein kurzer, deprimierender Abriss dessen, was Marlene Fürbringer seit ihrer Trennung von Ernst Ramlinger erlebt hatte. Von Anfang an war es mühsam gewesen, sich als alleinerziehende Mutter über Wasser zu halten; dann kamen erste gesundheitliche Probleme dazu. Sie verlor eine Stelle, fand die nächste, schlechter bezahlte, und so ging es Schritt für Schritt finanziell abwärts. Die damalige Wohnung im Stuttgarter Westen konnte sie sich irgendwann nicht mehr leisten, und sie zog um in ihre ziemlich schäbige Bleibe in Untertürkheim. Irgendwann muss Marlene Fürbringer – vermutlich mit den Kräften am Ende – Kontakt zu Ramlinger aufgenommen haben, aber dazu konnte der Detektiv nichts Stichfestes herausfinden. Hatte sie Ramlinger vom gemeinsamen Sohn erzählt? Gab er ihr Geld? Und dann, vor drei Jahren, der Schlaganfall – seither war Marlene Fürbringer pflegebedürftig. Ihr Sohn kümmerte sich um sie. Es gab etwas Unterstützung von der örtlichen Sozialstation, aber das meiste machte er selbst. Er war tagsüber bis auf kleine Auszeiten bei seiner Mutter, machte Nachtschichten in einem Pflegeheim in der Nähe und hatte dort mit der Leitung ausgehandelt, dass er seine Mutter nachts mitbringen durfte.

»Das klingt alles eher nach einem jungen Mann, wie man ihn sich nur wünschen kann. Nach einem aufopferungsvollen Mustersohn …«

»… der aber doch sicher das Kotzen bekommt, wenn er das eigene Elend sieht und dann daran denkt, dass sein leiblicher Vater mit Geld nur so um sich werfen kann.«

»Vorausgesetzt, er weiß, dass er Ramlingers Sohn ist.«

Roeder nickte und schaute wieder auf die Dreiergruppe drunten vor dem Kommissariat hinunter.

»Komm, wir gehen mal runter zu denen. Nicht, dass die noch umkehren – gerade dieser Frau Kelpp würde ich gern ein paar Fragen stellen.«

***

Karin Kelpp sah sie zuerst. Schreber folgte ihrem Blick und verstummte, schließlich schaute auch Sabine Hohmeyer den beiden entgegen, die vom Kommissariatsgebäude her auf sie zukamen.

»Frau Hohmeyer«, sprach sie einer der Männer an, und sie wunderte sich kaum, dass er wusste, wer sie war, obwohl sie ihn noch nie gesehen hatte. Er stellte sich als Kriminalhauptkommissar Roeder vor. »Wir haben telefoniert. Das ist mein Kollege Lindner vom Landeskriminalamt. Frau Kelpp, Herr Schreber«, sagte er zu den anderen und nickte ihnen zu. »Wir haben von dort oben zufällig gesehen, dass Sie hier draußen beisammenstehen – wollen Sie nicht mitkommen ins Kommissariat?«

»Natürlich will ich«, sagte Sabine Hohmeyer. »Ich habe Ihnen ja schon gesagt, dass ich meine Kinder gleich wieder mitnehmen will.«

»Na ja, ein bisschen kann es schon noch dauern. Und Sie?«, wandte er sich an Karin Kelpp.

»Was soll mit mir sein? Ich habe Frau Hohmeyer begleitet, jetzt sind wir hier, also kann ich mich wieder auf den Rückweg machen.«

»Das könnten Sie einfacher haben. Sie begleiten mich in mein Büro, wir stellen Ihnen ein paar Fragen – und danach lasse ich Sie von Kollegen zurück zur JVA bringen.«

Roeder machte während dieser Sätze ein paar kleine Schritte, die er für unauffällig hielt, aber Karin Kelpp hatte schon nach der ersten Bewegung erkannt, dass er damit hinter sie kommen wollte. Lindner, der die Absicht seines Kollegen ebenfalls ahnte, wollte ihn von dieser unüberlegten Aktion abhalten und bewegte sich auf ihn zu. Schreber wiederum bückte sich, massierte sein rechtes Knie und stellte dafür sein linkes Bein ein wenig nach hinten. Damit brachte er den an ihm vorübergehenden Lindner – ob absichtlich oder aus Versehen – zum Stolpern. Lindner kippte nach vorn, Roeder fing ihn im Reflex auf, und noch bevor sich die beiden Männer sortieren konnten, rannte Karin Kelpp bereits in vollem Lauf davon und war wenig später um die nächste Straßenecke verschwunden. Lindner gab den vergeblichen Versuch, sie zu Fuß zu verfolgen, gleich wieder auf. Roeder war stinksauer, warf Lindner einen bösen Blick zu und nestelte sein Handy hervor. Er tippte eine Kurzwahl ein und bellte, sobald sich am anderen Ende jemand meldete, ins Telefon: »Fahndung, Karin Kelpp, sofort!«

Lindner schaute sich nach Jupp Schreber um. Doch da war niemand mehr.

***

Schreber saß in seinem Auto und erwartete Karin Kelpp, der er seine Position per Handy durchgegeben hatte, auf dem Parkplatz des Kreismedienzentrums, etwa vierhundert Meter Luftlinie vom Kriminalkommissariat entfernt. Kurz darauf wurde die Seitentür geöffnet, Kelpp schlüpfte auf den Beifahrersitz und ließ sich ein wenig nach unten gleiten. Schreber startete den Motor und sah zu, dass er möglichst schnell und unauffällig aus Göppingen herauskam. Er mied die Hauptstraßen, überquerte irgendwann auf einer schmalen Brücke die B10, kam an einigen Gartenhäuschen vorbei und ließ seinen Wagen schließlich unter den Bäumen am Rand des Weges ausrollen.

»Was war das denn eben?«, fragte Schreber.

»Haben Sie nicht gemerkt, dass der mich überrumpeln wollte?«

»Ja, und?«

»Ich kenn das Spielchen schon. Ich sitze wegen einer Schlägerei im Knast. Ich war übrigens die Einzige, die dafür bestraft wurde, die anderen ließen die Polizisten abhauen, während sie mich zu zweit auf den Gehweg warfen und mir Handschellen anlegten. Und ich konnte noch so oft beteuern, dass ich von den anderen angegriffen wurde – das wollte niemand hören. Nein, danke, auf die Hilfe der Polizei verzichte ich lieber, wann immer es geht. Und auch wenn ich inzwischen wegen guter Führung gute Chancen habe, bald rauszukommen – einmal Knacki, immer Knacki! Die Kripo hat einen Mord, aber keinen Täter – also hängen sie es mir an, ist doch klar! Ein Motiv dafür, den Ramlinger abzustechen, hatte ich allemal – ich hatte sogar vor, ihn umzubringen, aber da kam mir die Schlägerei dazwischen. Und dann kam mir Sonja Ramlinger zuvor. Wobei ... die will es ja jetzt doch nicht mehr gewesen sein.«

Sie starrte wütend vor sich hin, dann raufte sie sich die Haare und sah zur Windschutzscheibe hinaus, als wäre dort die Lösung ihrer Probleme zu sehen.

»Du weißt schon, dass du dir was zusammenspinnst, das mit der Realität nicht viel zu tun hat, oder? Ob dieser Roeder dich mag oder nicht, und ob er dich für verdächtig hält oder nicht – er wird seinen Job machen, ganz professionell, und er wird dir nichts anhängen, was du nicht getan hast.«

»Pfff ...«

»Mit meiner kleinen Schauspieleinlage gerade eben habe ich es mir aber schon verdient, dass ich dich jetzt duzen darf, oder?«

Sie nickte, reichte ihm die Hand.

»Karin.«

»Jupp.«

»Und jetzt?«

»Ich hätte da eine Idee.«

Karin sah ihn fragend an.

»Schau, du befürchtest, dass die Kripo dir den Mord an Ramlinger in die Schuhe schieben könnte. Hast du denn kein Alibi? Ich meine: Gefängnishaft ist ja schon ein ziemlich starkes Alibi.«

»Der 7. September, an dem Ramlinger erstochen wurde, war der zweite Tag, an dem ich Hafturlaub hatte.«

»Warst du an diesem Tag in Ramlingers Villa in Schlat?«

»Nein.«

»Auch an keinem anderen Tag?«

Sie zögerte nur kurz, dann schüttelte sie den Kopf. Schreber grinste.

»Was?!«, fuhr sie ihn an.

»Ich hab Ende September beobachtet, wie du um die Villa herumgeschlichen bist. Und du wärst ganz sicher auch reingegangen, wenn nicht genau in diesem Moment ein Traktor über einen Wiesenweg hinter der Villa vorbeigebrettert wäre. Da bist du mir das erste Mal aufgefallen, ich hab dich bis in die JVA verfolgt und habe dann meine Erkundigungen über dich eingezogen.«

»Ich bin wirklich nie in der Villa gewesen.«

»Das ist gut, dann finden sich dort auch keine Spuren von dir.«

»Ja und? Die von der Kripo werden sich das schon passend zusammenbasteln!«

»Nein, werden sie nicht. Etwas mehr Vertrauen in die Polizei könntest du schon haben.«

»Sagt ein Privatdetektiv, ha!«

Schreber ließ sich nicht aus der Ruhe bringen.

»Dieser Kriminalhauptkommissar Roeder wollte dich überrumpeln. Gut möglich, dass er befürchtet hat, dass du abhaust – damit hat er ja auch recht behalten. Und jetzt ist er natürlich sauer auf dich, und er fragt sich: Warum haust du ab, wenn du doch nichts verbrochen hast?«

»Der will mir den Mord an Ramlinger in die Schuhe schieben, ist doch klar!«

»Langsam, langsam!«

»Ich war's jedenfalls nicht.«

»Dann ist es doch gut! Und wenn du Roeder nicht traust, könntest du erst einmal mit diesem anderen Kommissar reden, diesem Lindner vom LKA. Der macht auf mich einen ganz vernünftigen Eindruck.«

»Und was soll das bringen?«

»Wenn er dir glaubt, hättest du schon mal einen Ermittler auf deiner Seite. Wär das nicht ein Anfang?«

Sie dachte nach, und irgendwann zuckte sie mit den Schultern.

»Mir fällt nichts Besseres ein, also können wir es ja mal versuchen. Und was machen wir also jetzt? Fährst du mich wieder zur Polizei? Wenn's dumm läuft, passt mich dieser Roeder ab, bevor ich den LKA-Mann zu Gesicht bekomme …«

»Ich habe eine bessere Idee.«

Schrebers Augen funkelten knitz, er startete den Motor und arbeitete sich auf Feldwegen und kleine Straßen durch die südlichen Teilorte von Göppingen.

***

Die Prellungen, die Roeder durch den Zwischenfall davongetragen hatte, machten ihm weniger zu schaffen als der kochende Zorn darüber, dass ihn die Frau so spielend leicht überwältigt hatte. Deshalb kümmerte sich Lindner um Sabine Hohmeyer und führte sie ins Kommissariat, während Roeder wutschnaubend hinter ihnen her stapfte. Sie stellten ihr einige Fragen, eher um sie beschäftigt zu halten, bis auch die Vernehmungen ihrer

Kinder abgeschlossen waren, als um sie wirklich auszuforschen. Aber im Gespräch bestätigte sich der Eindruck, dass diese Frau ihrem ehemaligen Liebhaber vermutlich nicht einmal dann ein Haar hätte krümmen können, wenn er sie in einem beleidigenden oder sonstwie herabsetzenden Gespräch zur Weißglut getrieben hätte.

Dann stand ein uniformierter Kollege in der Tür und winkte Roeder nach draußen. Roeder kam kurz darauf zurück, der Uniformierte begleitete Sabine Hohmeyer in ein Büro, in dem sie bei Kaffee und Mineralwasser auf ihre Kinder warten konnte. Roeder informierte Lindner, was ihm der Beamte berichtet hatte.

»Zwei Cannstatter Kollegen in Zivil haben Marcel Fürbringer auf dem Rückweg zu seiner Wohnung aufgehalten und bringen ihn jetzt zu uns. Er wollte erst nicht mitkommen, aber als er ihnen das Versprechen abgenommen hatte, noch einmal nach seiner Mutter sehen zu dürfen, leistete er keinen Widerstand mehr. Er besorgte noch eine Vertretungspflege aus dem Heim, in dem er arbeitet, und inzwischen ist er zusammen mit unseren Kollegen auf dem Weg hierher.«

Maria kam ins Zimmer und wedelte mit einigen Blättern.

»Sonja Ramlinger hat ihr Geständnis widerrufen, und alle ihre neuen Angaben passen zu dem, was die Kollegen von der Kriminaltechnik zum Ablauf an Ernst Ramlingers Todestag herausgefunden haben.«

Sie legte das Protokoll der neuen Aussage vor Lindner und Roeder auf den Tisch. Die Eheleute hatten sich zwar gestritten, aber das war wohl nichts Besonderes. Ramlinger fuhr freitags gern etwas später ins Büro, das war in der Firma allgemein bekannt, deshalb machte seine Sekretärin an Freitagen niemals Termine vor elf Uhr. Sonja Ramlinger räumte den Frühstückstisch ab, befüllte die Spülmaschine und startete kurz nach halb neun das Standardprogramm. Danach ging sie ins Bad, um dort einen Korb mit Schmutzwäsche zu holen und in den Keller zu bringen. Sie sortierte die Wäschestücke und stopfte alles, was sie mit dem ersten Waschgang waschen wollte, in die Waschmaschine. Dann gab sie Waschpulver, Entkalker und Weichspüler in die entsprechenden Fächer und schaltete sie ein.

Nun hätte sie eigentlich das Programm gestartet, aber sie hörte aus einem der benachbarten Kellerräume ein seltsames Geräusch und dann so etwas wie leise Schritte. Durch einen Spalt in der Tür der Waschküche konnte sie den Kellerflur und einen kleinen Ausschnitt jenes Kellerraums sehen, in den die Außentreppe vom Garten herunterführt. Sie sah eine Gestalt mit dunkler Jacke und dünnen Handschuhen, ein Gesicht konnte sie in der Eile nicht erkennen, und versteckte sich aus Furcht vor dem vermeintlichen Einbrecher hinter der Tür der Waschküche. Dort blieb sie stehen, lauschte auf die Geräusche im Haus. Sie hörte Schritte die Treppe hinauf, dann glaubte sie ein Gespräch zu hören – was sie aber nicht mit letzter Sicherheit sagen konnte. Dann ein dumpfer Schlag, dann einige Geräusche, die sie nicht zuordnen konnte, dann das Zuschlagen der Terrassentür, gedämpft sich schnell entfernende Schritte, dann Stille.

Als sie überzeugt davon war, dass oben niemand mehr war, löste sie sich langsam aus ihrer Erstarrung. Wie in Trance sah sie sich in der Waschküche um, bemerkte die eingeschaltete Waschmaschine und drückte mechanisch den Startknopf für den 30-Grad-Waschgang, ohne dass ihr einfiel, wie unsinnig das in diesem Moment war. Sie zog langsam die Tür der Waschküche hinter sich zu und ging zögernd nach oben.

Dort war nur das gedämpfte Geräusch der laufenden Spülmaschine zu hören. Der Flur im Erdgeschoss war leer, vom Wohnzimmer her schien ein Luftzug zu kommen, der einen unbekannten Geruch mit sich trug. Sie trat ins Wohnzimmer – und sah ihren Mann auf dem Bauch liegen. Er bewegte sich nicht, gab keinen Laut von sich, und um ihn herum hatte sich auf dem Boden eine dunkelrote Pfütze gebildet.

»Ich weiß nicht mehr, wie lange ich nur dagestanden und schweigend auf Ernst geschaut habe«, gab Sonja Ramlinger zu Protokoll. »Das Leben mit ihm war mir schon vor Jahren zur Plage geworden – wie Sie vermutlich wissen, habe ich mich seit einiger Zeit mit Männern getroffen, um wenigstens ... Egal. Aber jetzt lag er tot vor mir, und ich musste das erst einmal begreifen. All diese Demütigungen, diese Zurücksetzungen, dieses barsche Über-den-Mund-Fahren, wenn ich mich in seiner Anwesenheit doch einmal an einem Gespräch beteiligte – das alles sollte jetzt mit einem Mal vorüber sein? Ich malte mir aus, wie mein weiteres Leben aussehen könnte. Finanzielle Sorgen würde ich nicht haben, das stand fest. Doch überall, wo ich mich künftig engagieren oder einbringen oder sonstwie betätigen würde, hätte ich in seinem Schatten gestanden. Ich stellte mir vor, wie ich den Vereinen, in denen er aktiv war, meine Hilfe anbieten würde – und wie sie dankend abwinken würden, weil ich doch dem großen Ernst Ramlinger in keiner Weise das Wasser reichen könnte. Ich stellte mir vor, wie ich als neue Unternehmenschefin in die Firma kommen und meine Anweisungen geben würde – und wie sie hinter meinem Rücken über mich lachen würden, weil ich nichts auch nur annähernd so gut konnte wie mein Mann. Allein seine Sekretärin, diese vertrocknete Schachtel! Romy – ich habe noch selten einen Menschen erlebt, der einen so unpassenden Vornamen trug ... Mir fielen immer mehr Situationen ein, in denen ich an den großen Fußstapfen scheitern würde, die mein Mann hinterlassen hatte. Was war er gelobt und hofiert worden, was haben sie ihm nicht alles geglaubt und durchgehen lassen, wofür haben sie ihn nicht alle mit Respekt und Dankbarkeit überhäuft. Meine Eltern kamen mir in den Sinn, zu denen ich keinen Kontakt mehr hatte – weil sie uns in einer finanziellen Notlage in weitere Schwierigkeiten gebracht hatten, weil sie Geld zurückforderten, das sie mir zur Hochzeit geschenkt hatten. Ich dachte an meine früheren Freundinnen, die sich von mir abgewandt hatten. An den Tennisverein, der mich auf Betreiben meiner Eltern rausgeworfen hatte ...«

An dieser Stelle hatte Sonja Ramlinger freudlos gelacht, denn inzwischen hatte sie von Maria, die an der Vernehmung teilgenommen hatte, erfahren, dass nichts davon stimmte, sondern dass ihr das ihr Mann nur vorgelogen hatte.

»Ich fühlte mich völlig alleingelassen. Und die Tatsache, dass Ernst mich nie wieder würde demütigen können, fühlte sich viel weniger befreiend an, als ich mir das früher ab und zu ausgemalt hatte. Ja, da brauchen Sie gar nicht so überrascht zu schauen: Ich habe mehr als einmal in den vergangenen Jahren daran gedacht, meinen Mann umzubringen. Er konnte mich bis aufs Blut reizen, das war, als wüsste er genau, wann er welchen Knopf drücken musste, um mich die Beherrschung verlieren zu lassen. An Gift hatte ich gedacht, an einen Treppensturz vielleicht oder daran, mit dem Wagen gegen einen Baum zu fahren, wenn er spätabends sturzbetrunken neben mir auf dem Beifahrersitz fläzte und keine Lust hatte, sich anzuschnallen. Aber natürlich hätte ich mich nie getraut … Und jetzt lag er vor mir … Er war noch nicht tot, als ich ihn fand, er röchelte leise, aber so wie sein Rücken aussah, mit diesen unzähligen Stichwunden, aus denen er blutete, konnte er unmöglich überleben.«

Das Protokoll vermerkte hier eine längere Pause, in der sich Sonja Ramlinger Kaffee einschenken und ein Taschentuch bringen ließ.

»Wie gesagt, ich habe keine Ahnung, wie lange ich so vor Ernst stand und ihm beim Sterben zusah. All diese Gedanken können mir in wenigen Minuten durch den Kopf gegangen sein oder auch über einen längeren Zeitraum, das kann ich beim besten Willen nicht sagen. Ich dachte auch über meine Ehe nach, was da alles schiefgegangen war, und ich dachte an einige der Männer, mit denen ich Ernst betrogen hatte. Kurz bekam ich sogar ein schlechtes Gewissen deswegen – von seinen Affären wusste ich zu diesem Zeitpunkt ja noch nichts. Ich überlegte, wer Ernst erstochen haben könnte. Erst schaute ich mich um, nirgendwo sah es nach einem Einbruch aus, und an den Stellen, wo Ernst gewöhnlich Bargeld deponierte, schien auch nichts zu fehlen – was also, wenn es gar kein Einbrecher gewesen war? Wer hätte sonst einen Grund, Ernst zu töten? Was, wenn es jemand gewesen war, der es meinetwegen tat?«

Erneut vermerkte das Protokoll eine Pause.

»Ich habe …«, fuhr Sonja Ramlinger nach einer Weile fort, »ich habe mich mit den anderen Männern nur getroffen, um mit ihnen Sex zu haben. Im einen oder anderen Fall kamen schon auch mal Gefühle ins Spiel, aber ich habe mich immer dagegen gewehrt, dass aus einer der Affären etwas Ernsteres wurde. Ich kann jedoch nicht ausschließen, dass das einer der Männer anders gesehen hat und …«

Wieder eine Pause.

»Es ging auch nicht immer alles glatt ab mit diesen … Beziehungen. Einer der Männer, Ralph Muehlefeldt, ein Fitnesstrainer aus Göppingen, hat mich zum Beispiel unter Druck gesetzt. Er hat Geld gebraucht, und er wollte mich erpressen. Wenn ich ihm nicht eine bestimmte Summe bezahlte, wollte er alles meinem Mann beichten. Ich hab mich nicht darauf eingelassen, habe sofort mit ihm Schluss gemacht, und er hat seine Drohung wohl nicht in die Tat umgesetzt. Mit einem anderen …«

An dieser Stelle – das erfuhr Lindner später von Maria, die das nicht ins Protokoll mit aufgenommen hatte – hatte sich Sonja Ramlinger unterbrochen, hatte erst den anderen Beamten am Tisch und dann Maria angeschaut und dabei sehr nachdenklich gewirkt. Maria hatte unmerklich den Kopf geschüttelt und dafür von Sonja Ramlinger ein kurzes Lächeln geerntet, bevor sie weitersprach.

»Mit einem anderen hätte es durchaus was werden können, aber wie gesagt, ich hab mich dagegen immer gesträubt. Aber in seinem Fall konnte ich mir vorstellen – und kann es immer noch –, dass er sich ernsthaft in mich verliebt hatte. Und dass er womöglich mir etwas Gutes tun wollte, indem er … meinen Mann …«

»Von diesem Mann«, hatte sich der andere Beamte zu Wort gemeldet, »brauchen wir noch den Namen und die Anschrift.«

»Das will ich Ihnen nicht sagen. Ich bin inzwischen auch überzeugt davon, dass er es nicht war, sonst hätte er sich längst gestellt.«

»Das zu beurteilen, überlassen Sie bitte uns, Frau Ramlinger.«

»Wir lassen das fürs Erste mal so stehen«, schaltete sich Maria ein. »Wir halten fest: Sie haben in diesem Punkt die Aussage verweigert. Wir kommen aber, wenn es nötig wird, noch einmal darauf zurück.«

»Danke.«

»Wie ging's also weiter in der Villa?«

»Wie gesagt, ich fühlte mich einsam und verlassen, und ich hielt es inzwischen für möglich, dass jemand den Mord aus Liebe zu mir begangen hat – aber was hätte es mir denn gebracht, wenn dieser Mann für einen Mord ins Gefängnis geht, der mich letztendlich doch nicht befreit? Er wäre hinter Gittern gelandet, und ich hätte zwar weiter in dieser Villa gelebt, aber ... na ja, ich wäre halt statt der Frau an Ernsts Seite von nun an die Frau an seinem Grab gewesen. Ich habe keine Kinder, für die ich sorgen muss, keine Freundinnen, mit denen ich Zeit verbringen kann, keinen Kontakt zu den Eltern – und da habe ich mir halt gedacht: Genauso gut kannst du selbst ins Gefängnis gehen, dann habe ich wenigstens jetzt mal die Hauptrolle in meinem Leben.«

Die nachgeschobene Frage hatte es nicht ins schriftliche Protokoll geschafft: »Klingt das arg verquer?«

Auch, dass Maria an dieser Stelle nur mit den Schultern gezuckt hatte, wurde nicht notiert. Dafür beschrieb Sonja Ramlinger in der Folge den restlichen Hergang am Todestag ihres Mannes.

»Ich ging zur Terrassentür, die der Fremde hinter sich zugeknallt hatte, und verschloss sie. Ich streifte die Hausschuhe ab und kniete mich neben meinen Mann auf den Boden. Das Messer steckte noch in seinem Rücken, und überall drum herum war sein Hemd zerfetzt und blutbefleckt. Auch der Messergriff war voller Blut. Ich packte zu, überwand den Ekel, den das Gefühl des schmierigen Griffs im ersten Moment auslöste, und dann zog ich das Messer heraus. Ich fasste es mal mit der linken, mal mit beiden Händen an, und als ich es schließlich in der rechten Hand hielt, ließ ich es dort. Dann fiel mir ein, dass ja erst mal niemand mich hier mit dem Messer in der Hand neben meinem

Mann finden würde. Also ging ich zum Telefon, wählte mit der linken Hand den Polizeinotruf und sagte dem Beamten, der ranging, dass ich meinen Mann erstochen hätte und dass bitte jemand nach Schlat kommen soll. Danach hockte ich mich neben Ernst und blieb dort und wartete auf die Polizei. Meine Beine wurden taub, und ab und zu rebellierte mein Magen, weil um mich herum ein süßlich-scharfer Geruch aufstieg, sein Blut und was sonst noch aus ihm herauslief.«

Lindner atmete mehrmals tief durch, als er das Protokoll zu Ende gelesen hatte. So bereitwillig, wie Sonja Ramlinger diesmal alles – fast alles – berichtet hatte, und gemessen an der verbüßten U-Haft, sollte sie für die anderen Straftaten – unterlassene Hilfeleistung und Vortäuschen einer Straftat – nicht mehr viel zu befürchten haben.

Roeder hatte geduldig gewartet, bis er fertig war, ließ sich dann von seinem alten Freund den Bericht geben und las ihn, zunehmend blasser werdend, ebenfalls.

***

Der Bauernhof an der Gruibinger Straße war alt, aber gut in Schuss gehalten. Das hatten sie schon im Vorbeifahren gesehen. Danach hatte Jupp Schreber seinen Wagen auf dem Parkplatz des Freibads am südöstlichen Ortsrand von Bad Boll abgestellt, von dort aus waren sie die paar Hundert Meter zurück zu Fuß gegangen. Nun stand er neben Karin Kelpp auf einer Wiese unter einem Obstbaum und schaute auf die Rückseite des Lindner'schen Anwesens. Nichts regte sich, nur ab und zu gackerten Hühner.

»Für Ferstner habe ich das hier alles schon mal ausspioniert, sogar das Lieblingslokal des Kommissars drüben in der Ortsmitte kenne ich. Siehst du die Scheune da?«

Karin Kelpp nickte.

»Da kommen wir problemlos von hier aus rein, und dort sollten wir uns bis heute Abend verstecken können. Lindner kommt ziemlich verlässlich abends zum Essen nach Hause. Seine Mutter, die für ihn kocht und wäscht, kann recht garstig werden, wenn er unentschuldigt fehlt.«

»Oh Mann, was für ein Waschlappen«, stöhnte Karin und verdrehte die Augen.

»Na, komm, ich bring dich in die Scheune.«

Schreber hatte einen kleinen Rucksack umgeschnallt, und als sie die Scheune erreicht und sich an das diffuse Licht gewöhnt hatten, holte er ein Geschirrtuch heraus, wedelte damit den Staub von einem hölzernen Schragen, der dort zwischen allerlei Krimskrams stand, und breitete dann darauf den Inhalt seines Rucksacks aus: Roggenbrötchen, geräucherte Wurst, Hartkäse und zwei Flaschen sauren Sprudel.

»Na, Karin, was meinst du? Halten wir es damit bis heute Abend aus?«

***

Roeder ging das Protokoll von Sonja Ramlingers Aussage gerade zum zweiten Mal durch, als zwei Männer in Jeans und Jacke ins Zimmer traten und einen jungen Mann mitbrachten, der ausgemergelt und übernächtigt wirkte. Er musterte die Männer und die Frau im Raum und stutzte, als er die feuchten Augen Roeders bemerkte.

»Herr Fürbringer?«, fragte Lindner.

In seinem Rücken nahm Maria Roeder, der zunehmend mit Tränen zu kämpfen hatte, beiseite, ging mit ihm ans Fenster und sah schweigend hinaus. Behutsam nahm ihm Maria das Protokoll weg und redete leise auf ihn ein.

»Ja, ich bin Marcel Fürbringer. Und vielleicht hat ja jetzt mal jemand die Güte, mir zu erklären, was das soll! Fehlte ja nur noch, dass ich in Handschellen abgeführt wurde!«

Er trug keine, und die Kollegen aus Cannstatt machten auch nicht den Eindruck, als wären sie besonders ruppig mit ihm umgesprungen.

»Jetzt wollen wir mal nicht übertreiben, Herr Fürbringer. Wir haben ein paar Fragen an Sie, die keinen Aufschub dulden. Ich muss nur noch kurz klären, wo wir am besten mit Ihnen reden. Moment, bitte.«

Er wandte sich ab, ging zu den beiden anderen ans Fenster und fragte mit gesenkter Stimme: »Sollen wir ihn hier befragen, oder nehme ich ihn mit in ein anderes Zimmer.«

»Na, Wolfgang, wird's gehen?«, wollte auch Maria wissen.

Er nickte.

»Lasst mich einfach noch ein paar Minuten hier am Fenster. Ihr könnt ruhig schon anfangen.«

Lindner kehrte zu Fürbringer zurück und bot ihm einen Platz in der kleinen Besprechungsecke an. Er verabschiedete die Beamten, die ihn gebracht hatten, und setzte sich ebenfalls. Maria wählte einen Platz zwischen Fürbringer und der Tür – so konnte sie dem jungen Mann im Notfall den Fluchtweg versperren und zugleich Roeder im Blick behalten, der noch immer mit dem Rücken zu ihnen am Fenster stand.

»Ihre Mutter ist versorgt?«, begann Lindner.

»Ja. Eine Kollegin aus dem Pflegeheim ist bei ihr.«

»Das machen Sie sonst weitgehend allein?«

»Ja. So ist es am einfachsten zu regeln. Und ich bin ja auch vom Fach.«

»Ein Glück für Ihre Mutter. Braucht sie denn viel Hilfe?«

»Allein würde sie nicht mehr zurechtkommen.«

»Ich habe mir sagen lassen, dass Sie fast den ganzen Tag bei ihr sind – und dass Sie sie nachts mit in das Pflegeheim nehmen, in dem Sie arbeiten.«

»Da sind meine Mutter und ich gewissermaßen Nutznießer des Pflegenotstands.«

Er lachte freudlos.

»Das Heim suchte händeringend nach jemandem, da hatte ich eine ganz gute Verhandlungsposition. Ich mache nur Nachtschichten, und meine Mutter ist eben auch dort einer meiner Pfleglinge. Ich glaube, das ist für alle Beteiligten eine gute Lösung.«

»Für Sie vermutlich am wenigsten.«

Er sah Lindner prüfend an, dann zuckte er mit den Schultern.

»Ist nicht zu ändern, also wird's halt so gemacht.«

»Würden Sie sich ab und zu mehr Unterstützung wünschen?«

»Ich buche schon ein paar Handreichungen bei der Sozialstation, mittwochs habe ich auf diese Weise den halben Vormittag frei und freitags den ganzen – mehr können meine Mutter und ich uns leider nicht leisten.«

»Ich meinte, Unterstützung von der Familie.«

»Die bucklige Verwandtschaft? Nö, vielen Dank auch!«

»Was ist denn mit der Verwandtschaft?«

»Die Eltern meiner Mutter – inzwischen sind sie gestorben – haben ihre Tochter verstoßen, als sie schwanger war und nicht verheiratet. Da haben auch die anderen aus dieser tollen Familie den Kontakt abgebrochen. Dass meine Mutter pflegebedürftig ist, weiß keiner von denen. Wozu auch?«

»Das bezieht sich alles auf die Verwandtschaft Ihrer Mutter – was ist mit Ihrem Vater?«

Marcel Fürbringers Miene verdüsterte sich schlagartig.

»Kein gutes Thema«, beschied er und verschränkte die Arme vor der Brust.

»Warum?«

»Na, dreimal dürfen Sie raten!«, brauste er auf. »Meine Mutter bringt mich zur Welt, zieht mich allein groß, und heute schau auch nur ich nach ihr – sieht das nach treusorgendem Vater aus?«

Lindner hörte ein Geräusch neben sich. Roeder hatte sich auf den Nachbarstuhl gesetzt. Er wirkte leidlich gefasst und konzentrierte sich auf den jungen Mann.

»Kennen Sie Ihren Vater denn?«, fuhr Lindner fort.

Marcel Fürbringer zögerte nur ganz kurz, aber Lindner bemerkte es, weil er genau darauf geachtet hatte.

»Nein, keine Ahnung, wer dieser Blödmann ist!«

Lindner lehnte sich zurück, sah Fürbringer prüfend an und wartete. Recht schnell wurde es dem jungen Mann zu viel.

»Was soll das jetzt wieder?«, pampte er Lindner an. »Sind wir durch und ich kann endlich gehen, oder warten Sie auf was Bestimmtes?«

»Ja, ich warte. Darauf, dass Sie sich vielleicht korrigieren.«

»Wieso korrigieren?«

»Sie haben uns angelogen, was Ihren Vater betrifft.«

Einen Moment lang wirkte Marcel Fürbringer überrascht, auch verunsichert, dann gewann die Wut wieder die Oberhand.

»Einen Scheiß hab ich! Ich weiß nicht, wer mein Vater ist! Meine Mutter hat nie ein Wort darüber verloren – nicht einmal, als wir seine finanzielle Hilfe sehr gut hätten brauchen können!«

Lindner gönnte sich ein leises Lächeln, was – wie erhofft – den jungen Mann vollends auf die Palme brachte.

»Grinsen Sie nicht so dämlich!«, entfuhr es ihm.

Roeder stemmte seine Hände auf die Oberschenkel und beugte sich nach vorn.

»Immer ruhig bleiben, junger Mann! Sie sitzen hier nicht mit Kumpels zusammen, verstanden? Wir behandeln Sie mit Respekt – und dasselbe erwarten wir umgekehrt auch von Ihnen!«

Lindner legte Roeder eine Hand auf den Unterarm.

»Lass ihn, Wolfgang. Er hat es im Moment nicht leicht, da kann man schon mal die Nerven verlieren.«

»Was meinen Sie damit? Wieso sollte ich die Nerven verlieren?«

Er stand auf.

»Ich geh jetzt. Mir wird das hier zu dumm!«

»Hinsetzen!«, donnerte Roeder, der nun ebenfalls aufstand und dem jungen Mann recht bedrohlich gegenüberstand. Auch Maria war aufgesprungen und verstellte Fürbringer den Weg zur Tür.

»Jetzt!«, kommandierte Roeder und deutete auf den leeren Stuhl. Marcel ließ sich daraufhin wirklich langsam wieder auf seinen Platz sinken. Maria blieb stehen, Roeder fläzte sich wieder auf seinen Stuhl, funkelte den jungen Mann aber weiterhin nicht sehr freundlich an.

»Ich versuche, mich in Sie hineinzudenken«, sagte Lindner in ruhigem Tonfall, »aber das ist nicht ganz einfach, gerade für mich nicht.«

Marcel Fürbringer schaute noch einmal skeptisch zu Roeder hin, dann erwiderte er Lindners festen Blick.

»Schauen Sie ... Meine Mutter ist nicht pflegebedürftig – die ist, um genau zu sein, um einiges fitter als ich.«

Fürbringer hob die Augenbrauen, und Lindner deutete auf seinen rechten Oberschenkel.

»Böse Zerrung oder etwas in der Art, seit vorgestern. Jedenfalls ist meine Mutter kerngesund, Pflege braucht sie keine. Und meinen Vater ... na ja, den habe ich zwar schon verloren, als ich noch ein kleiner Junge war. Aber ich wusste, wer er war. Er hat uns, solange er lebte, nie im Stich gelassen. Und wir hatten auch nie finanzielle Probleme.«

»Schön für Sie.«

»Sie dagegen ...«

Lindner ließ eine kurze Pause, und wirklich flackerte Fürbringers Blick in diesem Moment ein wenig.

»Sie kümmern sich aufopferungsvoll um Ihre Mutter, seit Jahren schon. Sie verzichten dafür auf Freizeit, auf ein normales Privatleben – eigentlich überhaupt auf ein eigenes Leben. Und was ist der Dank dafür? Sie und Ihre Mutter rutschen auf der sozialen Leiter immer weiter nach unten. Früher hatten Sie mal eine schöne Wohnung im Stuttgarter Westen, jetzt eine gewöhnungsbedürftige Bleibe in Untertürkheim. Früher mal war Ihre Mutter eine Schönheit, jung, lebensfroh und voller Träume – und heute hängt sie den alten Zeiten nach, muss seit dem Schlaganfall mit allerlei Beeinträchtigungen fertigwerden und hat vermutlich obendrein noch Schuldgefühle, weil sie ... wie soll ich es ausdrücken ... weil sie, solange sie lebt, ihrem einzigen Sohn den Weg in ein unbeschwertes, selbstbestimmtes, eigenes Leben verbaut.«

Fürbringer schluckte.

»Und dann der Vater! Nie da, wenn man ihn braucht. Auch finanziell keine Stütze, obwohl er es ja mehr als dicke hat!«

Die Augen des jungen Mannes weiteten sich, und er sah fragend zu den anderen, die aber nicht darauf reagierten.

»Ich stell mir das so vor ...«

Lindner beugte sich weit vor und schaute Marcel Fürbringer tief in die Augen.

»Ende August, Anfang September sah es auf Ihrem Konto und dem Ihrer Mutter mal wieder besonders schlecht aus, vielleicht war ein Küchengerät kaputtgegangen oder es gab eine Stromnachzahlung, was auch immer. Jedenfalls wussten Sie endgültig nicht mehr weiter, hatten sicher auch Angst, die Wohnung zu verlieren und mit einer noch schlimmeren Absteige vorliebnehmen zu müssen. Und am nächsten Freitagmorgen – nachdem die Sozialstation Sie abgelöst hat und Sie den ganzen Vormittag frei hatten, wie Sie ja vorhin selbst gesagt haben – beschlossen Sie, endlich denjenigen zur Kasse zu bitten, der Ihrer Meinung nach an dem ganzen Elend schuld ist. Sie setzten Sie sich in Ihr Auto und fuhren von Untertürkheim auf die B10 und auf der Bundesstraße an Esslingen und Plochingen und Göppingen vorbei, nahmen die Ausfahrt Süßen/Schlat und stellten Ihren Wagen wenig später auf dem Parkplatz des Schlater Tennisclubs ab, am nordöstlichen Ortsende. Den Rest des Weges gingen sie zu Fuß, wobei Sie niemand gesehen hat, weil Sie sehr vorsichtig waren. Durch ein Loch in der Hecke, das Sie vielleicht vorher schon mal ausbaldowert haben, schlüpften sie aufs Grundstück und drangen durch eine unverschlossene Kellertür ins Haus ein.«

Marcel Fürbringer war rot angelaufen, er starrte Lindner zornig an.

»Ich kann mir gut vorstellen, dass Sie mir jetzt gern widersprechen würden. Sie sehen aus, als würden Sie gleich platzen. Aber wie könnten Sie mir widersprechen, ohne zugleich zu verraten, was ich Ihnen unterstelle – und damit auch zu verraten, dass Sie den Mann, der in diesem Haus lebt, sehr wohl gekannt haben.«

»Ich«, presste er hervor, »ich muss Ihnen nicht widersprechen. Sie spinnen sich da irgendwas zusammen, und ich habe keine Ahnung, wovon Sie reden und worauf Sie hinauswollen!«

»Dann kann ich ja einfach mal weiterreden. Sie also rein ins Haus, durch diese Kellertür, dann rauf ins Erdgeschoss – und dort haben Sie den Hausherrn getroffen. Sie haben ihm Vorwürfe gemacht, haben Geld von ihm gefordert, aber er hat nicht so reagiert, wie Sie das wollten. Also sind Sie ausgerastet, haben sich in der Küche ein Messer geschnappt und haben ihn niedergestochen. Dann sind Sie raus aus dem Haus, zurück zu Ihrem Auto, und sind wieder nach Hause gefahren. Vielleicht haben Sie sich irgendwo unterwegs das Blut von den Händen gewaschen und sind dann wieder zu Ihrer Mutter, als wäre nichts geschehen.«

Maria lehnte an der Tür und ließ Marcel, den sie im Profil sah, nicht aus den Augen. Auch Roeder behielt den jungen Mann fest im Blick. Dem war inzwischen der Schweiß ausgebrochen, aber er schwieg eisern. Lindner beschloss, die Daumenschrauben noch ein wenig anzuziehen. Ihn noch ein wenig zu provozieren.

»Vielleicht haben Sie – bevor Sie ins Wohnzimmer gegangen sind – auch erst in der Küche das Messer geholt, um den Mann bedrohen zu können? Schließlich wollten Sie ja Geld von ihm, und vermutlich wollten Sie gleich was mitnehmen und sich nicht darauf verlassen, dass er irgendwann Geld überweisen wird. Da schadet es sicher nicht, wenn man ein bisschen Druck ausüben kann.«

Marcel Fürbringer zwang sich zu einem dünnen Lächeln, das wohl spöttisch wirken sollte.

»Langsam dämmert mir, worauf Sie hinauswollen, Herr Kommissar. Es geht um diesen Fabrikanten, der in seiner Villa erstochen wurde, richtig? Das war doch in Schlat?«

»Ja, das war in Schlat.«

»Davon habe ich in der Zeitung gelesen, wurde ja überall groß aufgemacht.«

»Sagen Sie ruhig den Namen des Toten«, ermunterte ihn Lindner.

Fürbringer tat so, als müsse er erst nachdenken, dann murmelte er: »Ramlinger hieß der, glaube ich.«

»Glauben Sie? Meinetwegen ... Ernst Ramlinger.«

»Und?«

»Der Name Ihres leiblichen Vaters.«

»Pfff ...«

»Der mit zahlreichen Messerstichen im Rücken auf dem Boden seines Wohnzimmers liegend gefunden wurde.«

»Habe ich gelesen, wie gesagt. Und ich habe auch gelesen, dass seine Frau, also jetzt seine Witwe, den Mord an diesem Ramlinger gestanden hat.«

»Was, wenn sie gelogen hätte?«

»Warum sollte sie das tun?«

»Das haben wir uns auch lange gefragt. Inzwischen haben wir eine Antwort bekommen.«

»Was geht mich das an?«

»Wir werden sehen.«

Marcel Fürbringer bemerkte, dass er zuletzt unbewusst mit dem rechten Daumen das Nagelbett des linken Daumens bearbeitet hatte. Ihm fiel außerdem auf, dass sowohl Lindner als auch Roeder das gesehen hatten. Er nahm die Hände auseinander und steckte sie in die Hosentaschen, so gut es im Sitzen ging.

»Wissen Sie, Herr Fürbringer, egal was ich Sie frage, immer passen Ihre Antworten zu dem Bild der verlassenen alleinerziehenden Mutter und ihrem aufopferungsvollen Sohn. In diesem Bild gibt es nur einen Bösen, Ernst Ramlinger – und der ist inzwischen tot.«

»Wie können Sie behaupten, dass Ernst Ramlinger mein Vater –«

Lindner winkte ab. Roeder stand auf und ging zum Schreibtisch. Er blätterte in einigen Unterlagen und kam kurz darauf mit einem Computerausdruck zurück, den er Fürbringer hinschob.

»Was ist das?«

»Das ist das Ergebnis eines DNA-Abgleichs, der beweist, dass Sie das gemeinsame Kind von Marlene Fürbringer und Ernst Ramlinger sind«, sagte Roeder ungerührt.

»Aber … wie sind Sie an das Vergleichsmaterial gekommen? Das ist illegal!«

»Sie haben recht, das ist illegal. Wir dürfen das nicht, deshalb haben wir's auch nicht gemacht. Aber das Ergebnis liegt halt nun mal hier.«

Fürbringer grinste böse und lehnte sich auf seinem Stuhl zurück.

»Das können Sie vor Gericht doch gar nicht verwenden!«

»Ach«, versetzte Lindner, »sind wir schon so weit? Geht es schon darum, Sie wegen Mordes an Ernst Ramlinger vor Gericht zu stellen? Gut, auch eine Art Geständnis …«

»Quatsch, ich gestehe gar nichts! Und jetzt hören Sie endlich auf, mir meine Worte im Mund herumzudrehen!«

»A propos herumdrehen: Ich wollte Ihnen doch noch schildern, dass man die Geschichte vom armen, aufopferungsvollen Sohn auch ganz anders erzählen kann. Sie dringen also in diese Villa ein, um Geld von Ernst Ramlinger zu erpressen.«

»Aber ich hab doch –«

»Gleich, Herr Fürbringer, lassen Sie mich nur kurz diesen Gedanken zu Ende führen. Sie also rein ins Haus, mit dem Ziel, dem Hausherrn Geld abzupressen. Sie konfrontieren ihn mit der Tatsache, dass er mit einer seiner früheren Geliebten einen 21-jährigen Sohn hat – er fällt natürlich aus allen Wolken und bittet Sie um etwas Bedenkzeit. Vielleicht will er sich anderswo mit Ihnen treffen – immerhin ist seine Frau mit im Haus, und da will er vielleicht nichts erörtern, was mit einem Seitensprung zu tun hat. Kann man ja auch verstehen, oder? Aber Sie wollen nicht warten, wollen nicht verstehen, dass Herr Ramlinger doch auch einen Moment braucht, um eine solche Neuigkeit erst einmal zu verdauen …«

»Hören Sie endlich auf! Der wusste doch seit Jahren, dass es mich gibt! Er hat meiner Mutter gegenüber auch versprochen, dass er sich um uns kümmert. Und ab und zu hat er uns auch tatsächlich Geld zugesteckt. Der hatte ja immer ordentlich Kohle bei sich. Wir haben uns manchmal auf Parkplätzen getroffen, in sein Haus sollte ich aber nie kommen. Können Sie sich vorstellen, wie sich das anfühlt, wenn einem einer heimlich Geld zusteckt, als wäre man ein Stricher oder so was? Und dann komme ich in seine Villa und will mit ihm reden, einfach nur reden – und was macht der? Kanzelt mich ab, schickt mich weg, und als ich nicht gleich gehe, dreht er sich um und macht Anstalten, das Haus zu verlassen und mich einfach stehen zu lassen wie einen dummen Jungen! Der kehrt mir den Rücken zu! Immerhin will ich etwas von ihm, habe mich gerade mit ihm gestritten – und der kommt nicht mal auf die Idee, dass ich ihn angreifen könnte! Wendet sich einfach ab! Mehr Verachtung geht doch gar nicht mehr, oder?«

Marcel Fürbringer sah so angewidert aus, dass ihm erst mit einiger Verspätung dämmerte, dass er sich gerade mehr als gründlich verraten hatte. Roeder nickte zufrieden, Lindner sah den jungen Mann, der zwischen Wut und Scham und Ärger schwankte, nur lange schweigend an.

»Wollen Sie sich vor Ihrer weiteren Aussage vielleicht mit einem Anwalt beraten?«

»Kann ich mir nicht leisten.«

»Für ein Verfahren steht Ihnen ein Pflichtverteidiger zu.«

»Ich weiß nichts, ich sag nichts mehr, und ich hab auch nichts gemacht. Fertig. Dafür brauche ich keinen Anwalt.«

Lindner sah ihn noch eine Weile an. Fürbringer war völlig fertig mit den Nerven. Einerseits wäre er nun leichte Beute gewesen, andererseits …

»Warten Sie bitte kurz? Ich muss was klären, das dürfte nicht länger als ein paar Minuten dauern.«

Er erhob sich, ging an Maria vorbei zur Tür und fragte sich zu dem Büro durch, in dem Sonja Ramlinger vernommen worden war. Ihr war inzwischen Kaffee gebracht worden, sie saß zitternd und mit verweinten Augen da, neben ihr Rupert Ferstner, der beruhigend auf sie einredete. Ein Stück entfernt saß ein Kripokollege an seinem Schreibtisch.

»Herr Dr. Ferstner«, begann Lindner, und der Anwalt drehte sich zu ihm um. »Hätten Sie einen Moment für mich?«

Ferstner sah fragend zu Sonja Ramlinger, sie nickte, tupfte sich mit einem Papiertaschentuch die Augen, und er begleitete Lindner hinaus auf den Flur. Fünf Minuten später betraten die beiden Männer den Raum, in dem Marcel von Maria und Roeder bewacht wurde.

»Dürfte ich kurz allein mit meinem Mandanten sprechen?«, sagte Ferstner.

Lindner nickte und lächelte, und alle drei Kripobeamten gingen auf den Flur und zogen die Tür hinter sich zu. Im Hinausgehen hörten sie noch, wie Marcel Fürbringer knurrte: »Ich kann mir keinen Anwalt leisten.«

Und Ferstners Antwort: »Das macht nichts. An diesem Fall habe ich schon genug verdient.«

***

Karin Kelpp hielt es keine Stunde in der Scheune des Lindner'schen Bauernhofs in Bad Boll aus, dann wurde sie ungeduldig. Sie stand auf, ging in der Scheune auf und ab wie eine eingesperrte Raubkatze, und als Schreber ihr noch etwas Käse anbot, starrte sie ihn böse an.

»Jupp, du bist kein schlechter Kerl, und ich bin dir auch dankbar, dass du mir hilfst. Irgendwann gehen wir beide mal schön ein Bier oder einen Wein trinken oder was essen – aber jetzt muss ich was machen, ich kann nicht einfach nur hier rumsitzen! Da werd ich verrückt!«

»Setz dich und iss was. Gegen sieben wird Lindner heimkommen, dann reden wir mit ihm.«

»Und bis dahin spinnt sich dieser Roeder alles Mögliche über mich zusammen? Na, danke! Warum bin ich vorhin wohl abgehauen? Ganz klar, wird sich der Bulle sagen: Weil die Frau aus dem Knast den Mann erstochen hat, der ihre Schwester auf dem Gewissen hat!«

Sie hatte ihm die Geschichte gleich nach der Ankunft in der Scheune erzählt, aber auch das hatte ihr die Wartezeit nicht kürzer werden lassen.

»Blödsinn, Karin! Du steigerst dich da in was rein! Dass du abgehauen bist, war halt eine Kurzschlussreaktion. Und Roeder hast du ja auch gar nicht direkt angegangen. Da kann dir nichts passieren.«

»Ach, Jupp, du weißt doch, dass es genau so laufen wird!«

»Wie denn? Dass ein fieser Bulle dir ans Leder will? Dass er dir aus reiner Bosheit die vorzeitige Entlassung versaut? Dass er dich zur Mörderin stempeln will, weil du schon mal hinter Gittern warst? Ach, Mädchen, ein bisschen gesetzestreuer könntest du dir die Kripo schon vorstellen. Die wollen diesen Fall wirklich lösen – und nicht irgendeinen Sündenbock finden.«

»Schon recht, Jupp ...«

Sie stand nun direkt vor ihm und schaute mit einem Blick auf ihn hinunter, der ihn nervös machte. Deshalb stand er auf und versuchte, in ihrer Miene zu lesen. Er bekam eine Ahnung, was passieren würde, und es gefiel ihm nicht.

»Tut mir leid, Jupp«, murmelte sie. »Das muss ich jetzt allein durchziehen. Du hast gleich noch was bei mir gut ...«

Damit umfasste sie ihn mit dem rechten Arm an der Hüfte und drückte ihm blitzschnell den Zeige- und den Mittelfinger der linken Hand tief in die Kuhle hinter dem Schlüsselbein. Schon im nächsten Moment verdrehte er die Augen und verlor das Bewusstsein. Seine Beine knickten ein, sie schob ihren linken Arm unter seine Beine und bettete ihn leidlich bequem auf eine von altem Stroh bedeckte Fläche neben dem Schragen. Dann sah sie sich um, nahm einige grobe Stricke von Haken an der Wand, stopfte ihm sein Geschirrtuch so in den Mund, dass er noch vernünftig atmen, aber nicht mehr schreien konnte, und band den Knebel, die Arme und die Beine.

Damit wurde sie gerade noch fertig, bevor er wieder zur Besinnung kam. Langsam schlich Karin Kelpp bis zum Wohnhaus. Sie lugte durch das erste Fenster und sah niemanden. Hinter dem zweiten Fenster befand sich die geräumige Wohnküche, und auf der Eckbank sah sie zwei grauhaarige Menschen eng ineinander verschlungen. Der Mann war hager und trug ausgeleierte Kleider, sein schon recht lichtes Haupthaar war zerzaust und wurde im Moment von den darin grabenden Fingern der Frau noch unordentlicher zugerichtet. Die Frau hatte ihr langes graues Haar zu einem Dutt gebunden, aus dem sich aber schon einige Strähnen gelöst hatten, die ihr nun seitlich übers Gesicht hingen. Einen Moment lang blieb Karin Kelpp stehen und sah dem betagten Liebespaar amüsiert zu – leidenschaftlicher hatte sie auch jüngere Paare selten knutschen sehen.

Dann lösten sich die beiden voneinander. Sie standen auf, die alte Frau gab dem Mann einen Klaps auf den Hintern und begleitete ihn aus der Wohnküche hinaus. Als die beiden aus ihrem Blickfeld verschwunden waren, schlüpfte Karin Kelpp ins Haus. Vom Flur her war zu hören, wie sich die beiden Alten verabschiedeten, dann fiel die Haustür ins Schloss, und Karin Kelpp postierte sich so, dass die alte Frau sie erst bemerken würde, wenn sie schon in der Küche angekommen war. Mit einem seligen Lächeln betrat sie den Raum, ging zum Tisch und räumte die beiden Bechertassen ab, die dort standen. Sie wandte sich zur Spüle um – und verharrte mitten in der Bewegung, als sie die Fremde vor sich sah. Die stieß sich lässig von der Wand ab und kam auf sie zu.

»Sie sind Frau Lindner?«

»Ja, die bin ich.«

»Gut, dann stellen Sie mal die Tassen ab und bleiben mit dem Rücken zum Spülbecken stehen.«

Ruth Lindner befolgte die Anweisungen mit ruhigen Bewegungen und wartete dann, was als Nächstes passieren würde. Sie taxierte die Fremde, ihre beachtlichen Muskeln und die Position zwischen ihr und der Hintertür, die sie mittlerweile eingenommen hatte. An Flucht war nicht zu denken.

»Und jetzt?«

Sie sah Karin Kelpp an.

»Was wollen Sie von mir? Ich habe nicht viel Geld im Haus, aber das können Sie gern haben. Liegt alles dort drüben in der Schublade. Da ist meine Brieftasche drin – ich wäre Ihnen aber dankbar, wenn Sie die Papiere da lassen könnten. Das ist so eine furchtbare Rennerei, bis man die ganzen Dokumente wieder beisammen hat.«

Karin Kelpp lächelte.

»Respekt, gute Frau – Sie wirft so schnell nichts aus der Bahn, was? Aber keine Angst. Ich will Ihr Geld nicht, und die Papiere schon gleich gar nicht. Ich will mit Ihrem Sohn reden.«

»Der ist nicht hier.«

»Ich weiß. Sie sollen ihn anrufen und ihm sagen, er soll so schnell wie möglich hierherkommen – natürlich allein, ohne Polizei und so.«

»Das wird schwierig. Mein Sohn ist bei der Polizei.«

»Bitte keine Haarspaltereien, Frau Lindner – Sie wissen, was ich meine.« Sie sah sich um. »Wo haben Sie Ihr Telefon?«

»Im Flur. Aber Sie wissen schon, dass Sie sich in Teufels Küche bringen, wenn ich meinen Sohn anrufe, ihm sage, dass mich hier eine fremde Frau festhält und dass sie mich nur dann in Ruhe lässt, wenn er schnell und allein hierherkommt?«

Karin Kelpp stutzte, sie schien verwirrt, und Ruth Lindner schob schnell nach: »Ich weiß ja nicht, warum Sie so dringend mit meinem Sohn reden müssen – aber was auch immer Sie von ihm wollen – eine Geiselnahme verbessert Ihre Situation garantiert nicht.«

»Geiselnahme! Pah!« Karin Kelpp hielt der anderen ihre leeren Hände hin. »Sehen Sie hier eine Waffe?«

»Na ja, eine durchtrainierte Frau wie Sie braucht für mich alte Schachtel ganz sicher keine Waffe...«

»Ich will Ihnen ja nichts tun. Ich will nur, dass Sie Ihren Sohn anrufen und ihm sagen, dass er sofort nach Hause kommen und mit mir reden soll.«

»Das hab ich schon verstanden, Frau ...?«

»Kelpp, Karin Kelpp. Und reden muss ich mit ihm, weil... Ich bin in seinen aktuellen Fall verwickelt, und ich fürchte... dass er mich für die Täterin hält.«

»Seinen aktuellen Fall? Den Mord in Schlat?«

»Ach, das bespricht er mit Ihnen?«

»Nicht immer, natürlich, aber diesmal schon. Und warum sollte er Sie für die Täterin halten?«

»Das muss ich Ihnen nicht auf die Nase binden. Ich will mit ihm sprechen, und zwar bald!« Sie ging auf Ruth Lindner zu.

»Und deshalb nehmen Sie jetzt Ihr blödes Telefon und rufen Ihren Sohn an! Sofort!«

»Erst erzählen Sie mir, worum genau es geht. Sonst rufe ich gar niemanden an, damit das klar ist!«

Karin Kelpp zwinkerte irritiert, dann baute sie sich drohend vor der Alten auf und zischte zu ihr hinunter: »Oma, du wirst jetzt keine Zicken machen! Du rufst jetzt deinen Sohn an, und zwar zackig! Was ich sonst mit dir mache, willst du nicht wissen, glaub mir!«

***

Lindner war ganz blass geworden. Seine Mutter hatte am Telefon zwar nicht besonders ängstlich geklungen, aber das musste nichts heißen. Er erinnerte sich an einen Unfall, den sie vor ein einigen Jahren mit ihrem Traktor gehabt hatte. Damals war sie mit dem Vehikel von einem schmalen Feldweg abgekommen, der Schlepper war am Hang umgekippt und hatte ihr rechtes Bein eingeklemmt. Es war nichts gebrochen, aber sie konnte sich nicht selbst befreien und rief deshalb mit dem Handy ihren Sohn an. Trotz der starken Schmerzen, die sie in diesem Moment gehabt haben musste, bat sie ihn seelenruhig und mit fester Stimme, doch bitte kurz einen Nachbarn mit seinem Traktor vorbeizuschicken, der ihren Schlepper wieder zurück auf den Weg ziehen konnte – ihr Bein hatte sie dabei gar nicht erst erwähnt. Was, wenn sie auch diesmal nur ruhig wirken wollte, um ihrem Sohn keine Sorgen zu bereiten?

»Was ist denn, Stefan?«, fragte Maria, der Lindners Reaktion auf den Anruf zuerst auffiel.

»Karin Kelpp ... Sie ist bei mir zu Hause. Meine Mutter hat gerade angerufen. Karin Kelpp will, dass ich sofort nach Boll komme und mit ihr rede – allein.«

»Wie?!«, brauste Roeder auf. »Die haut ab und weiß dann nichts Besseres, als deine Mutter in ihre Gewalt zu bringen, um dich zu zwingen, mit ihr zu reden?« Er schnaubte. »Na, ihre vorzeitige Haftentlassung kann sie sich in die Haare schmieren!«

»Jetzt mal langsam, Wolfgang! Von einer Geiselnahme oder etwas in der Art habe ich kein Wort gesagt!« Lindner hoffte, dass ihm der alte Kollege nicht ansah, dass er aber sehr wohl an so etwas dachte. »Ich fahr jetzt nach Boll und red mit der Frau. Es muss ja wichtig sein, wenn sie dafür sogar extra zu mir nach Hause fährt.«

»Das hätte sie uns auch gleich hier im Kommissariat sagen können, oder? Nein, Stefan, ich bleib dabei: Die ist durchgeknallt, hat die Nerven verloren und hat deine Mutter als Geisel genommen – und wenn das so ist, muss sie ordentlich Dreck am Stecken haben! Und womöglich haben wir damit schon die wirkliche Mörderin von Ernst Ramlinger!«

Er schnappte seine Jacke und stürmte zur Tür.

»Wo willst du hin?«, rief ihm Lindner nach.

»Da muss das Einsatzkommando her! Die umstellen euren Bauernhof, schnappen sich diese Verrückte und sorgen dafür, dass deiner Mutter nichts passiert!«

»Lass das!«, herrschte Lindner ihn an, und tatsächlich blieb Roeder daraufhin stehen. »Ich fahr jetzt nach Boll. Maria und du und meinetwegen noch ein, zwei weitere Kollegen können mich begleiten. Aber ihr haltet euch im Hintergrund, und ich geh erst mal allein rein.«

»Aber …«, unternahm Roeder noch einen Versuch, doch Lindner schüttelte nur den Kopf.

»Meine Mutter hat nichts von einer Geiselnahme gesagt, also geh ich da zunächst mal allein rein, basta!«

Roeder war erschrocken, als Lindner so ungewohnt laut geworden war. Aber Maria kannte ihn besser und vermutete, dass er mit dem forschen Auftreten vor allem die Angst um seine Mutter überspielen wollte.

»So machen wir's«, stimmte sie ihm deshalb zu. »Mit einer Änderung: Ich geh mit dir ins Haus.«

Lindner nickte und lächelte sie dankbar an.

Die Tür schwang auf, und Anwalt Ferstner kam herein, Marcel Fürbringer im Schlepptau.

»Mein Mandant will ein Geständnis ablegen, und ich möchte, dass notiert wird: Er gesteht aus freien Stücken und ist in vollem Umfang kooperativ.«

»Freut mich«, brachte Lindner noch heraus, aber dann war er auch schon an Ferstner vorbei, und draußen im Flur hörte man nur noch seine Schritte, die sich schnell entfernten. Maria hob dem Anwalt gegenüber kurz den Daumen und folgte ihrem Freund. Sie hatte ihn auf halbem Weg zur Treppe eingeholt, weil er schon etwas langsamer wurde und auch leicht zu hinken begann.

»Das ist gut, Herr Anwalt«, sagte schließlich auch Roeder. »Wenn Sie kurz hier warten könnten. Ich schicke gleich einen Kollegen, der alles aufnimmt. Bitte nicht weglaufen, ja?«

Und fort war auch er.

»Nicht weglaufen? Das wollte ich auch gerade sagen«, murmelte der verdutzte Anwalt, dann deutete er auf die Besprechungsecke. »Setzen wir uns eben, Herr Fürbringer. Auf die paar Minuten kommt es jetzt auch nicht mehr an.«

***

Als er nur noch wenige Stufen nach unten vor sich hatte, ließ er sich von Maria überzeugen. Sie würde fahren, und er würde auf dem Beifahrersitz seinen bereits leicht stechenden Oberschenkel schonen. Wer wusste schon, was alles in Boll auf ihn zukam? Roeder trommelte unterdessen zwei Kollegen zusammen, mit denen er den beiden folgen wollte.

Dass Maria am Steuer saß, hatte für Lindner außerdem den Vorteil, dass sie schneller am Ziel waren. Sie fuhr viel sportlicher als Lindner. Ihren postgelben Zweisitzer stellte sie aber schon ein Stück vor Lindners Elternhaus ab. Den Rest des Weges gingen sie zu Fuß, die Freibadstraße entlang, und bald hatten sie die Wiese hinter dem Lindner'schen Bauernhof erreicht.

»Gut, Maria«, sagte Lindner und beobachtete dabei Gebäude und Gelände vor sich. »Ich geh jetzt rein und red mit der Frau – und du kommst nach und gibst mir Rückendeckung.«

»Von wegen, Stefan! Ich hab dir schon gesagt, dass ich mit reingehe. Außerdem … wie kommt die so schnell von Göppingen nach Boll? War nicht dieser Detektiv, dieser Schreber, auch plötzlich verschwunden, als Kelpp abgehauen ist? Was, wenn der sie hierhergefahren hat und irgendwo im Hinterhalt steckt?«

Sie deutete auf die Scheune.

»Wir schleichen uns erst mal bis zur Scheuer, schauen dort nach, ob womöglich jemand auf der Lauer liegt. Danach können wir immer noch ins Haus gehen.«

Sie arbeiteten sich langsam voran. Maria Treidler, weil sie offenbar plötzlich die Indianerin in sich entdeckt hatte – und Stefan Lindner, weil er mit jedem allzu ausgreifenden Schritt ein neues Stechen im Oberschenkel befürchtete. Irgendwann hatten sie die Scheune erreicht. Das Tor stand einen Spalt weit offen, der breit genug war, um hindurchzuschlüpfen. Lindner sicherte die vorangehende Maria und folgte. Als er ins dämmrige Licht trat, stand Maria vor einem flachen Haufen Stroh, auf und neben dem ein Geschirrtuch und mehrere grobe Stricke lagen. Gerade so, als wäre hier jemand gefesselt und danach wieder befreit worden. Sonst war in der Scheune nichts Auffälliges zu entdecken.

Also arbeitete er sich, Maria dicht hinter sich, ans Wohnhaus heran. Wenn Karin Kelpp seine Mutter wirklich als Geisel genommen hatte und sie gefangen hielt, bis er eintraf, würde sie vermutlich im Wohnzimmer auf ihn warten, an einem Fenster mit Blick auf die Gruibinger Straße. Dann konnte er vielleicht durch die Hintertür in die Küche schleichen und von dort aus –

»Was ist denn, Stefan?«

Lindner war mitten im Schritt verharrt und starrte jetzt mit offenem Mund durchs Küchenfenster. Maria erschrak, zögerte einen Moment, trat dann neben ihren Freund und folgte seinem Blick – und sah Ruth Lindner mit Karin Kelpp und Jupp Schreber am Esstisch sitzen. Die drei hatten eine Kaffeekanne zwischen sich und einige Scheiben Hefezopf, die Frauen nippten an ihren Bechern und plauderten wie alte Freundinnen. Schreber wiederum sah etwas leidend aus und nippte von Zeit zu Zeit an einem gut gefüllten Wasserglas. Daneben stand eine halb geleerte Flasche Obstler.

***

Aus dem Augenwinkel hatte Ruth Lindner die Bewegung hinter dem Fenster bemerkt, jetzt lächelte sie, machte Karin Kelpp auf die Neuankömmlinge aufmerksam und winkte ihnen fröhlich zu, sie sollten doch einfach hereinkommen.

»Aber ... ich dachte ...«, stammelte Lindner, als er und Maria am Tisch standen.

Er sah fragend zwischen seiner Mutter und den beiden anderen hin und her. Schreber hob müde eine Hand zum Gruß und nippte erneut am Schnaps.

»Sind Sie irre?«, fuhr er Karin Kelpp an. »Nach dem Anruf meiner Mutter hatte ich befürchtet, Sie seien völlig durchgedreht und würden sie als Geisel nehmen, um was auch immer zu erpressen ...«

»Ja, ich –«, begann sie und wand sich, aber Ruth Lindner schnitt ihr mit einer knappen Handbewegung das Wort ab.

»Hock de na, Bub, ond schwätz koin Bäpp! Seh i aus, als wär i a Geisel? Dui Karin hot mi bsuacht, ond weil sie mit dir hot schwätza wella, han i di agruafa, dass de hoimkomma sollsch. Meh war net, ond fertig!«

»Und was ist mit ihm passiert?«

Er nickte zu Schreber, der offenbar mit leichter Übelkeit (und inzwischen wohl auch mit der Wirkung des Obstlers) zu kämpfen hatte.

»Ich ... äh ... ich hab mir in Ihrer Scheune den Kopf gestoßen«, brummte Schreber und versuchte ein Lächeln. »Ganz blöd gelaufen.«

Lindner wollte schon einhaken, aber da fiel ihm seine Mutter ins Wort.

»Woisch jo, was mir dort für a Durchanandr hen … Ond jetzt machsch net länger dra rom, Jonger, sondern hörsch dir oifach a, was dui Karin zom Vrzähla hot.«
»Aber –«
»Nahocka!!«
Maria, das ganze Gesicht ein breites Grinsen, hatte inzwischen zwei weitere Tassen geholt, füllte sie, drückte Lindner auf einen freien Stuhl und setzte sich selbst dazu. Er kam schon gegen seine Mutter nicht an, und wenn nun auch noch Maria auf deren Seite war … Also nahm Lindner einen Schluck Kaffee, seufzte und sagte: »Dann erzählen Sie mal, Frau Kelpp.«
Erst stockend, dann immer flüssiger berichtete sie von ihren Recherchen, von ihren Gesprächen mit Sonja Ramlinger und Jupp Schreber und von den Gefühlen, die sie Ernst Ramlinger gegenüber gehegt hatte. Als sie vom traurigen Schicksal ihrer Schwester erzählt, danach alle ihre Befürchtungen geschildert und noch einmal beteuert hatte, dass sie nichts mit dem gewaltsamen Tod von Ernst Ramlinger zu tun habe, tat sie Lindner sogar ein bisschen leid, und er konnte sie in diesem Punkt beruhigen.
»Der Mordfall betrifft Sie nicht weiter, Frau Kelpp. Wir wissen, wer's war. Und dass wir Ihnen das anhängen würden, nur weil Sie im Moment noch eine Haftstrafe verbüßen … Dass Sie uns das zutrauen, deswegen müsste ich eigentlich beleidigt sein – so läuft das nicht bei der Polizei. Aber das mit der Geiselnahme …«
»Ha, fangt der scho wieder drmit a!«
Ruth Lindner hatte ihr Smartphone aus der Hose genestelt, tippte auf dem Display herum und reichte das Gerät über den Tisch an Maria weiter. Dann rückte sie ein wenig näher an Karin Kelpp heran, hob ihre Tasse, ermunterte die Frau, dasselbe zu tun, und dann lächelten die beiden um die Wette: Ruth Lindner fröhlich, Karin Kelpp ein wenig gezwungen.
»Ond jetz machsch a Bildle von ons boide, Maria.«
Schnell waren zwei, drei Aufnahmen im Kasten, und Ruth Lindner ließ sich das Handy wieder geben. Sie wählte eines der Bilder aus und hielt es ihrem Sohn hin.

»Do guck, Jonger. Sieht so a Geiselnahme aus?«

Tadelnd schüttelte sie den Kopf, steckte das Handy wieder weg und fuchtelte schließlich mit dem Zeigefinger vor Lindners Gesicht herum.

»I han mit dr Karin Kaffee dronka ond sonsch nix. Du hosch dir do was eibildet, ond fertig!«

Sie zog die Augenbrauen zusammen.

»Hosch des vrschtanda?«

Lindner zuckte mit den Schultern.

»Meinetwegen. Wenn dir nichts passiert ist und du das so sehen willst …«

»Ja, genau so will i des säha. Ond Sie, Herr Schreber, gebet jetzt amol den Schnaps her – mir trenkat jetzt oin mit uff den Schreck!«

Schreber schob folgsam die Flasche zu ihr hin. Maria flitzte zum Küchenschrank, um Gläser zu holen, und stellte vor jeden eins auf den Tisch. Ruth schenkte alle randvoll, nahm ein Glas und prostete den anderen damit zu. Mitten in der Bewegung hielt sie inne und schaute an ihrem Sohn vorbei zum Fenster. Erst gluckste sie, dann lachte sie schallend und verschüttete dabei ein paar Tropfen Obstler. Lindner drehte sich um. Vor dem Fenster standen Schulter an Schulter Wolfgang Roeder, Harald Miller und ein weiterer Beamter von der Göppinger Kripo mit gezogenen Waffen, die Augen weit aufgerissen und auf ihren Gesichtern nicht den klügsten Ausdruck.

Jetzt konnte sich Lindner in etwa vorstellen, wie er vorher ausgesehen haben musste.

ENDE

… wobei:

Lindner hatte wohl irgendwann, als sie die letzten Unterlagen zusammenstellten und mit Ferstner über Marcel Fürbringers Beweggründe und den genauen Hergang der Tat gesprochen hatten, erwähnt, dass für ihn und Maria noch ein Besuch in Gammelshausen anstand, im dortigen Feinschmeckerrestaurant »Entenmanns Canard im Erbisweg«. Das hatte sich der Anwalt offenbar gemerkt, denn ein paar Tage später rief er Lindner an.

»Haben Sie morgen Zeit? Ich würde Sie und Ihre Freundin gern in dieses Nobelrestaurant einladen. Ich bringe auch jemanden mit. Wäre zwanzig Uhr recht?«

Und so standen sie neben Ruth Lindners altem Traktor in der Einfahrt zum Hof, Maria im feinen Abendkleid und Stefan in seinem guten Anzug, den er aber sichtlich ungern trug. Ferstner fuhr mit seiner Limousine überpünktlich vor, und im Fond des Wagens wartete eine handfeste Überraschung auf sie. Dort saß Chiara Aichele, die Wirtin vom Hirschen, und winkte ihnen fröhlich entgegen. Maria schlüpfte schneller neben Chiara, als sich Lindner gefasst hatte, also saß er vorn, als Ferstner auch schon wieder Gas gab.

»Willst du nicht vorne sitzen, Chiara?«, fragte Lindner und drehte sich halb zu ihr um.

»Nein, nein, vorne wird mir immer schlecht. Das passt schon.«

Sie waren zügig in Gammelshausen, und Ferstner fand einen Parkplatz ganz in der Nähe des Lokals. Die letzten Schritte gingen sie zu Fuß, und als sie in den Erbisweg abbiegen wollten, das kurze und schmale Stichsträßchen, in dem sich das Gourmetrestaurant befand, sah Lindner den Wagen von Wolfgang Roeder an ihnen vorbeifahren.

»Können wir noch kurz warten?«, sagte er deshalb. »In dem Wagen sitzt mein Kollege.«

»Was macht Roeder denn jetzt in Gammelshausen?«, wunderte sich Maria.

»Dort vorn wohnen die Eltern von Sonja Ramlinger«, erklärte Ferstner.

»Ich weiß«, versetzte Lindner. »Ich war dort schon mal, mit Roeder. Und jetzt ... hält er an ... steigt aus ... macht die Beifahrertür auf und ...«

»Ah, er hat Frau Ramlinger zu ihren Eltern gefahren. Nett, dass er sich auch nach Abschluss der Ermittlungen um sie kümmert ...«

Lindner war der süffisante Ton des Anwalts aufgefallen, und als er ihn nun ansah, lag ein breites Grinsen auf dessen Gesicht.

»Sie wussten, dass die beiden früher mal ...?«, fragte Lindner etwas unbeholfen.

»Na ja, früher ... Schauen Sie mal genau hin, Herr Lindner.«

Roeder flatterte regelrecht um Sonja Ramlinger herum. Dann wurde die Haustür geöffnet, Sonja Ramlingers Mutter, Dorothea Kurtz, erschien im Eingang. Einen Moment lang blieben die beiden Frauen unschlüssig voreinander stehen, dann breitete die Mutter die Arme aus, und die Tochter nahm das Angebot nach kurzem Zögern schließlich an. Minutenlang blieben sie so, fest ineinander verschlungen, nur ab und zu fuhr Dorothea Kurtz ihrer Tochter mit den Fingern durchs Haar. Roeder stand daneben wie bestellt und nicht abgeholt. Doch als die Frauen sich voneinander lösten und er sich zum Gehen wenden wollte, griff Dorothea Kurtz mit der freien Hand nach seinem Arm und bugsierte ihn zusammen mit ihrer Tochter ins Haus.

»Schön«, sagte Ferstner und strahlte. »Und jetzt gehen wir essen, nicht wahr? Dann werde ich euch auch etwas über meinen Detektiv und die muskulöse Dame aus dem Knast erzählen.«

Sie hatten einen Tisch direkt am Fenster, mit schönem Blick auf Obstbäume und eine Wiese. Ferstner ließ ordentlich auffahren. Dazu plauderte er launig und deutete an, dass Karin Kelpp und Jupp Schreber wohl Gefallen aneinander gefunden hatten.

»Der gute Jupp wandelt offenbar auf Freiersfüßen, wenn ich das so ausdrücken darf. Jedenfalls hat er Frau Kelpp zu seinem Lieblingsasiaten eingeladen.« Ferstner lachte leise, bevor er fortfuhr. »Ein kleines Take-away ganz in der Nähe seiner Dachwohnung in Plochingen.«

Zwischendurch turtelte er mit Chiara Aichele, die sich zudem prächtig mit Maria unterhielt. Als die beiden Frauen gerade einen nicht ganz ernst gemeinten Vergleich zwischen Wurstsalat Speciale und dem eben servierten Carpaccio vom Milchkalb anstellten, rückte Ferstner ein wenig näher an Lindner heran und senkte seine Stimme.

»Da hat mein früherer Klient Ramlinger ja einiges angerichtet, was? Die Ehefrau drückt er so lange an die Wand und isoliert sie von allen früheren Kontakten, die Eltern eingeschlossen, bis die vor lauter Demütigung und Verlorenheit sogar lieber einen Mord gesteht, den sie nicht begangen hat, als weiterhin unbeachtet und ihrer Wahrnehmung nach von niemandem geliebt und respektiert weiter in der Villa zu leben. Und Marcel Fürbringer, der arme Kerl, will gar kein Geld erpressen von Ramlinger, obwohl er es dringend brauchen könnte. Nein, der will einfach nur, dass sich sein leiblicher Vater zu ihm bekennt. Dass er ihm einmal ins Gesicht sagt, dass er sich gefreut hat, als Marlene ihm einen Sohn geboren hat. Dass er ab und zu nach Untertürkheim kommt und die Frau besucht, die ihn noch immer liebt, und ihr ... ja, auch ab und zu ein bisschen Geld mitbringt, ihr vor allem aber Aufmerksamkeit schenkt. Ob alles genau so stimmt, wie Marcel mir das erzählt hat, werden wir wohl nie erfahren. Aber ich jedenfalls kann mich gut in die Situation hineindenken, die er mir geschildert hat. Da lacht ihn dieser Mann, dessen Respekt und vielleicht auch dessen Zuneigung sich Fürbringer so sehr gewünscht hat, einfach aus. Beschimpft ihn sogar noch, als sich Fürbringer darüber aufregt. Geht dann einfach weg, als wäre der junge Mann nur ein lästiger Bittsteller – und dann eilt der hinaus in die Küche, zieht das Messer aus dem Holzblock, wickelt etwas Küchenkrepp um den Griff und sticht zu, wie von Sinnen, wieder und wieder, bis sich der andere nicht mehr regt.«

Lindner neigte auch dazu, dem Geständnis von Marcel Fürbringer zu glauben. Er wollte gerade etwas Entsprechendes sagen, als sie von einem etwas massigen Eins-neunzig-Mann unterbrochen wurden, der an ihren Tisch trat.

»Meine Damen, meine Herren«, sagte er mit volltönender Stimme und verbeugte sich so tief, dass Lindner fürchtete, ihm würde die Kochmütze vom Kopf purzeln. »Der Hauptgang: Rinderfilet, dry-aged, an Zwiebel-Rotwein-Jus, dazu Burgunder-Trüffel und Chips von der Blauen St. Galler. Ich wünsche guten Appetit.«

Während seiner kurzen Ansprache hatten vier Ober vor jedem der Gäste einen abgedeckten Teller hingestellt, dann hoben sie gleichzeitig die Deckel ab, verbeugten sich und verschwanden wieder.

Als sie sich würdevoll getrollt hatten und der Maître zum nächsten Tisch gesegelt war, beugte sich Ferstner erneut zu Lindner hin, der misstrauisch auf die blauschwarzen Scheiben blickte, die am Rand einer dunklen Tunke aufgereiht waren.

»Die Blaue St. Galler ist eine Kartoffelsorte, die von Natur aus diese Färbung hat und durch das Ausbacken noch etwas dunkler wird – die Chips können Sie ruhig essen, das wird Ihnen schmecken.«

Lindner zögerte, aber dann gab er sich einen Ruck und probierte. Chips, Soße und Trüffel – alles war so vorzüglich wie die vorangegangenen Gänge. Lindner und die beiden Frauen spießten winzige Bröckchen auf die Gabeln und ließen sich anschließend ganz andächtig alles auf der Zunge zergehen.

Nur Ferstner aß wie zuvor mit großem Appetit und packte sich die Gabel voll. Lindner schaute ihm schmunzelnd zu und beugte sich ein wenig nach vorn, um es ihm gleichzutun – als er an der Rückseite des rechten Oberschenkels ein vertrautes Ziehen spürte. Im selben Moment bohrte Ferstner seine Gabel tief in das Filetstück auf seinem Teller und säbelte mit dem Messer einen ordentlichen Bissen ab. Das Ziehen wurde stärker, und fast fühlte sich das nun einsetzende Stechen an, als hätte Ferstner die Gabel in Lindners Bein gesteckt und nicht ins Steak. Der Schmerz ging ihm durch und durch, Lindner hielt kurz die Luft an und kniff die Augen zusammen. Als er die Lider wieder aufschlug, bemerkte er, dass Ferstner ihn besorgt ansah.

»Alles gut bei Ihnen?«, fragte er.

Die Stimme des Anwalts hörte er wie aus einiger Entfernung, dann räusperte er sich, trank etwas Wein und atmete ein paar Mal tief ein und aus.

»Sie sind ganz blass, Herr Lindner«, sagte Ferstner.

»Alles gut, danke«, brachte Lindner hervor.

Auch Maria hatte zu ihm hingeschaut, und eine Sorgenfalte bildete sich auf ihrer Stirn.

»Nur mein Oberschenkel«, fügte er murmelnd hinzu. »Ich spüre dort seit ein paar Tagen ein Ziehen und Stechen, aber das halt' ich schon aus, keine Sorge.«

Er blickte Maria an, in der Hoffnung, sie würde seine Tapferkeit zu schätzen wissen. Doch sie hatte sich schon abgewandt, schüttelte den Kopf und grinste spöttisch, während sie die angeregte Unterhaltung mit Chiara fortsetzte.

Enttäuscht beugte er sich über seinen Teller. Das Stechen, das Lindner nun spürte, tat ganz woanders weh als im Oberschenkel. Warum nur gestand ihm niemand zu, dass auch er mal Schmerzen hatte? Er, der doch gewiss kein bisschen wehleidig war, sondern einfach nur Pech hatte mit Krankheiten und Verletzungen, die nicht einmal sein Hausarzt als solche erkennen wollte!

Vor ihm lag das Filetsteak, ein prächtiges Stück Fleisch, außen kross und innen zart und saftig. Wut stieg in ihm auf, und schließlich packte er sein Besteck fester als zuvor, stach mit der Gabel in das Steak und schnitt sich mit dem scharfen Messer ein Stück ab. Ohne weiter auf seinen maladen Oberschenkel zu achten, schob er sich das Fleisch in den Mund, ließ sich den feinen Geschmack auf der Zunge zergehen, schnitt das nächste Stück ab und führte die Gabel erneut zum Mund.

Sollten sie ihn doch auslachen! Sollten sie ihm doch unterstellen, dass er seine Schmerzen nur simulierte! Er würde sich jetzt dieses Essen schmecken lassen, ganz egal, ob ihm das Stechen im linken Oberschenkel das Leben zur Hölle machte oder nicht.

Oder war es der rechte gewesen …?

Danksagung

Danke an alle, die sich auch seltsame Fragen gefallen ließen und die diesem Buch informative und skurrile Details bescherten – wenn Sie Fehler finden, kreiden Sie sie einfach mir an. Und falls Sie in den vergangenen Monaten an den Schauplätzen dieses Romans einen verdächtigen Mann beobachtet haben, der Fotos machte: Das war kein Einbrecher, sondern nur ein Autor auf Recherche.

Sollte sich jemand in diesem Roman wiedererkennen, danke ich für das (unverdiente) Lob: Wie in Krimis üblich, sind Handlung und Personen frei erfunden.

Den Gasthaus »Hirsch« in der Ortsmitte von Bad Boll habe ich mir ebenfalls ausgedacht, zum Leidwesen einiger Leser ist auch Chiaras »Wurstsalat Speciale« fiktiv. Und wer Gammelshausen kennt, weiß, dass es im winzigen Erbisweg keinen Gourmettempel gibt – obwohl sicher alle Nachbarn wunderbar kochen. Viel Vergnügen wünsche ich Ihnen, wenn Sie herausfinden wollen, was an den anderen Schauplätzen echt und was erfunden ist.

Ihr Jürgen Seibold

Gruibingen

In Ihrer Buchhandlung

Jürgen Seibold

Lindner und das schwarze Schaf

Baden-Württemberg-Krimi

Der Schäfer Jo Meißner macht im Morgengrauen auf dem Kornberg bei Gruibingen eine grausige Entdeckung: Sein Vater, Seniorschäfer Ernst Meißner, liegt tot und übel zugerichtet auf der Weide, umgeben von den Kadavern seines Hundes und dreier Schafe. Alles sieht so aus, als hätte ein Wolfsrudel die Herde heimgesucht. Und war nicht ganz in der Nähe, auf der A 8, ein junger Wolf überfahren worden?

LKA-Kommissar Stefan Lindner wird aus seinem Urlaub zurückgerufen, denn schon brennt es an allen Ecken und Enden: Die Presse wittert eine große Story und zwischen Tierschützern und Schäfern schlagen die Wogen hoch. Lindner taucht am Rand der Schwäbischen Alb tief ein in die Welt der Schäferei, erlebt mehr raue Natur, als ihm lieb ist, und kommt schließlich einem Fall auf die Spur, der von alten Verletzungen, uralten Feindschaften und davon erzählt, was solche Wunden noch Jahre und Jahrzehnte später in den Betroffenen anrichten.

288 Seiten.
ISBN 978-3-8425-1483-6

 SILBERBURG

Nürtingen

In Ihrer Buchhandlung

Jürgen Seibold

Lindner und das Keltengrab

Baden-Württemberg-Krimi

Kommissar Stefan Lindner gilt im Landeskriminalamt als Experte für die ganz speziellen Fälle. Dabei kommt er selbst nur sehr schwer mit solchen Verbrechen zurecht – vor allem seine Fähigkeit, sich in die Umstände eines Mordes hineinzudenken, setzt ihm zu. Das ist diesmal nicht anders.
In einem Wasserspeicher in Nürtingen, der oberhalb der Stadt in einem flachen Hügel untergebracht ist, wird ein Toter gefunden. Er ist auf einem hölzernen Schragen aufgebahrt, neben ihm steht sein Motorroller, dazu sind einige Kleider und Werkzeuge sowie mehrere Prachtstücke aus seiner Sammlung historischer Waffen sorgfältig auf Decken und Tüchern drapiert.
Lindner wird erst nicht schlau aus der Inszenierung, aber als ihn ein Kollege darauf hinweist, dass schon die Kelten ihre toten Fürsten auf ähnliche Weise begruben, ergibt sich eine Spur – und Lindner taucht in eine fremde Welt tiefer ein, als es gut für ihn ist.

224 Seiten.
ISBN 978-3-8425-1347-1

 SILBERBURG